故纸新知
现代文坛史料考释

陈建军 —— 著

华中科技大学出版社
http://www.hustp.com
中国·武汉

小 引

本书收录大小文章共39篇，最早者发表于2015年4月，最近者发表于2022年8月。

全书分为正编和附录，其中正编37篇，附录2篇。正编所收文章将主要研究对象大体相同或相近者归在一起，再按发表时间先后编次。所有文章均在题注中交代具体发表情况，以备查考。部分文章在收入本书时，做了不同程度的修改，有的还附了"补记"。

这些文章侧重于现代文坛史料考释，与我先前由北岳文艺出版社出版的《掸尘录》是"一路货色"。本想将本书的书名拟作《拂尘录》，意在构成一个"系列"。策划编辑陈心玉女史担心二书容易弄混，故在她的建议下改名为《故纸新知》。

在《掸尘录》封面上，印有我写作史料研究文章所奉行的三条基本原则，这里不妨重申一下：

一是用史料说话，把每条史料的来龙去脉尽可能地交代清楚；
二是重在史料呈现，多叙史事，不轻易发议论，最忌妄下断语；

三是对史料的考辨或阐释，力求言之成理，信而有征。

这类文章，我是喜欢写的，以后还会继续写下去。

需要特别说明的是，本书中所有引文，均尽量保留原貌；如有明显的讹字、衍字、脱字，则酌予订正，或加脚注说明，或随文加按语，或将所改动者以小一号字分别置于〔〕、〈〉、（）内；无法辨识之文字，以□代之。

谢谢责任编辑孙念女史。女史专业功底扎实，审校认真仔细，帮我改正了不少错误。

陈建军

2022年夏于野芷湖畔

目 录

《战鼓》旬刊及卞之琳的《"睡在鼓里"》 　001
戴望舒的一封辩诬函 　006
丰子恺小学时的一篇参赛作文 　010
写在新编《缘缘堂随笔》出版之前 　014
《东南日报·沙发》上的丰子恺佚文 　019
关于黄裳的一封短笺 　030
梁遇春致胡适信 　034
林徽因集外文辑说 　037
凌叔华的《小哥儿俩》 　047
又见陆小曼佚文佚简 　051
陆小曼手札和启事 　056
"马良材"是谁 　062
新发现的穆时英佚文佚简考释 　069
穆时英《清客的骂》及黎锦明信 　084
钱锺书桃坞中学时的一篇英语作文 　089
沈从文佚简一通 　094
当作家遇上笔名雷同 　098
沈从文的一篇佚文 　101
《大国民报》刊沈从文佚文及其他 　105
从《汪曾祺全集》说到汪曾祺佚文 　119

1

汪曾祺致《人民文学》编辑的一封信	134
汪曾祺又一笔名"曾淇"	140
闻一多致容庚手札	144
闻一多《〈高禖郊社祖庙通考〉跋》小识	148
闻一多致梁实秋一封书信考释	158
闻一多与唐亮画展	172
新发现闻一多十四行诗一首	177
《徐志摩全集》:值得信赖和珍藏的一部全集	182
徐志摩关于《康桥再会罢》的更正函	188
再谈徐志摩书信尚需重新整理	193
徐志摩集外拾遗录	209
新发现徐志摩佚信一通	216
徐志摩致胡适"千字信"写作时间及其他	220
徐志摩译文《"现代的宗教"》	228
郁达夫佚简两通考释	237
俞平伯《槐屋梦寻》拾零记	247
"霜庐"是张爱玲的笔名吗?	253

附录

《上海画报》中的徐志摩、陆小曼史料	263
民国时期武汉大学"作文"教学研究	306

代跋

中国现代作家全集整理、编纂的术与道	329

《战鼓》旬刊及卞之琳的《"睡在鼓里"》[1]

1937年七七事变后,全面抗战爆发。在炮火声中,先后诞生了一大批以宣传抗日救国为宗旨的刊物,《战鼓》旬刊即为其中之一。

《战鼓》于1937年12月11日在成都创刊,其创刊号和第2期(1937年12月21日)编辑者为战鼓旬刊社,发行处为悦来商场四十五号,代印处为复兴日报印刷部。自1938年2月1日第3、4期合刊起,编辑、发行者均为战鼓旬刊社,诚达印书馆为印刷所。创刊号出版时,尚未申请登记,第2期刊头处有"本刊正呈请审查登记"字样,到第3、4期合刊,始见"本刊已呈请成都省党部登记"的说明。《战鼓》虽名为旬刊,但后几期因"负责人的人事倥偬"而未能克日出版。

《战鼓》创刊号开篇《我们的态度》提出"信仰三民主义为中国自力更生之救国主义""训练民众,组织民众,动员民众,打倒日本帝国主义""铲除一切恶化腐化之封建势力""联合世界上以平等待我之民族共同奋斗"等七条主张,表明"同人之对时局态度,

---

[1] 原载《中华读书报》2015年5月13日第14版《文化周刊》,题为《从〈战鼓〉中卞之琳的〈"睡在鼓里"〉说起》。

亦即同人之信仰",可以视为这一旬刊的发刊词。

《战鼓》所载主要是与抗战有关的消息、时评、言论、国际情势报道等,但也刊发诗歌、散文之类的文学作品。其作者绝大部分是当时四川大学文学院、法学院的教师,且多署笔名。

以翻译为主业的罗念生在第2期上发表了一首散文诗,未见收入2007年4月版《罗念生全集》,当属一篇佚作。全诗不长,兹过录如下:

散文诗

这空气太沉重了,每方寸有千钧的力量压在我们的肩上,我们的心上。白云从我们的口里吐出去飞向那天边,偶尔被轻风吹散,放出几线光明,万方的狼犬便狂吠起来。鬼神不住在那云端,住在人间,每一个生灵都是一位自尊明神。云,云背后的光,光里的真神。

注:"真神"指资中,罗泉井。

廿六,十一,十九,破黎。

第3、4期合刊《编后记》云:"名学者闻宥教授的大稿因交来稍迟,不克排入版中,这要请闻先生的原谅,下期当与读者们握手会面。又下期将有朱光潜、谢文炳两名家的大作出现,请读者们注意。"但1938年3月23日第5、6期合刊并未出现闻、朱、谢三家的大稿或大作,编者又在《编后记》中说:"朱光潜、谢文炳先生之大稿要下期才能印出。文〔闻〕宥先生之稿已取去修改。"目前所知《战鼓》仅为6期,出完第5、6期合刊后,《战鼓》似乎再没有"下期"了。

创刊号里有卞之琳的一篇散文,题名为《"睡在鼓里"》,也不见收入已版各种卞之琳文集。

"睡在鼓里"

有一句俗话，叫作"睡在鼓里"，意思大致是说一个人事已临头，而还糊里糊涂，什么也不知道。不管有无出典，但就字面的意义上说来，实在好玩：想想看，怎么睡法？今天为了功课的事情，走到一处办公室，遇见赵先生，承嘱写文章给一个新办的刊物——《战鼓》，只一下又给敲动了我的鼓思了。

今年暑间小住浙南雁荡山某寺，每在一天八小时埋头工作，握管凝思中，宛然如梦醒来，被惊起于咚咚咚的急鼓（渔阳鼙鼓动地来吗？）。原来隔壁佛堂，三数小和尚，厌来了念阿弥陀佛，常偷来把鼓乱打一阵子，口里哼着"大抵大抵大大抵……"当时正在卢沟桥事变以至平津失陷的期间，那边虽也有公路与外界相通，消息总到得非常慢，令人不堪忧闷。我与一位同来的朋友向外边写信的时候总想此"山中方一日"，而我还对朋友在信上说我们住在这个谷中犹如闷在一只葫芦里，其实还不如说在鼓里，听小和尚在隔壁乱敲。和尚做法事，敲的钟鼓或可以敲醒世人的迷梦吧，而小和尚擂的战鼓，仿佛又在敲醒另一种梦。想起来非常滑稽，而在当时亦只有苦笑。

原定在山中住两个月，结果只住了一个多月。在一连好几天暴风雨，与外间完全隔绝了一星期以后，就提早出来，辗转坐轮船汽车于八月十四日经过绍兴，看当地报纸，才知道上海已开战。当日到杭州，台北战机也就跟来了，真仿佛"世上已千年"。回到上海，住在租界里，只听见炮声，飞机声，炸弹声，却一直没有听到战鼓。可是往往深夜梦断，猛听得黄浦江中敌舰所发的高射枪炮，密过于联珠，宛然鼓声，不由得又想到这个好笑的比拟：睡在鼓里。

到了四川，接得深陷北平的一位南中朋友的来信。据说他现在与一位僧人同租了房子，安贫乐道，禅定智慧都有精进，但说到成都可又怪了。他想起的是当年诸葛孔明六军驻马的风度！小和尚擂战鼓果然是偶然的，只能说有点象征的意味，而我这位朋友的这一点矛盾却不能说没有意义了。

于是乎我：想今日之下，欲在鼓里睡，而且睡着，不亦难乎。

十一月二十四日

卞之琳围绕"睡在鼓里"这一句俗语做文章：小住雁荡山某寺时，"握管凝思"中，每每被小和尚敲打的鼓声惊醒。住在上海租界内，常常"深夜梦断"，被敌舰所发"密过于联珠，宛然鼓声"的枪炮声震醒。身处战乱年代，"欲在鼓里睡，而且睡着"，几乎成了一种奢望。

文中提到了三个人，或只道其姓甚，或以"朋友"代之。那么，这三个人到底是谁呢？不妨略加考索一下。

所谓"一位同来的朋友"，显然是指芦焚（即师陀）。1937年6月，卞之琳和芦焚由上海同往浙江雁荡山，住在灵峰寺大悲阁客寮。芦焚创作小说，卞之琳则应中华文化基金会编译会特约翻译法国作家安德烈·纪德的《窄门》等。他俩原打算在山中住两个月，结果因"不堪忧闷"而提前下山了。8月12日到海门，随即西上至临海。14日途经绍兴，看当地报纸，始知上海已开战（即"八一三"事变）。15日回到上海，卞之琳住租界内李健吾家。不久，被四川大学文学院院长朱光潜聘为外文系讲师，遂复一路向西，于10月10日抵达成都。

11月24日，卞之琳"为了功课的事情，走到一处办公室，遇到赵先生，承嘱写文章给一个新办的刊物——《战鼓》"。据《战鼓》第5、6期合刊《编后记》最后一句"外稿及订户单请一律交四川大学赵城收转"，卞之琳所说的"赵先生"很可能是指"四川大学赵城"。更进一步推断，这个赵城或许就是《战鼓》的负责人，而未署名的《我们的态度》大概也出自他的手笔。在创刊号上，赵城还以实名发表过一篇《论抗战文学》。

卞之琳说，他到四川后，"接得深陷北平的一位南中朋友的来信。据说他现在与一位僧人同租了房子，安贫乐道，禅定智慧都有精进"。这位"朋友"，应该是指废名。废名是湖北黄梅人，卞之琳是浙江海门人，都是南方地区即"南中"的。卞之琳小废名9岁，他和废名属于"忘年交"。1933年，卞之琳从北京大学英文系毕业，并与已是北京大学国文系讲师的废名第一次见面。此后，二人时相过从，常有书信往还。1937年1月，卞之琳译完纪德的长篇小说《赝币制造者》，从青岛回北平交卷，一度住在废名的寓所北河沿甲十号。其时，废名曾认真地对他说"会打坐入定"[1]。"卢沟桥事变"以后，按规定，废名不能随北京大学南迁。由于交不起房租，便寄住在雍和宫的喇嘛庙里。庙里有位僧人，法名寂照，是废名中学时的同学。关于废名禅定之事，周作人在《怀废名》一文中也有记载，可以印证卞之琳的说法。"废名自云喜静坐深思，不知何时乃忽得特殊的经验，趺坐少顷，便两手自动，作种种姿态，有如体操，不能自已，仿佛自成一套，演毕乃复能活动。鄙人少信，颇疑是一种自己催眠，而废名则不以为然。其中学同窗有为僧者，甚加赞叹，以为道行之果，自己坐禅修道若干年，尚未能至，而废名偶尔得之，可谓幸矣。"[2] 1937年底，废名回到湖北黄梅，蛰居乡野达10年之久。其间，完成佛学著作《阿赖耶识论》，想必正是他安贫乐道、静坐深思、智慧精进、妙悟所得的结果。

---

[1] 卞之琳：《〈冯文炳（废名）选集〉序》，《新文学史料》1984年第2期。
[2] 药堂：《怀废名》，上海《古今》半月刊1943年4月16日第20、21期合刊。

戴望舒的一封辩诬函[1]

　　1937年7月7日，抗日战争全面爆发。次年5月，戴望舒由上海到香港，任中国文化协进会理事、中华全国文艺界抗敌协会留港会员通讯处干事等，主编《星岛日报》副刊《星座》、诗刊《顶点》，编辑英文版《中国作家》等。1941年12月25日，日军占领香港。1942年3月，日本宪兵以从事抗日活动的罪名，将戴望舒拘捕。戴望舒备受酷刑，但始终坚持民族气节、宁死不屈，并写下《狱中题壁》等充满爱国情怀的诗篇。同年5月，戴望舒被保释出狱，但仍受到"不得离港"等限制。直到1945年8月15日日本宣布无条件投降后，他才获得人身自由。1946年春，返回上海。

　　抗战胜利以后，全国兴起检举汉奸运动，文艺界也不例外。

　　1945年9月11日，戴望舒致信中华全国文艺界抗敌协会（后更名为"中华全国文艺协会"），报告自己从港战发生以来的情况。9月24日，中华全国文艺界抗敌协会复函戴望舒，委托其负责"调查附逆文化人"[2]。可是不久，戴望舒本人却被检举为汉奸。1946年2

1　原载《中华读书报》2021年7月7日第14版《文化周刊》。
2　《文协函慰上海作家并请调查附逆文化人》，重庆《大公报》1945年9月25日第1张第3版。

月1日,桂林《文艺生活》光复版第2号发表《中华全国文艺协会对于惩治附逆文化人的决定》,同时刊发21位"留港粤文艺作家"联合署名的《留港粤文艺作家为检举戴望舒附逆向中华全国文艺协会重庆总会建议书》。《建议书》指控戴望舒在香港沦陷期间,"与敌伪往来,已证据确凿",并附证据三件。针对指控,戴望舒写了一封真切沉痛、感人肺腑的"辩白书"[1]。他说:"我曾经在这里坐过七星期的地牢,挨毒打,受饥饿,受尽残酷的苦刑(然而我并没有供出任何一个人)。我是到垂死的时候才被保释出来抬回家中的。"还说他拒绝参加敌伪组织及其活动,"没有写过一句危害国家民族的文字"。中华全国文艺协会重庆总会大概收到了戴望舒的"辩白书",最终未采信那些"留港粤文艺作家"的建议,没有认定戴望舒为"附逆文化人"(一说是夏衍直接干预的结果)。

风波本已平息,没想到两年之后,又有人说戴望舒是被通缉的汉奸。

1948年3月22日,上海《东南日报》第1张第4版刊登消息《粤高院通缉汉奸三百余名 传叶灵凤戴望舒匿居本市》,内中称:"广东高等法院最近通缉汉奸一批计三百余名,文化汉奸叶灵凤,戴望舒亦在其内。传叶戴二逆,改姓更名,潜居沪市。"3月24日,重庆《大公晚报》也发表了题名《粤高院通缉汉奸 传戴望舒叶灵凤匿居沪市》的消息,其电讯头为"广州二十三日电"。

戴望舒看到《东南日报》上的消息后,"不胜骇异",遂于3月24日致信《东南日报》,请予更正。全文如下:

迳启者,本月二十二日贵报第一张第四版,载有粤高等法院通

---

[1] 冯亦代曾保存着这份未刊手稿,几十年后转送给了李辉。参见李辉:《难以走出的雨巷——关于戴望舒的辩白书》,《收获》1999年第6期。

缉汉奸三百余名消息一则，独举出叶灵凤及鄙人姓名，并称叶君与鄙人均改姓更名，潜居沪市等语，阅之不胜骇异。按鄙人在港，身陷日寇牢狱，受尽虐刑，始终不屈，事实俱在，人所共知。（忆贵报《长春》副刊亦曾刊出短文一篇，记鄙人在港时编制民谣打击日寇事。）胜利后复员来沪，先后在国立暨南大学、国立音专及市立市专等校任教，得暇并为各报章杂志撰文，现寓本市其美路新绿村，从未改姓移名，更无所谓潜居，贵报所载种种，想必出于别有用心者之恶意毁谤，用特奉函，请予更正。是所至感！此上
东南日报

戴望舒顿首
三月廿四日

  3月26日，这封信刊发在上海《东南日报》第1张第4版"来函照登"栏。戴望舒认为，他在香港"身陷日寇牢狱，受尽虐刑，始终不屈，事实俱在，人所共知"，而《东南日报》所载的不实消息，是别有用心者对他的"恶意毁谤"。

  信中，戴望舒提到"贵报《长春》副刊亦曾刊出短文一篇，记鄙人在港时编制民谣打击日寇事"。"短文一篇"即指马凡陀所写的《戴望舒所作的民谣》，发表在《东南日报》1946年11月9日第2张第7版《长春》。文中说，香港被日寇入侵后，民间广为流传一首讽刺日本侵略者为祀奉所谓"阵亡英灵"而建造"忠灵塔"的民谣——"忠灵塔，忠灵塔，今年造，明年拆"，是戴望舒写的。当时，戴望舒所编制的民谣共有十几首，其中一首诅咒日本"神风飞机"的民谣是这样写的："神风，神风，只只拨空，落水送终。"在马凡陀看来，以《雨巷》等抒情诗闻名的戴望舒"忽然写出这种朴质的作品来"，一点也不奇怪，"因为任何认真地生活在这个时代中

的人没有不受时代的波动的,何况一个敏感的诗人呢?"他还说"戴先生曾被捕下狱,受尽苦楚。虽然生还,身体大受影响"。此后,汉口《大刚报》(11月12日)、重庆《大公晚报》(11月14日)、贵阳《中央日报》(11月27日)等报纸纷纷转载了这篇文章,在文末署有"文联"字样。11月18日,香港《华商报·热风》第229期转发时,改题《香港的战时民谣》,文末标示"文联社特稿"。马凡陀的这篇文章为戴望舒洗清冤白起到了很重要的作用。正因如此,所以戴望舒在信中特别提到两年前的这篇短文,以正视听。

1948年4月11日,《青岛晚报》上有一则简讯,题为《戴望舒不白之冤》,对《东南日报》所载消息及戴望舒信作了比较客观的报道:"日前上海某报记戴望舒有附逆嫌疑,与叶灵凤之名并列。此讯刊出后,载〔戴〕立函该报更正……上海某报以戴行踪秘密,实误传,戴寓于上海江湾其美路,且常在各种文艺集会中漏〔露〕脸焉。"

戴望舒写给《东南日报》的这封辩诬函,未收入中国青年出版社1999年1月版《戴望舒全集》,也不见有论者提及。

丰子恺小学时的一篇参赛作文[1]

前不久，翻检民国期刊，看过一种很好玩的少年儿童类杂志——《中华童子界》月刊。

《中华童子界》是中华书局旗下的"八大杂志"之一，1914年7月25日创刊于上海，中华童子界社编辑兼发行，1917年6月25日终刊，共出36期。这份杂志设有"童子俱乐部"栏目，几乎每期都举行各种名目的"悬赏"活动，如"作文悬赏""习字悬赏""图画悬赏""特别悬赏"等。创刊号（即第1号）"特别悬赏"题为：

设如父亲命我往某处，限定时刻，不许耽搁。半途见一同学，为恶童所窘。我若救助同学，必迟误父事，然则应如何处置？

答案各述己意，须合情理，不限字数。优等者赠童话二册。

针对"悬赏"题所规定的情境，童子们会做出怎样的处置呢？怀着一种好奇心，我急切地想知道他们所给出的"合情理"的答案

---

[1] 原载《中华读书报》2015年4月15日第14版《文化周刊》。

是什么。据栏目编辑"附告",悬赏结果本计划"于第二号或第三号之童子俱乐部内揭晓",但直至1915年1月25日第7号才见"第一期悬赏揭晓"。第1期"特别悬赏"优等者共有10人,名列第一的是陈启明,第二名是丰仁。看到"丰仁"二字,自然令人想到丰子恺,因为他在小学读书时曾用过这个名字。莫非真的是丰子恺?在这一"大胆的假设"的驱使下,我赶紧查阅1915年2月25日第8号。第8号公布了前两名的答案,"丰仁"姓名前署"浙江石湾高等小学二年级生"。我的猜测果然不错,这个"丰仁"就是丰子恺。

1898年,丰子恺出生于浙江省崇德县石门镇。石门镇俗称石门湾,简称石湾。丰子恺6岁入本宅私塾,由父亲丰鐄启蒙,学名丰润。10岁时,转入另一所私塾。1910年,这所私塾更名为西溪两等小学堂。1911年,西溪两等小学堂高等部学生归入新办之崇德县立第三高等小学校,即石湾高等小学。就在这一年,为便于地方上选举,他的名字被先生改为丰仁,从此"莫名其妙地顶戴了这名字,一直沿用到二十岁"[1]。目前发现的丰子恺最早的作品《寓言四则》,原载《少年杂志》1914年2月第4卷第2号"儿童创作园地"栏,署名即为丰仁,姓名前冠以"浙江崇德石门湾高等小学校"。1914年夏,丰子恺考入浙江省立第一师范学校。国文教师单不庵为他取号"子顗",但同时使用丰仁之名,且一度自名丰仍。1918年秋,他在本校《校友会志》第16期发表《晨起见园梅飘尽口占一绝》等8首诗词,署名仍旧是丰仁。1919年7月,丰子恺从浙江省立第一师范学校毕业,其毕业证书上的名字也是丰仁。同年12月,他在《东亚体育学校校刊》第1期发表《图画教授法》,正式起用了"丰子恺",并以这一名号行世。迄今为止,所知丰子恺最后一次署丰仁之名,

---

[1] 丰子恺:《我与手头字》,上海《太白》半月刊1935年3月20日第2卷第1期。

是他在《东方杂志》1922年5月10日第19卷第9号上发表译文《泉上的幻影》(美国Nathaniel Hawthorne著)。

再看前两名获奖者的答案。"奉天第一小学高等第二年生"陈启明是这样说的：

违父者不孝，负友者不义，此二者皆不可违也负也。当是时也，宜先救助同学之所窘，后加速往任父命。虽晚归，可为父陈述，谅不见罪，则孝义两全矣。

在陈同学看来，"将在外，军令有所不受"，遇到这一特殊情况，应先解同学之围，再往任父命。即使迟误了父事，只要说明原委，想必父亲也不会怪罪的。如此"先斩后奏"，可得"孝义两全"。陈同学的答案立意鲜明突出，语言简劲有力，这大概是他被评为第一名的原因之所在。

丰子恺是这样写的：

父亲命我往某处，限定时刻，不许耽搁。半途见一同学，为恶童所窘。我若救助同学，必迟误父事；若置勿顾，则失同学之情。我遂佯为不见恶童，呼同学曰："某兄，后面草场上一罪犯，将枪毙。观者已环立，故我将往约一友，同去观看。尔胡不去看，在此与人胡闹？"言已即行。恶童性残忍，闻此等事，必置同学而往观。我既得不误父事，亦不负同学。同学固善者，非恶童类，目睹残忍事，必非所愿。异日可与言明，至恶童堕我计中，亦不得咎我也。

与陈同学一样，丰子恺也认为父亲之命和同学之情都不可违负。但与陈同学不同的是，丰子恺明确提出了具体的处置办法。谎称草场上将枪决罪犯,是基于对"恶童"脾性和心理的揣度,也不失为救助同学、使其摆脱窘境的良策之一。采用这种"心理战术",有可能既"不负同学",又"不误父事"。

写这篇二百多字的作文时,丰子恺尚未小学毕业,但他已经有十五六岁,可算是一个"老童子"了。

这篇参赛作文未见收入各种丰子恺文集,包括我所主编的《缘缘堂集外佚文》[1];号称"国内第一部"《丰子恺年谱长编》[2]也不见著录,当属一篇佚文。

---

[1] 海豚出版社2014年5月版。
[2] 陈星撰著,中国社会科学出版社2014年11月版。

写在新编《缘缘堂随笔》出版之前[1]

丰子恺在民国时期出版的散文集主要有《缘缘堂随笔》[2]、《中学生小品》[3]、《随笔二十篇》[4]、《车厢社会》[5]、《缘缘堂再笔》[6]、《漫文漫画》[7]、《子恺近作散文集》[8]和《率真集》[9]等8种。另有数种，或据已出版的文集选编而成，如仿古书店1936年10月初版《丰子恺创作选》、三通书局1940年11月初版《子恺随笔》、新象书店1947年4月初版《丰子恺杰作选》等；或系将已出版的文集删订并改易书名而成，如开华书局1933年9月初版《子恺小品集》、开华书局1940年12月初版《甘美的回味》，其祖本均为《中学生

---

1 原载《书屋》2015年第6期，题为《〈缘缘堂随笔〉前言》，系《序跋二篇》之一。
2 开明书店1931年1月初版，收文20篇。
3 中学生书局1932年10月初版，收文8篇。
4 天马书店1934年8月初版，收文20篇。
5 上海良友图书印刷公司1935年7月初版，收文30篇。
6 开明书店1937年1月初版，收文20篇。
7 大路书店1938年7月初版，收文35篇，另有诗1首。
8 普益图书馆1941年10月初版，收文17篇。
9 万叶书店1946年10月初版，收文26篇，其中有9篇选自《随笔二十篇》。

小品》。

中华人民共和国成立以后,丰子恺曾自编散文集3种,即《缘缘堂随笔》《缘缘堂新笔》和《缘缘堂续笔》。后两种未出版,公开出版的仅有《缘缘堂随笔》。这本散文集尽管书名与开明书店1931年版完全相同,但不是重印,而是新编。

1952年至1957年,人民文学出版社分期分批推出中国现代作家选集45种。《缘缘堂随笔》与《阳翰笙剧作选》、《散文选集》(何其芳)、《戴望舒诗选》《蕙的风》(汪静之)、《应修人 潘漠华选集》、《沈从文小说选集》、《废名小说选》、《王统照短篇小说选集》等8种同属于1957年的一批,是11月份正式出版的。

1957年初,丰子恺接到人民文学出版社约稿函后,用了约一个月的时间就编成《缘缘堂随笔》,并于2月6日写了一篇不到300字的《编后记》:

一九五七年岁首,人民文学出版社来信,要我把解放前所作的散文选成一个集子,交他们出版。我表示同意。我在抗战前所刊行的散文集,有《缘缘堂随笔》、《缘缘堂再笔》(开明版)、《车厢社会》(良友版)、《率真集》(万叶版)等。抗战中在大后方及胜利后在杭州又陆续写了不少随笔,但都没有结集出版。现在这集子里所收的,就是从上述的抗战前的四册及抗战后所作的留稿中选出来的。自一九二五年起,至一九四八年止,依照年代先后排列,共得五十九篇,每篇末尾都注明年代。这些都是我的旧作,结集付刊,乃雪泥鸿爪之意耳。

1957年人日子恺记于日月楼。

在那个特殊的年代,一个作家特别是像废名、沈从文、丰子恺等这样的非左翼作家能有资格出版旧作，应该说是一件备感幸运和无上光荣的事情。许多当时还活着的作家在序言或后记中，怀着一种赎罪心理，表达了对新社会的感激之情和努力改造思想的强烈愿望，同时对自己过去的创作几乎作了全盘否定。丰子恺显得比较平静，他的《编后记》并未涉及自我评价问题，只是对如何选编其在1949年前所作的散文作了简要交代。

新编《缘缘堂随笔》共收散文59篇，具体如下：

1.《渐》《东京某晚的事》《自然》《从孩子得到的启示》《华瞻的日记》《阿难》《闲居》《大账簿》《忆儿时》《儿女》《颜面》《立达五周年纪念感想》等12篇选自《缘缘堂随笔》。

2.《儿戏》《作父亲》《两个"？"》《新年的快乐》《蝌蚪》《春》《旧地重游》《吃瓜子》等8篇选自《随笔二十篇》。

3.《蜜蜂》《放生》《杨柳》《鼓乐》《三娘娘》《野外理发处》《肉腿》《送考》《学画回忆》《谈自己的画》《作客者言》《半篇莫干山游记》等12篇选自《车厢社会》。

4.《山中避雨》《记音乐研究会中所见之一》《记音乐研究会中所见之二》《手指》等4篇选自《缘缘堂再笔》。

5.《辞缘缘堂》《怀李叔同先生》《悼夏丏尊先生》《读〈读缘缘堂随笔〉》（〔附录〕《读〈缘缘堂随笔〉》）、《"艺术的逃难"》《白鹅》《我的漫画》等7篇选自《率真集》。

6.《蟹》《宜山遇炸记》《沙坪的美酒》《谢谢重庆》《防空洞中所闻》《蜀道奇遇记》《重庆觅屋记》《胜利还乡记》《最可怜的孩子》《桂林的山》《宴会》《白象》《贪污的猫》《口中剿匪记》《义齿》《海上奇遇记》等16篇均属于已发表但未结集出版的散什。

由上可知，丰子恺《编后记》中有几个说法欠准确。他用作选编的底本不是"四册"，而是五种，漏掉了《随笔二十篇》。《率真集》不是抗战前的集子，而是抗战后出版的。他说"自一九二五年起，至一九四八年止，依照年代先后排列"，但收入新编《缘缘堂随笔》中最早的作品并非作于1925年，而是1927年。同时，集中诸篇文末所署写作时间大多有误，与原刊本或初版本所署写作时间有一定出入。因此，整个集子的编次实际上也并未严格"依照年代先后排列"。

根据人民文学出版社的统一规定，按照新的文学标准和语言规范（包括标点符号用法），丰子恺对选入新编《缘缘堂随笔》的作品都进行了修改。有的作品更换了题名，如《立达五周年纪念感想》原为《立达五周纪念感想》，《怀李叔同先生》原为《为青年说弘一法师》，《悼夏丐尊先生》原为《悼丐师》，《白鹅》原为《沙坪的白鹅》，《重庆觅屋记》原为《陪都觅屋记》，《胜利还乡记》原为《还乡记》，《最可怜的孩子》原为《新年忆旧年》，《宴会》原为《宴会之苦》，《我的漫画》原为《漫画创作二十年》。至于文本上的改动，则或删或增，或略或详，或少或多，程度不一。总体来看，丰子恺对其旧作的修改，基本上属于语言层面上的润饰和调整，并没有"伤筋动骨"，改变原来的主题、叙事和结构。

丰子恺新编《缘缘堂随笔》对原文究竟做了哪些改动，一般读者或许受资料限制，对其具体情形不甚了解。因此，海豚出版社文学馆总监眉睫君希望我重编1957年版《缘缘堂随笔》，为一般读者提供一个对照本。

这本《缘缘堂随笔》是对丰子恺新编《缘缘堂随笔》的新编，所遵循的编辑原则主要有四：一是选目不变，但采用的则是未经修改的题名和文本。二是选自已出成集本者，以初版为底本；未结集出版者，以原刊文为底本。三是为便于对照，篇目编次与1957年版保持一致。四是删掉丰子恺所作《编后记》。

补记：

我重编《缘缘堂随笔》，本是"对丰子恺新编《缘缘堂随笔》的新编"，旨在依据初刊或初版，为一般读者提供一个未经修改的对照本。可是，拿到样书后，发现责任编辑将所有的篇目悉数改为1957年的版本，令人感到遗憾之至。

《东南日报·沙发》上的丰子恺佚文[1]

自《丰子恺全集》（全50册）由海豚出版社于2016年10月出版以来，为其补遗的文章仅见两篇，一篇是金传胜的《丰子恺的1947年元旦》[2]，披露了丰子恺1947年1月4日发表在《锡报》副刊《小锡报》上的《无锡重到》；一篇是杨新宇的《丰子恺佚文〈漫画续展自序〉》[3]，披露了丰子恺1946年11月5日发表在上海《中央日报》上的《漫画续展自序》。《丰子恺全集》失收的作品，应该还有不少，我也发现了好几篇，其中刊于杭州《东南日报》副刊《沙发》上的就有《参观郑仁山指画展览会》《中国艺社第一届展览会序》《观张公任国画展览会》和《看了潘韵画展后》等4篇。

---

[1] 原载《新文学史料》2020年第1期，与刘晓宁合署。
[2] 金传胜：《丰子恺的1947年元旦》，《人民政协报》2018年12月27日第11版。
[3] 杨新宇：《丰子恺佚文〈漫画续展自序〉》，《文汇读书周报》2018年12月31日第3版。

一、参观郑仁山指画展览会

《参观郑仁山指画展览会》[1]作于1935年5月5日,载《东南日报·沙发》1935年5月8日第2318期,署名子恺。全文如下:

仁山君的温和的态度,曾给我很深的印象。所以七八年不见了,昨天他来访时我还能历历记忆他在美专听我讲美术史时的印象。他的指画已有深造,这回开着江山助赈的指画展览会了。他把目录送我,我约他明日去参观他的展览会。

今天是星期日,下午我同了我的姊姊和女儿们同去参观。进了会场,仁山君和旧学友公仁君都来招待。我从公仁君手里接了一支香烟,就默默地向这百余幅作品逐一欣赏。但女孩子们时时用疑问来扰我,"这幅山水难道用指头画得出?""画上的题字用指头怎么写呢?"我也觉得奇怪,无法回答,只是相与惊叹。

看完了画,仁山君邀我们到招待室里去喝茶。他似乎听见女孩子们的疑问,在闲谈之后,就用指醮墨伸纸,画给我们看。大家又惊奇地欣赏。他的大拇指转侧自然,画出来的线条,浓淡肥瘦,无不如意。他画好了,要我也画些留个纪念。我正看得手痒,兴之所至,不自量力,也用大拇指醮墨,在纸上涂抹起来,座上的人都笑,连窗外的小孩子们都笑了。因为另有友人约着游湖,我揩去了大指上的墨水,略谈一下就辞去了。

---

[1] 政协浙江省江山县委员会秘书处、浙江省江山县县志编纂办公室1984年4月编印《江山文史资料》第2辑,曾披露过这篇文章,但文字上与《东南日报》本多有出入,不知其所据为何。

坐在西湖船中起了些感想：第一，是用指代笔的一事。据我在尝试中所感到的，用指比用笔如意。心目中的印象由指头直接传达于纸上，比通过了竹管和羊毛而间接传达，痛快得多。不过在像我这样的外行，不免嫌肉笔欠尖，画时常想找一个绞笔刀来把指头绞一绞才好。第二，他的画布局都能满足我的欣赏。其中题曰"松下横琴待鹤归"的一幅，尤能引我回想。设想自己若早生了五百年，看了这幅画一定更有切身的兴味。可惜生在二十世纪了，对他这幅画只感到布局的美字。其他的画亦然。第三，仁山君鬻画助赈，我看见定购的已经不少。这展览会可谓善举。古人云："诗文字画，皆丰岁之珍，饥年之粟。"仁山君的画能直接变了粟而救济江山的穷民，使我走进展览会闻到一种香气，好似东坡所谓"夏陇风来饼饵香"。昨天仁山君来访时嘱我看后写些感想。游了湖归寓，就写这些给他。

二十四年五月五日

郑仁山（1894—1984），字止安，号江郎山人，浙江江山人。1925年考入上海美专，听过丰子恺的"美术史"课。1928年毕业后，在省立杭州一中、国立英士大学等校任美术教员。郑仁山精于篆刻，尤工指画，著有《郑仁山指画山水册》《郑仁山指画》《郑仁山篆刻印谱》等。30年代，他在《东南日报·沙发》上也发表过《江郎山纪游》《指画经验谈》《工艺美术的时代性与根本性条件》和《赴日举行画展的始末》等数篇文章。

1935年5月4日至6日，郑仁山"假本市湖滨路民教馆开指画展览会，并印助赈画券百张，每张六元，用抽签法领取画件，所得券资,除开销外,悉数捐助江山县赈务分会"[1]。5月5日下午,丰子恺是同他的姐姐和三个女儿一起去参观的。参观完毕,在招待室,丰子恺要求郑仁山当场画给大家看。据见证人晓岚在《指画一瞥——参观两艺术家绘画记》中说,郑仁山画的是"一块墨石""一株梅花"。郑仁山画完后,"请丰先生也画一张给他留留纪念,那时丰先生果然技痒,也用指头来试画了,当他很用劲的画了几根线条之后,旁边的我以及许多小孩子都笑了起来,原来他画的是一个搬着大袋的农夫和一个挽着竹篮的农女,像煞有介事地在迈步前进"[2]。在丰子恺看来,"用指比用笔如意",郑仁山的画布局都很"美",他对郑仁山"鬻画助赈"的善举尤为赞赏,回到寓所,遂写了这篇文章。这篇文章后收入《郑仁山指画展览会》(1936年印),由丰子恺题签。

二、中国艺社第一届展览会序

《中国艺社第一届展览会序》作于1936年1月1日,载《东南日报·沙发》1936年1月11日第2556期,署名丰子恺。全文如下:

优良的艺术,有甚么条件?其答案有多样。但可二言以蔽之曰:"善巧。"善就是含有人生的意味,巧就是应用美的技术以表出之。缺乏了前者,其艺术流于官能的游戏,或浅薄的娱乐。缺乏了后者,其艺术陷于枯燥的说教,或说明的图式,都不是优良健全的

---

1 闻不多:《作家动静》,杭州《东南日报·沙发》1935年4月27日第2308期。
2 晓岚:《指画一瞥——参观两艺术家绘画记》,杭州《东南日报·沙发》1935年5月14日第2324期。

艺术品了。

例如：普罗的绘画，善则善其所善矣；但拙于美的技术。抽象派立体派的绘画，美则美其所美矣，但乏于人生的情味。故前者仅供少数人一时间的利用，后者只在画坛一角暂时出现，皆未登入绘画艺术之堂室也。

善巧二事之中，善之意易知，而美之味难识。例如近来街头常见之画：岳飞背上刺字之画，观者一见而知其忠孝之意矣；勾践卧薪尝胆之图，观者一见而知其爱国之心矣。然倘就良好之绘画而评量技法，鉴赏笔墨美能参加者有几人欤？盖善之意，一般缺乏（艺）术[1]修养之民众皆能知之；而美之味，必须具有艺术修炼者方能味识之。因此现今的绘画，分裂为二。其一偏重于善，被用为向民众宣传主义之手段；其一专注于美，被用为少数专门家享乐的天地。于是专门画家视前者为非艺术而不足齿，一般民众则对专门画家之作品莫名其妙，或诋毁之为奢侈的享乐，象牙塔中的艺术。此分裂状态，实为绘画发展前途之一大阻碍。

欲除这阻碍，只有希望两方面的提携。在专门家方面，希望其稍稍俯就，在民众方面，希望其能多得修养的机会。但他们的修养机会，难能自致，仍须靠专门家的供给。画作品的复制出版是一种供给。展览会又是一种更切实的供给。此种供给之增多，实为绘画统一发展的福音，也是艺术趋向优良健全的大道。

念五年元旦

1935年8月23日，中国艺社成立于浙江杭州。该社为"不干政治之艺术团体"[2]，参加者既"有才能很高超的，也有尚未进艺术之

---

[1] 原刊为"缺乏，术"。

[2] 《杭州中国艺社成立》，上海《艺风》月刊1935年9月1日第3卷第9期。

门的"。发起成立中国艺社的目的在于，通过研究"使才能高者，走上更高的途径；使未入艺术之门者，也能登堂入室"，并将"研究所得，尽力贡献于现中国社会一般人们"[1]。

1936年1月1日至3日，中国艺社在杭州市青年会举行首次书画摄影展览会。展出的作品有国画、图案、素描、浮雕、蜡染、油绘和摄影，共二百余件。王祺、潘天寿、姜丹书、孙福熙等画家，都有作品参展。上文提到的郑仁山，其参展的作品是一幅国画《三寿作友图》。这次展览会品类众多，反响很大，前往参观者多达两千多人[2]。

在这篇序文中，丰子恺认为，优良的艺术应做到"善巧"二字，"善就是含有人生的意味，巧就是应用美的技术以表出之"。相对而言，"善之意易知，而美之味难识"。善巧偏废或分裂，乃是造成绘画发展前途的一大障碍。他希望一般民众多多加强艺术修养，而专门画家则应"稍稍俯就"，并给一般民众提供艺术修养的机会。展览会是一种"更切实的供给"，这种供给的增多，既是"绘画统一发展的福音"，也是"艺术趋向优良健全的大道"。丰子恺对于专门画家和一般民众的希望以及关于展览会意义的看法，与中国艺社成立的旨趣是相契合的。

1　王洁之：《杭州中国艺社的发起》，上海《艺风》月刊1935年9月1日第3卷第9期。
2　参见《文化简讯·中国艺社书画摄影展》，杭州《图书展望》月刊1936年2月29日第5期；西林：《中国艺社第一届展览会一瞥》，杭州《东南日报·沙发》1936年1月18日第2563期。

三、观张公任国画展览会

《观张公任国画展览会》作于1936年4月1日,载《东南日报·沙发》1936年4月3日第2638期,署名丰子恺。全文如下:

张公任君在开国画展览会以前的数月中,常常携带了他的新作品,来给我先看。所以这展览会里的作品,有一部分我是已经看见过,而且曾经题过字的。我觉得他每来一次,画技进步一次,料想他最近的作品中必多可观,就在展览会开幕后一小时进去参观。画共有七八十幅,分陈三室。大小参差不等,画法亦种种异趣。但有一致的统调,即着墨不多,设色淡雅。

这展览会使我想起了最近我所作艺术漫谈《绘事后素》。在这篇漫谈中我曾经说:

"绘事后素,是中国画特有的情形。这话说给西洋人听不容易被理解。因为他们的油画都是满面涂抹,不需要素地的。……中国绘事必须'后素。'素纸在中国绘画上,不仅是一个地子而已,其实在绘画的表现上担当着极重要的任务。这决不是等闲的废纸,在画的布局上常有着巧妙的效用。这叫做'空',空然后有生气。"又说:"绘事的'后素'与不'后素',在艺术上有甚么差异呢?据我看,'后素'的更富有'画意。'所谓画意,浅明地说,就是不希图冒充实物,而坦白地表明它是一张'画'。画中物象的周围,照事实论,一定要有东西。桌子也好,墙壁也好,天空也好。这叫做'背景。'西洋画是忠于写实的,凡画必有背景,故画面全部涂抹。中国画反之,画大都没有背景,让物象挂在空中。一块石头,或是一枝兰花,或是一个美人,都悬空挂着。它们的四周全是素纸。这好似无边的白云中，突然显出一种现象。故其对于人目的刺激很强，给人的印象很鲜明。这分明表白它不是实物而是一张'画'。"

这些话，好像是专为张公任画展而说的。所以公任要我写一篇评文，我走出展览会场回寓后，立刻给他写。公任也长于西洋画，并非专描国画的人，只要看他展览会中第七十三号的《鸿》，便可知道。那幅图中形状与明暗均富写实风，很像朗世宁笔底下的产物，但不是"涂抹"，而仍是"后素"的，特异其调子。我希望他的第二次画展中，再增多这一类的作品。

廿五年四月一日。

张公任（1906—1942），即张刚，亦即张公仁，就是丰子恺在《参观郑仁山指画展览会》中所提到的"旧学友公仁君"。浙江温岭人。在上海新华艺术专科学校中国画系学习期间，结识丰子恺。后在浙江省立杭州高中、杭州行素女中等校任教。张公任身材高大，丰子恺曾在其参加上海中国画会画展之作品《田园风味》上题句云："张刚身长，画技更长，画中瓜长，瓜味更长。"[1] 张公任和郑仁山，都是杭州书画艺术团体"莼社"的社友[2]。

1936年1月1日至5日，张公任在杭州市湖滨民众教育馆举行个人国画展览会，共展出七八十幅作品。据说，"张先生要举行此会的动机，始发于本年二月，那时他积旧时所作不过十余幅；而一个半月以来，每日作二三幅，无论山水花鸟人物，都是挥笔立就，我从未见过他作一幅画费却两小时以上的"[3]。此次展览会影响可谓巨

1　见杭州《浙江青年》月刊1936年12月15日第3卷第2期插页。

2　参见姜丹书：《关于莼社》，杭州《东南日报·沙发》1937年1月26日、27日第2909期、第2910期。

3　张厚植：《为张刚画展赘一言》，杭州《东南日报·沙发》1936年4月7日第2642期。

大,连日往观者有一万多人,"这在杭州一隅,不能不说是希有的盛况了"[1]。

丰子恺是在"展览会开幕后一小时进去参观"的,回寓后,立刻给张公任写了这篇"评文"。由张公任的画展,丰子恺想到他不久前所写的一篇《绘事后素》。《绘事后素》原载上海《申报》1936年3月31日第22599号,收入人间书屋1936年10月初版《艺术漫谈》。"绘事后素",出自《论语·八佾》。丰子恺认为,"绘事后素"是指"先有了白地子然后可以描画",孔子是用绘事打比方,以说明"人须先有美质然后可加文饰"之理。"美质是精神的,文饰是技巧的",他将中国画与西洋画进行对比,认为西洋画法"同油漆匠漆板壁一般"或"同泥水工砌墙壁一般",在工具、技法上,都是不必"后素"的;而中国画则必须"后素","大都着墨少而空地多,与西洋油画的满面涂抹者全异其趣"。在他看来,绘事"后素"更富有"画意"即"艺术味"。"后素"与不"后素",这是中国画与西洋画在艺术上的差异,也是东西文化差异在绘事上的体现。《观张公任国画展览会》大量引用了《绘事后素》中的文字,但有的并非原话,而是略有改动。

四、看了潘韵画展后

《看了潘韵画展后》载《东南日报·沙发》1936年6月12日第2707期,署名丰子恺。全文如下:

---

[1] 张厚植:《为张刚画展赘一言》,杭州《东南日报·沙发》1936年4月7日第2642期。

我看了潘君的山水写生展览会，感想很多：第一，近代服装的人物，在宣纸上出现，我这一会所见的最为自然。第二，不看画题即认识中国风画中所写的地点，现在是第一次。第三，向来看中国画展览会，往往有入梦之感。这会看了这近百幅的国画，只觉得视觉的愉快，而并无茫然之感。闻潘君言，其作画于写生甚认真，常携纸墨到山水中当面描绘，并非仅写回忆之印象者。我早年就有用中国画法描写火车汽车等现世题材之梦想，但因自己于国画技术完全是门外汉，未能想像现世题材中国画化之技法。潘君怀有与我同样之希望，而又具有国画化之技法。宜其作品特具一格，而牵惹我上述之种种感想也。

潘韵（1905—1985），字趣琴，别署琴韵草堂主，浙江长兴人。1934年上海新华艺术专科学校毕业并留校任教，后执教于杭州国立艺专、浙江美术学院等校。晚年，被聘为浙江省文史馆副馆长。潘韵以擅长山水画闻名，有《山水画谱》《树石画谱》等著作行世。

1936年6月初，潘韵在杭州商学社举行个人画展，陈列作品有八十余幅，大多是山水画。郑仁山在参观潘韵画展后，也写了一篇文章，题为《参观潘韵画展后的感想》，与丰子恺的《看了潘韵画展后》同时刊在《东南日报·沙发》上。文中，郑仁山说："据我推测潘君是根据西画写实的经验，应用到国画上来，并且把国画的风格化之乌有，完全表现着中国固有的国粹，而且能够放弃临摹的故技，专以游山玩水，摆脱一切的尘俗来写自然，这确是合于古人研究绘画的条件。由此可见到潘君对于绘画的六法上是有了精确的研究。至于他的作品，以文体言，用笔浑厚，色泽丽雅，仍能另创一格,实为目前改进国画的先声。"¹这一看法与丰子恺对潘韵画作的观感,大体上是一致的。

值得一提的是,除以上四篇文章之外,从1934年9月至1935年5月,丰子恺在陈大慈主编的《东南日报·沙发》上,还发表了大量漫画作品²。据不完全统计,至少有39幅,均署名TK。这些作品,也未见收入《丰子恺全集》。《沙发》副刊上,另有不少关于丰子恺的访问记、评论和消息,如俞平伯的《文坛新话——丰子恺与周泓倩》³、蔡镜川的《石门湾三文人》⁴、田耳(许钦文)的《丰子恺先生的漫画》⁵、旡士的《两个漫画家——丰子恺与郭建英》⁶、平易的《丰子恺访问记》⁷、陈福熙的《丰子恺先生的漫画》⁸等。这些史料对于研究丰子恺,特别是对于编撰丰子恺年谱、传记,都具有一定的参考价值。

---

1 郑仁山:《参观潘韵画展后的感想》,杭州《东南日报·沙发》1936年6月12日第2707期。
2 1934年9月22日,闻不多在杭州《东南日报·沙发》第2098期《作家动静》中称:"丰子恺昨访陈大慈,谓秋天的西湖,很富于画意,稍缓拟陆续为《沙发》作漫画……"9月26日,《沙发》第2102期上始见丰子恺漫画《湖滨的中秋》。《沙发》最后一次刊载丰子恺的漫画,是在1935年11月12日第2504期,画题为《现代生活》。此后,一直到1937年8月4日《沙发》出版最后一期(第3098期),该刊上再未发现丰子恺的漫画。
3 载杭州《东南日报·沙发》1934年8月25日第2070期,《俞平伯全集》失收。
4 载杭州《东南日报·沙发》1934年10月23日第2129期。
5 载杭州《东南日报·沙发》1934年11月21日第2157期。
6 载杭州《东南日报·沙发》1935年3月23日、24日、25日第2273期、第2274期、第2275期。
7 载杭州《东南日报·沙发》1936年3月19日第2623期。
8 载杭州《东南日报·沙发》1936年9月26日第2802期。

关于黄裳的一封短笺[1]

1982年6月30日、7月1日，香港《大公报》连载黄裳先生的《废名》一文。文中，黄裳先生对废名的文学创作和学术研究做了简要评介，同时披露了1947年6月16日废名给他的一纸题笺：

李义山咏月有一绝句："过水穿楼触处明，藏人带树远含清。初生欲缺虚惆怅，未必圆时即有情。"其第二句意甚晦涩，似指月中有一女子并有树，如小孩捉迷藏一样，藏在月里头，不给世人看见，所以我们只见明月。诗人想像美丽，感情溢露，莫此为甚。
民国三十六年六月十六日录呈
黄裳先生　　雅正　　　　　　　　　　　　　　　废名

看过这则题笺，一直心存疑惑：黄裳先生认识废名吗？他是怎么获得这一张字的？为了弄清这两个问题，2008年3月底，我冒昧给黄裳先生写了一封信，并随寄了一册《废名讲诗》。没想到，两

---

[1] 原载《中华读书报》2015年10月21日第14版《文化周刊》。

周后，就收到黄裳先生的复函。全文如下：

建军先生：

　　我在报上见此书出版，就托人去买，尚未得，即得惠赐，真是喜事。谢谢。此书编得甚好，尤其是将废名的短篇散见之论诗者辑入，甚善。废名给我写的那张字，是我托静远（潘齐亮）兄转讨来的。我不认识废名，静远是北大的学生。

　　所知不过如此，简复并志谢忱。

　　祝

好！

黄裳 08/4/17

　　2007年10月，我与废名哲嗣冯思纯先生合作编订的《废名讲诗》由华中师范大学出版社出版。全书包括"废名讲新诗"和"废名讲旧诗"两大部分，除成集者外，还收录了其他散见于报章杂志上的集外文。2008年3月5日、19日，《中华读书报》先后刊出眉睫的《谈〈废名讲诗〉的选编》和止庵的《也谈〈废名讲诗〉的选编》。两文作者分别针对《废名讲诗》的选编问题发表了各自的意见。黄裳先生说他"在报上见此书出版"，他所阅读的报纸很可能就是《中华读书报》。

　　从来信得知，黄裳先生并不认识废名，废名给他写的那张字是通过静远转讨来的。静远（1923—1968），即潘静远，又名潘齐亮，笔名丕强、不耳等，江苏宜兴人。时为北京大学历史系学生，"风雨社"骨干成员，兼任《文汇报》特约记者。废名于1946年9月由湖北黄梅重返北京大学以后，曾多次接受过他的采访。1947年1月，静远在题为《关于废名》的访问记中，对废名的唯心思想及其对待东方哲学和西方文明的态度作了较为详细的述评。颇为吊诡的是，静远预言废名"老境将很孤独寂寞"[1]，后来果真一语成谶。

还有一个问题，即题笺中既言"录呈"，那废名所题之文字是从何处录来的呢？本想也向黄裳先生请益，但他在《废名》中已经明确说过："他给我写的这一张字，也是转录他自己的玉溪诗论，不知道出处在哪里……"据《北京大学史料》[2]和吴小如、汤一介、梁治平等废名的嫡系学生回忆，1946年度第一学期和第二学期，废名开设了三门课程，即二、三、四年级的选修课"论语选""孟子选"和三、四年级的必修课"英文文学选读"（与杨振声合开）。他为学生讲"李商隐诗"，是1948年秋季以后的事，而且"事先好像并未写成讲义"，只是拿着《李义山集》"一句一句地讲"。所谓"玉溪诗论"，吴小如先生说他彼时"并未听说过"[3]。

这则题笺的出处到底在哪里呢？

1947年1月12日，废名在《平明日报·星期艺文》第13期上发表了一篇短文，题名《讲一句诗》。在全文抄引李商隐绝句《月》之后，废名讲了这么一段话：

> 这首诗怎么讲呢？我曾考了好些个人，没有一个人的答案同我相同。因此我很有点儿惶恐，难道只有我是对的，大家都不对么？连忙我又自信起来，我确实是对的，请大家就以我的话为对好了。四句诗只有"藏人带树远含清"一句难懂，这一句见诗人的想像丰富，人格高尚。相传月亮里头有一位女子，又相传月亮里头有一株

---

1 静远：《关于废名》，见文汇报编辑部编：《走过半个世纪：笔会文粹》，文汇出版社1996年7月版，第126—132页。
2 王学珍、郭建荣主编：《北京大学史料》，北京大学出版社2000年12月版。
3 吴小如：《读止庵编〈废名文集〉琐记》，《文史知识》2002年第12期。

树,那么我们看着,像一面镜子似的,里面实藏着有人而且有一株树了。月亮到什么地方就给什么地方以"明",而其本身则是一个隐藏,"藏人带树远含清",世间那里有这么一个美丽的藏所呢?世间的藏所那里是一个虚明呢?只有诗人的想像罢了。李商隐的这首诗,要说晦涩晦涩得可以,要说清新清新得无以复加。大凡想像丰富的诗人,其诗无有不晦涩的,而亦必有解人。我真忍不住还要赞美两句,这样说月,月真不是空的;这样写世界,世界真是美丽的。

废名给黄裳先生所写的那张字,其出处或许就在这里。有意思的是,自己的答案与众不同,一般人会怀疑自己可能错了,废名却说:"难道只有我是对的,大家都不对么?"这就是废名,很自信甚至有些自负。不过,他对李商隐"藏树带人远含清"一句诗的读解,确实别有会心,足可以聊备一说。在他看来,这一句诗之所以难懂,是缘于诗人丰富的想象,而"大凡想像丰富的诗人,其诗无有不晦涩的,而亦必有解人"。这也是废名的夫子自道。他以李商隐诗的"解人"自居,同时也可以视为他对自己的那些被称之为晦涩难懂的作品(包括小说、诗歌等)"必有解人"的期许。

黄裳先生谢世已有三年了,我将这封短柬公之于世,一方面是想提供给那些有心整理、编纂、出版黄裳先生遗著者,另一方面也算是借此表达对黄裳先生的怀念和感激之情吧。

梁遇春致胡适信[1]

在说梁遇春致胡适信之前,有必要简单介绍一下梁遇春其人。

梁遇春,字驭聪,笔名秋心等,福建福州人。1922年考入北京大学预科,1924年升入北京大学英文系,与废名、石民同学。1928年毕业,历任上海国立暨南大学外国语文系助教、北京大学图书馆事务员兼预科英文讲师。1932年6月25日,在北平逝世,年仅27岁。其生前著有《春醪集》,译品有《英美诗歌选》《小品文选》《一个自由人的信仰》《草原上》《荡妇自传》等二十余种。梁遇春的散文深受英国小品文作家查尔斯·兰姆(Charles Lamb)之影响,被郁达夫誉为"中国的爱利亚"[2]。

梁遇春致胡适信现藏中国社会科学院近代史研究所胡适档案内,全文如下(标点符号系笔者所加):

适之夫子赐鉴:

附上短文一篇,系前月回忆志摩先生时写的。里面所说吻火一节,却是三年前实秋先生宴饮新月同人时的情事。当时,夫子亦在

---

[1] 原载《中华读书报》2021年5月26日第14版《文化周刊》。
[2] "爱利亚"今译"伊利亚",系兰姆的笔名。

座,或者还能想起。记得希腊一位哲学家主张火是宇宙的本质,他曾经说一个人在河里不能两次洗同一的水。志摩先生的气质真好比一团灿烂的火花,他在生命的河流里洗净自己,刻刻有新的意境,新的体验,仿佛也可以说没有洗过同一的河水,所以"动"好像是他生活的真髓。夫子以为如何?短文请为斧削,诸容面陈。专此并请

道安

受业 梁遇春鞠躬 十一

信中所谓"短文一篇",指的就是《Kissing the Fire(吻火)》(简称《吻火》)。1931年11月19日,徐志摩因飞机失事遇难,《吻火》即是一篇悼念徐志摩的文章。1932年4月11日,这篇文章发表在天津《大公报·文学副刊》第223期,署名秋心。不幸的是,两个月后,梁遇春因突患猩红热病而离开了人世。

梁遇春死后,废名曾写过一篇《悼秋心(梁遇春君)》,载天津《大公报·文学副刊》1932年7月11日第236期。文中说:"今年他做了一篇短文,所以悼徐志摩先生者,后来在《大公报·文学副刊》(第二百二十三期)发表,当他把这短短的文章写起时,给我看,喜形于色,'你看怎么样?'我说'Perfect! Perfect!'他又哈哈大笑,'没有毛病罢?我费了五个钟头写这么一点文章。以后我晓得要字斟句酌。'"废名的这篇文章写于1932年7月5日,而梁遇春的《吻火》是其"今年"花费5个小时所作的,可见梁遇春致胡适信也应写于1932年。又据《吻火》发表月日(4月11日)和信中"前月"二字,可进一步推断这封信的具体写作时间很可能是1932年3月11日。

梁遇春在信中称:"里面所说吻火一节,却是三年前实秋先生宴饮新月同人时的情事。"关于这件事,他在《吻火》中是这样讲

的:"三年前,在上海的时候,有一天晚上,他拿着一根纸烟向一位朋友点燃的纸烟取火,他说道:'Kissing the fire。'这句话真可以代表他对于人生的态度。"在梁遇春看来,"人世的经验好比是一团火,许多人都是敬鬼神而远之,隔江观火",而徐志摩"却肯亲自吻着这团生龙活虎般的烈火,火光一照,化腐臭为神奇,遍地开满了春花,难怪他天天惊异着,难怪他的眼睛跟希腊雕像的眼睛相似,希腊人的生活就是像他这样吻着人生的火,歌唱出人生的神奇"[1]。因此,梁遇春把徐志摩空中遇难视为"他对于人世的火焰作最后的一吻了"。

古希腊哲学家赫拉克利特(Heraclitus)曾指出,万物都处在不断变化之中,人不能两次踏进同一条河流。他主张火是宇宙万物的本原,火产生一切,世界是一团永恒的活火。梁遇春对赫拉克利特推崇备至,称他是"绝顶聪明的哲学家"[2]。他极力赞同赫拉克利特的观点,并用以评价徐志摩,认为徐志摩的气质"真好比一团灿烂的火花","'动'好像是他生活的真髓"。这种"动"的生命状态和"吻火"的人生态度,也是梁遇春生前所神往的。

梁遇春逝世后,胡适曾与周作人、叶公超、废名、俞平伯等人发起举行他的追悼会,亲自编辑他的遗译《吉姆爷》[3]。在《编者附记》中,胡适说梁遇春英年早逝,"中国失去了一个极有文学兴趣与天才的少年作家"。

梁遇春遗留下来的书信,以前仅见五十几封,都是写给石民的。那么,新发现梁遇春致胡适的这封信,便显得弥足珍贵了。

---

[1] "人生的火",原刊为"人的火"。
[2] 梁遇春:《观火》,上海《语丝》周刊1929年12月23日第5卷第41期。
[3] 《吉姆爷》(*Lord Jim*),长篇小说,康拉德(Joseph Conrad)著,上海商务印书馆1934年3月初版。整部小说计45章,梁遇春未译完,第24—45章系袁家骅续译,但书名页译者仅署梁遇春一人。

林徽因集外文辑说[1]

人民文学出版社2014年12月版《林徽因集》（三卷四册）是以梁从诫编、百花文艺出版社1999年4月版《林徽因文集》（全二卷）为底本修订、增补而成的。诚如梁从诫夫人方晶所说的，这套按全集体例编纂的"新版《林徽因集》较之旧版文集更加丰厚、严谨、完善，也是目前行世的最完备的本子"[2]。但所谓"最完备"毕竟是相对而言的，赵国忠、耿璐、杨新宇、陈学勇、刘昫等人先后披露的《诗——自然的赠与》（诗）[3]、《唐缶小瓷》（诗）[4]、《住宅供应与近代住宅之条件——市政设计的一个要素》[5]和三封书信[6]等，就

---

[1] 原载《新文学史料》2016年第3期，题为《林徽因集外佚文辑说》。

[2] 《〈林徽因集〉跋》，《林徽因集》（建筑、美术卷），人民文学出版社2014年12月版，第584页。

[3] 载北平《平明日报·星期艺文》1948年9月5日第72期，见赵国忠《〈平明日报·星期艺文〉与林徽因的三首佚诗》，《现代中文学刊》2011年第4期。

[4] 载天津《大公报》1936年10月10日"国庆特刊"，见耿璐、杨新宇《中国现代女诗人三题——林徽因、宋清如、霍薇》，《现代中文学刊》2014年第1期。

[5] 载重庆《市政工程年刊》1946年12月第2期，见陈学勇《岂止是说建筑——读林徽因一篇建筑佚文》，《现代中文学刊》2015年第6期。

[6] 见刘昫《岂曰无衣 与子同袍——梁思成林徽因致陈岱孙的六封书信》，上海《文汇报》2016年3月15日第11版。

为《林徽因集》所失收。前不久，我也发现了两篇文章，一篇题为《清代建筑略述》，原载中国建筑展览会1936年4月编印《中国建筑展览会会刊》；一篇题为《我们的首都——北京》，原载1953年1月1日《中学生》1月号。这两篇文章均未收入已版各种林徽因文集，有关林徽因年表、年谱等亦不见著录。

先说《清代建筑略述》。

1936年2月间，为了"表扬中国建筑演化之象征与伟大，并以引起社会上对于中国建筑之认识与研究"[1]，上海市博物馆董事长叶恭绰等联合国内建筑师、营造商和对于建筑有兴趣的个人及团体共同发起举办中国建筑展览会。2月28日，在八仙桥上海青年会九楼（即中国建筑师学会所在地）召开首次发起人会议。会议通过了《中国建筑展览会章程》，初步确定了展览会职员名单。上海市市长吴铁城被推举为名誉会长，叶恭绰为会长，梁思成等十五人为常务委员（后又增加一人）。展览会下设四组，即征集组、陈列组、宣传组和事务组。陈列组主任始为林徽音（因）一人，后又加推董大酉为主任。宣传组后改称编辑组，徐蔚南为主任。首次发起人会议决定，每周五下午由会长召集在青年会举行一次常务委员会。在展览会正式开幕之前，常务委员会共召开了五次会议。3月13日，第二次常务委员会上讨论了"编辑纪念刊案，决议：交编辑组计划后，分送各委员指正"[2]。3月20日，第三次常务委员会上又讨论了"纪念刊物如何编辑案，（议决）由编辑组，向建筑师学会及建筑协会商议，提交下届常会讨论"[3]。3月27日，第四次常务委员会上，

1　《中国建筑展览会章程》，上海《中国建筑展览会会刊》，中国建筑展览会1936年4月编印。

2　《本会筹备经过》，上海《中国建筑展览会会刊》，中国建筑展览会1936年4月编印。

3　《本会筹备经过》，上海《中国建筑展览会会刊》，中国建筑展览会1936年4月编印。

编辑组提出"拟将纪念刊单独出版"[1]。

经过一个多月的筹备、征集、布置和宣传，中国建筑展览会于4月12日在上海市博物馆隆重开幕。这次建筑展览会规模浩大，盛况空前，共展出52家单位所提供的模型、图样、书籍、摄影、材料和工具等六大类物品6000余件[2]。其中，前四大类及古代建筑材料，陈列在上海市博物馆内，现代建筑材料及工具陈列在博物馆贴邻中国航空协会内。会展期间，前往参观者达四万多人，"是市中心区于一九三五年（民国二十四年）举行第六届全国运动大会后，未曾有过的热闹"[3]。

4月19日闭幕的当天下午，中国建筑展览会假座青年会召开第二次发起人会议。会议通过了《中国建筑展览会宣言》，讨论了"推举纪念特刊编辑案"，议决叶恭绰、梁思成、董大酉、杜彦耿、徐蔚南、胡肇椿、陈端志等七人为编辑委员[4]。

会展结束后不久，中国建筑展览会于1936年4月推出《中国建筑展览会会刊》。这份会刊大概就是前述常务委员会和第二次发起人会议上所一再讨论的"纪念刊"或"纪念特刊"。其《发刊词》由叶恭绰撰写，铁道部次长、中国建筑展览会名誉副会长曾养甫作《中国建筑展览会会刊序》。会刊所收文章大部分已在《申报》《大晚报》等报刊上登载过，仅少数者先前未曾发表，如林徽因的《清

---

1 《本会筹备经过》，上海《中国建筑展览会会刊》，中国建筑展览会1936年4月编印。

2 参见《中国建筑展览会出品一览》，上海《中国建筑展览会会刊》，中国建筑展览会1936年4月编印。

3 《中国建筑展览会纪录》，《上海研究资料续编》（内部发行），上海通社编，上海书店1984年12月版，第481页。

4 《本会筹备经过》，上海《中国建筑展览会会刊》，中国建筑展览会1936年4月编印。

代建筑略述》即是。这篇文章在目录页题目下无署名，内文页署名林徽音。全文如下：

  吾国近年建筑，采取本国式者日渐加多；而吾人所可参考之现存实物，自以清代者为最多，故所采之本国式亦不期然而趋重于清代式。但清代式较之历代之式，优劣之点安在？暨所适宜于现代者安在？应加改进者安在？吾人若非先有详晰之研究与明白之认识，势必随波逐流，依违钞袭，甚至舍长取短，得粗遗精：不但不足表现固有之特长，而且成为一种降而愈下之制作。其所关固非细故也。清代建筑，就大体而论可谓完全沿袭明代，其间稍殊异者，为康熙以来之吸收欧式及采用回藏式。然并未能达融化之域，且仍为局部的。故清代只能称为明代式之附庸，而远不及宋元式之有特色与匠心，例如房屋之平面，清式概为四合头（指北方）。此式乃明代所创，清代充分完成其用；但只觉呆滞而缺变化。再就屋架结构而论，清代柱之配列，亦极呆板，绝未顾及室内空闲之需要，使柱之配列增减，不致与之相妨。至用料一层，不知是否因缺乏相当材料所致，致发生拼凑迁就，（如箍扎披麻等做法，）不但减少美观，而且多违建筑原则。又如宋元式梁之横断面，恒为一与二或二与三之比，与现代科学上法则暗合。清代则恒为八与十或十与十二之比，如此则横断面成为方形，徒增加梁之分量，而于全屋架之承重力，绝少增加。此外斗拱益形缩小，数虽加多而承力愈减，致完全变为装饰物。至屋面各装饰以及雕刻彩画等等大抵趋于繁碎软弱纤巧，失去以前浑雅庄严之致。故综论清代建筑，实罕堪以取法之点。此非有意苛责，盖事实本来如是，吾人亦不容故为辨解也。吾人今日而欲真明我国建筑之优点，及如何取则，固非由清溯明，上逮宋元，以远追六朝及唐代不可，窃愿同志于此加之意焉！

这篇文章拢共不足700字，但高屋建瓴，言简意明，把清代建筑的特点大体概述出来了。在林徽因看来，清代建筑"完全沿袭明代"，是"明代式之附庸"。清代建筑在房屋之平面、屋架结构、用料、梁之横断面、斗拱和屋面装饰及雕刻彩画等方面，均可谓乏善可陈，"实罕堪以取法之点"。在此前发表的《论中国建筑之几个特征》等文中，林徽因一贯主张，一座完善或好的建筑，原则上必须具备三个要素，即实用、坚固和美观。"实用者：切合于当时当地人民生活习惯，适合于当时地理环境。坚固者：不违背其主要材料之合理的结构原则，在寻常环境之下，含有相当永久性的。美观者：具有合理的权衡（不是上重下轻巍然欲倾，上大下小势不能支；或孤耸高峙或细小突出等等违背自然律的状态），要呈现稳重，舒适，自然的外表，更要诚实的呈露全部及部分的功用；不事掩饰，不矫揉造作，勉强堆砌。美观，也可以说，即是综合实用，坚稳，两点之自然结果。"[1]林徽因对清代建筑作出如此之判断和评价，正是以实用、坚固和美观这一基本原则为衡量标准的。林徽因认为，清代建筑未能充分表现中国建筑固有之优长，"而欲真明我国建筑之优点，及如何取则"，应当由清溯明，上逮宋元，以至六朝和唐代。林徽因这样说，并非否定清代建筑的研究意义和价值。1934年1月，在为梁思成《清式营造则例》所作第一章"绪论"中，她曾明确指出："不研究中国建筑则已，如果认真研究，则非对清代则例相当熟识不可。""研究清式则例，也是研究中国建筑史者所必须经过的第一步。"[2]《清代建筑略述》虽为专业文章，但文辞犀利、直言不讳、气势逼人，字里行间尽显林徽因之深厚的学养、超

---

[1] 载北平《中国营造学社汇刊》1932年3月第3卷第1期。
[2] 见梁思成《清式营造则例》，中国营造学社1934年6月版，第6—7页。

拔的才情和"口快，性子直，好强"[1]的性格特征。

再说《我们的首都——北京》。

1952年1月1日至7月1日，林徽因曾在《新观察》半月刊"我们的首都"专栏发表过一组介绍北京古代建筑的文章，即《中山堂》《北京市劳动人民文化宫》《故宫三大殿》《北海公园》《天坛》《颐和园》《天宁寺塔》《北京近郊的三座"金刚宝座塔"》《鼓楼、钟楼和什刹海》《雍和宫》和《故宫》。同年，她还写了一篇《我们的首都——北京》，发表在1953年1月1日《中学生》1月号（总253期），署"北京市人民政府都市计划委员会委员林徽因"。随文配有四幅插图，即《正阳门前面的雄伟的箭楼》《北海琼华岛上的西藏式的白塔，这是1651年的建筑物》《紫禁城城墙上的角楼，前面是卫城河》和《一个建筑工作者所试拟的明日的北京市区中一条街道的景象》，"由高洁同志所摄"（见文末注）。

我们的首都——北京

北京，一提起这个城的名字，就会使十数亿人感到兴奋。北京跟莫斯科一样，是照耀着人类进步的一道光芒，一座为和平，为人类美好的将来而奋斗的坚强的堡垒。

北京是东方第一座历史名城。春秋战国时代，这里就是燕国的都城，一直到唐朝，都是中国北方的政治、经济、军事的中心。那时叫做"幽州"。辽的"南京"，金的"中都"，也就在这个地方。元朝在这儿建筑了新城——"大都"。明清两朝，在新城的基础上，又一再扩充建设。今天我们所见的北京，就是这样一步一步发展起来的。

北京的雄伟和美丽是说不尽的。

---

1 渭西（李健吾）：《林徽因》，《作家笔会》（春秋文库第1集），柯灵编选，春秋杂志社1945年10月初版，第31页。

我们先看街道的布局：南北贯串城中央的，是一条中轴，从正南的永定门起，穿过正阳门，天安门广场，故宫，一直到故宫正北的鼓楼。左右还有两条纵的主要干道，由宣武门和崇文门经过东、西单牌楼，东、西四牌楼，直到城北；故宫前面，有两条横的主要干道，一条是东西长安街，一条是东西交民巷；故宫后面也有两条横干道，一条是景山前大街，一条是地安门东西的大路，其他的街巷都是从这四条干道分支出去的平行的胡同。像这样气象雄伟，秩序井然的，按照计划建筑起来的城市，在古代建筑史上，是很少见的。

至于各种建筑物的配置，形象更是动人。四面雄峙着的城楼、箭楼；中间金子般光耀的琉璃瓦宫殿，浮在绿色的树海中。故宫西边是三个连续的湖沼——三海，沿岸都是庭园建筑。还有一处处的坛庙，寺观，牌楼，高塔，真是美不胜收。我们站在金鳌玉蝀桥上，瞭望平静如镜的北海和它中间的琼华岛；隔着御沟河，遥望紫禁城黄瓦嶙峋的角楼，或在黄昏时分，从什刹海的西岸看鼓楼上的斜阳，就会被它那种庄严辉煌的景象吸引住了。

北京是历代灿烂文化的代表，是中国劳动人民无限智慧的结晶。今天，我们有新生力量的人民，将一面继承民族艺术的传统，一面吸收苏联先进的经验，使北京建设得更加庄严，更加美丽。

一九五一年冬天，在北京市各界人民代表会议上，首都的都市计划委员会作了一个初步报告。这报告中指出，明天的北京的轮廓，大体是这样的：

现在北京城区有六十二平方公里，明天的北京将要逐步扩大到四百五十平方公里，比现在大七倍。人口可能增加到四五百万。建设的计划，以有重大政治意义的天安门广场为中心。广场面积要扩大一倍，中心耸立着毛主席题字的"为国牺牲人民英雄纪念碑"[1]。广场周围是和天安门的门楼相配合的，壮丽的行政大厦，所有的建筑物都是富有中国传统风格的多层楼园。正阳门以南，建造中央企业管理机关。横贯广场的林荫大路，将由东郊开始，直达门头沟。它不但是一条交通大道，而且将成为连续不断的带形的公园。

东南郊是工业区，绿色围护的现代工厂，就要在这个区内建设起来。华北多西北风，工厂设在东南郊，煤烟就会向东南散去，不会笼罩在市区的上空。这个区域附近，是设备周全的工人住宅区，除了住房，还有合作社、托儿所、文娱场所和医疗站。

风景美丽的西北郊是文教区。科学院，各个大学，许多专科学校和研究机关，都要很好地安排在这个区域内。所有的建筑物都是有组织的，表现出艺术的一致性。全区将成为一个全国学术研究的中心。

更西一点的地带是风景区，原来就有许多大寺院和名胜古迹，将来还要建筑起无数的疗养院、休养所，供给劳动人民享用。

邻近这些区域的空地上，都将和工业区附近一样，建立起许多安静而方便的住宅区，每区都有足够为居民们服务的合作社、托儿所、小学校、医院、文化宫和剧院等设备。

北京还要造富丽堂皇的铁路客车站，位置可能在广安门外，永定门外和东郊几个地方。东郊、丰台和石景山，还要有规模宏大的货车站，北京和各地间的旅客来往和货物运输，便可以得到充分的方便。

最含革命性的计划是对北京河湖系统的改造。我们还要恢复北

---

1 原刊此句末原有"（参看封里图片）"字样，后被《中学生》编者以墨涂掉。目录页原列有《为国牺牲人民英雄纪念碑》，题名下署"新华社摄影部（封里）"，也被编者涂掉。封里实无《为国牺牲人民英雄纪念碑》图片。

京和天津之间运河的作用。城墙周围的护城河也要加宽加深，河的两岸都用花岗岩砌成堤岸；等永定河上游的官厅水库完成后，那里的水就可以引到运河和护城河里来。小型汽船便可以由天津直驶到正阳门，由护城河可以划船到北海，由北海也可以划船出城，沿着西郊美丽的长河，直达颐和园。这一带简直就成了水上公园了。城内城外美丽的宫殿、庙观、寺塔、园林和所有名胜古迹，也都要组织到整体计划中来，成为人民文娱、休养、学习的地方，它们将像珍珠一样镶嵌在明日的花园般的城市之中，发出无可比拟的光辉。

这次来中国的苏联文化代表团里有一位同志，曾经提醒我们说："你们习惯于你们自己的东西，你们可能不常常觉察到你们的国家是多么伟大而丰富。你们的建设的迅速，也正像一位魔术家一样是令人惊异的。"

真的，我们首都美丽的远景，是必会像魔术一样很迅速地出现在我们面前的。它将随同我们国家经济建设的进展而加速实现。

《我们的首都——北京》发表以后，曾被选入山东省函授师范学校编、山东人民出版社1954年4月版《语文选读（上册）》，中国人民大学中国语言文学教研室编、中国人民大学出版社1954年8月版《阅读文选（第一册）》（预科二年制用），北京函授师范学校编、文化教育出版社1955年11月版《语文课本（第一册）》（试用本）等多种语文教材。我是根据北京函授师范学校《语文课本》所提供的出处，才找到这篇文章的原刊本的。在选入教材时，编者对原刊本都做了少量的改动。如《语文课本》，除对原刊本的标点符号改动了六七处外，文字上也略有修改：第1自然段，"十数亿人"改为"十几亿爱好和平的人民"；第4自然段，"南北贯串"改为"南北贯穿"；第5自然段，"金子般光耀"改为"闪着金子般光辉"；

倒数第2自然段,"你们的国家"改为"你们国家";最后一个自然段,"必会"改为"必然会"。

这是一篇典型的文艺性说明文,既具有科学性,又富有文学性。整篇文章中心突出、不蔓不枝、层次井然:首先(第1自然段),说明我们的首都北京在保护世界和平中的重要地位和作用;其次(第2自然段),简要介绍北京的悠久历史;再次(从"北京的雄伟和美丽是说不尽的"至"使北京建设得更加庄严,更加美丽"),从街道的布局和各种建筑物的配置两方面,说明"北京是历代灿烂文化的代表,是中国劳动人民无限智慧的结晶",同时指出北京的远景会更加美丽;最后(从"一九五一年冬天"至结尾),具体描述"明天的北京的轮廓",指出北京美丽的远景必将很快地成为现实。

1951年12月28日,在北京市第三届第三次各界人民代表会议上,北京市人民政府都市计划委员会副主任梁思成作了题为《关于首都建设计划的初步意见》的报告,概括介绍了北京市都市计划委员会初步草拟的未来15年至20年间首都建设的发展规划[1]。林徽因所勾勒的"明天的北京的轮廓",主要依据的是梁思成的这一报告。遗憾的是,他们所描绘的北京"美丽的远景",并没有"像魔术一样很迅速地出现在我们面前"。

---

[1] 参见《北京市人民政府都市计划委员会梁思成副主任关于首都建设计划的初步意见的报告》,《北京市人民代表大会文献资料汇编(1949—1993)》,北京市人大常委会办公厅、北京市档案馆编,北京出版社1996年1月版,第162—166页。

凌叔华的《小哥儿俩》[1]

凌叔华,原名凌瑞唐,笔名瑞棠、素心、素华、SUHOA等。1900年3月25日出生于北京,原籍广东番禺。从七八岁起,就从师学画。1919年,进天津北洋直隶第一女子师范学校。1921年,入燕京大学。1923年,发表小说处女作《女儿身世太凄凉》。同年,毕业于燕京大学外文系。1926年,与陈源(西滢)结婚。1927年,在燕京大学任教。1928年,第一本短篇小说集《花之寺》由上海新月书店出版。1929年,随丈夫到武汉大学,后与袁昌英、苏雪林并称为"珞珈三杰"。1930年,短篇小说集《女人》和《小孩》由上海商务印书馆出版。1935年,应约主编《武汉日报》副刊《现代文艺》。同年,《小孩》改名《小哥儿俩》,列为"良友文学丛书"之一种,由上海良友图书公司印行。1938年初,随武汉大学迁往四川乐山。1939年底,北上奔母丧,后留居北平,执教于燕京大学。1941年底,离开北平。1942年初,抵达乐山。1947年,定居英国。1953年,英文自传体小说《古韵》由英国荷盖斯出版社出版。1956

---

[1] 原载《博览群书》2011年第3期,收入湖北教育出版社2011年2月版和海豚出版社2013年1月版《小哥儿俩》。

年,到新加坡南洋大学任教。1960年,执教于加拿大多伦多大学。同年,文集《爱山庐梦影》由新加坡星洲世界书局出版。1968年,返回英国。1989年,回到中国。1990年5月22日在北京病逝,享年90岁。

《小哥儿俩》出版之前,即1935年9月,凌叔华写过一篇自序,全文如下:

这本小书先是专打算收集我写小孩子的作品的。集了九篇,大约自民国十五年起至本年止,差不多近十年的工作了。排印以后,编辑者说这书篇幅少些,希望我添上几篇,这是后面几篇附加原因。那是另一类的东西,骤然加入,好像一个小孩子,穿了双大人拖鞋,非常不衬,但为书局打算,这也说不得了。

书里的小人儿都是常在我心窝上的安琪儿,有两三个可以说是我追忆儿时的写意画。我有个毛病,无论什么时候,说到幼年时代的事,觉得都很有意味,甚至记起自己穿木屐走路时掉了几次底子的平凡事,告诉朋友一遍又一遍都不嫌烦琐。怀念着童年的美梦,对于一切儿童的喜乐与悲哀,都感到兴味与同情。这几篇作品的写作,在自己是一种愉快。如这本小书能引几个读者重温理一下旧梦,作者也就得到很大的酬报了。[1]

本书以《小哥儿俩》初版为底本,保留9篇"小孩子的作品",删去4篇"另一类的东西",加入《小床与水塔》《红了的冬青》《一件喜事》《一个故事》《八月节》《阿昭》《中国儿女》和《死》等8篇童话或以儿童为主角的作品,仍旧沿用这个影响很大而且为一般

---

[1] 叔华:《小哥儿俩序》,《武汉日报·现代文艺》1935年11月8日第38期。

读者所熟悉的书名。

凌叔华之所以把其作品里的"小人儿"看作是她"心窝上的安琪儿",最根本的原因在于她"对于一切儿童的喜乐与悲哀,都感到兴味与同情"。她曾在1939年所发表的演讲《在文学里的儿童》中说:"我自己大约属于偏爱儿童那一种人,长大成人后,我的兴趣常常与儿童仿佛很近。在玩艺店里或摊子上,我看了要买,买了又看,常站上一两个钟头。一堆小孩子在那里玩笑,我虽不能参加,但是在旁守着,向来没感乏味儿。"[1]还说她写作儿童小说,是一种享受、一种愉快的工作。正因为凌叔华偏爱儿童,有与儿童相近的兴趣,所以她的笔触能够深入到儿童的心灵世界,写出大乖、二乖、枝儿、"弟弟"、小英、千代子、开瑟琳、晶子等众多个性鲜明,年龄与其思想、行为、心理相称的"小人儿"来。如果说叶圣陶、张天翼等人的儿童文学作品是"观察儿童生活的结果"[2]的话,那么,凌叔华的儿童文学作品则是用心感受儿童生活的结果。

收入本书中的《中国儿女》,是凌叔华仅有的一部中篇小说,创作于抗战中期。这部小说与凌叔华此前的作品相比,在题材上有较大的变化,标志着作者已将视线由"高门巨族"的深深庭院投向窗外血与火的苦难世界。抗日战争爆发以后,凌叔华关注国家的前途,更关心儿童的命运,并为此做了一些切切实实的工作。1938年3月10日,中国"战时儿童保育会"在汉口成立,凌叔华被聘为名誉理事。同年5月18日为国际儿童亲善节,中国国际联盟同志会邀集武汉地区的5岁至14岁中外儿童约180人,在海军青年会举行庆祝大会。大会由凌叔华主持并致欢迎词,她呼吁与会同志"勿忘怀

---

[1] 叔华:《在文学里的儿童》,桂林《文学集林》1940年4月第4辑("译文特辑")。

[2] 惕(茅盾):《再谈儿童文学》,上海《文学》月刊1936年1月1日第6卷第1号。

现正受难之中国儿童","此后多做救济中国难童工作"[1]。针对大量无辜儿童被日军战机炸死炸伤的惨状，凌叔华写过一篇题为《为接近战区及被轰炸区域的儿童说的话》的文章，希望"把接近战地以及有被轰炸危险的城市或村镇中的儿童尽量收集，尽力把他们移送较为安全的地带。最好能教养他们，使其在抗战岁月中，身心仍得良善发育，为国家制造一些未来的良善有用的国民，使他们成功我们复兴的一批台柱子"[2]。1942年，她曾购买近千元床桌罩等手工艺品，寄往美国，请胡适帮忙出售，所得款项全部捐给内地战时儿童保育院。凌叔华对处于水深火热中的中国儿童倾注了爱心，也寄予了厚望。在《中国儿女》这部小说中，她借建国、徐廉、宛英等几个"中国儿女"，表达了自己抗战救亡的爱国热情，同时把复兴国家的希望放在他们这些未来的"台柱子"身上。

凌叔华既是作家，也是画家。总体来看，她的儿童文学作品大多情节比较单一，结构比较单纯，具有一种"写意画"的特点。正如朱光潜所说："作者写小说像她写画一样，轻描淡写，着墨不多，而传出来的意味很隽永。"[3]

---

1 《汉市昨庆祝世界儿童亲善节》，《武汉日报》1938年5月19日第4版。
2 凌叔华：《为接近战区及被轰炸区域的儿童说的话》，重庆《新民族》周刊1938年11月22日第2卷第18期。
3 朱光潜：《论自然画与人物画——凌叔华作〈小哥儿俩〉序》，天津《天下周刊》1946年5月5日创刊号。

又见陆小曼佚文佚简[1]

《陆小曼文存》（柴草编）由三晋出版社于2009年12月印行后，我陆续找到陆小曼《自述的几句话》《请看小兰芬的三天好戏》《马艳云》和《灰色的生活》等4篇佚文，这些佚文均已作为附录收入人民文学出版社2012年9月版《眉轩香影 陆小曼》（柴草著）。陆小曼未收集的作品尚有可发掘的空间，前些时，我阅读民国时期报刊，又见到一文一简。

一、我的小朋友小兰芬

小兰芬是何许人也？她和陆小曼究竟是什么关系？树人在《陆小曼与小兰芬之关系》中说得比较清楚：

前晚偕友往新新，遇郑正秋君，畅谈坤伶小兰芬之身世。据

---

[1] 原载《书屋》2018年第7期。

云,小兰芬在京与陆小曼为比邻,兰芬家甚贫,然聪敏倍于恒人,七岁之时,从一周姓者学戏,未一年,而能戏竟至十余剧。其进步之速,令人咋舌。小曼爱其聪敏,怜其贫,时赐济之。后兰芬在开明搭班,未数月,忽大病,卧床月余,病势有增无减。是时小曼适由京迁移来沪,遂与兰芬消息隔绝。去冬,兰芬膺上海舞台之聘,来沪献艺。小曼亦尝见其名于报端,惟以别兰芬时,其病状断无生理,今之小兰芬,殆别有一人,故漫不为意。后经多方刺探,始悉此小兰芬,固即数年前受小曼怜爱之小兰芬也,于是竭力为之捧场。兰芬近年之声誉日隆,微小曼安有此。[1]

陆小曼捧小兰芬,不仅肯花大本钱,还专门为她写过两篇文章。1928年4月3日、4日、5日,上海舞台安排小兰芬演剧三日,第一日《玉堂春》,第二日《南天门》,第三日《六月雪》。陆小曼特地作《请看小兰芬的三天好戏》[2],竭力予以推介。在陆小曼眼里,小兰芬既"规矩",又有"本领",其"喉音使腔以及念白做派,实在在坤角中已是狠难能的了"。陆小曼直言不讳地替女伶抱不平、讨公道,认为唱戏是一种极正当的职业,主张包括旦角在内的女角儿,应由女性来扮演,惟有如此才"不失自然之致"。

在发表《请看小兰芬的三天好戏》的同一天,陆小曼还在上海《晶报》第1089号上发表了一篇《我的小朋友小兰芬》:

我生平就爱看戏,尤其爱看女戏。戏的好坏倒不论,常常从开锣戏直看到底(近来身体不好,不能坐长了)。也为了这个缘故,我才从琴雪芳的班子里看到马艳云,又从艳云的班子里看到兰芬,

---

1 树人:《陆小曼与小兰芬之关系》,上海《金钢钻》1928年4月2日第476号。
2 陆小曼:《请看小兰芬的三天好戏》,《上海画报》1928年4月3日第338期。

也算是一点子小小的因缘,所以有时候是不能不破费些工夫的。兰芬的身世说起也很可怜(但风尘中的女子,那一个不是可怜,他[1]的我碰巧知道就是了),他家本来还好的,后[2]来中落了,窘得很,要不是兰芬自有主见,决意学戏,他的下落竟许还不如现下。他倒是真聪明,皮簧才唱了一年多。我在京时他唱不满两个月就病倒了,我南来后直惦着他,怕他那病不易好,谁想他倒活鲜鲜的到上海来了。我是喜欢他的大派,唱做都走正路,一些都不沾时下坤角的习气,底子也好,只要有名师指导,一定可以在现在戏界里分一席地的。

文中所谓小兰芬身世可怜、有主见、走正路、底子好等,大体与《请看小兰芬的三天好戏》中所说的意思差不多。

陆小曼为何要力捧小兰芬?郑正秋在《新解放的小兰芬》[3]一文中认为,她是"凭着平等的观念,互助的精神,对小兰芬常表十二分的同情心"。在他看来,陆小曼肯下本钱、邀朋友捧一个小小的坤角,其意义十分重大,不仅关乎"捧角的道德",而且改革了以包银多少、角儿大小来分戏码高低的旧惯习,打破了大角儿瞧不起小角儿、不愿同小角儿配戏的阶级观念,同时也有利于人才的培植。

经陆小曼等人力捧,小兰芬声誉日隆,戏码排到了后三出,在戏界里分得一席之地[4]。

---

1 "他",原刊文如此。下同。
2 "后",原刊为"从"。
3 郑正秋:《新解放的小兰芬》,《上海画报》1928年3月24日、3月30日、4月9日第335期、第337期、第340期。
4 可参见拙文《陆小曼"捧角"》,《书城》2012年第8期。

二、致《新闻报》编者函

1934年5月30日,上海《新闻报》第14737号登出一则题为《王赓已恢复自由 有赴德留学说》的消息,内中称:"当'一二八'沪战时,八十八师独立旅旅长王赓,因擅离职守,遗〔贻〕误戎机,由军事委员会判处徒刑,羁押已久。顷据军界消息,王得有力者之说项,已恢复自由。……而王自出狱后,即乘轮赴港。惟据另一方面消息,王早出狱,与其眷属陆小曼赴德留学,以求深造云。"陆小曼看到这则消息后,于6月1日给《新闻报》编者写了一封信。此信刊于次日《新闻报》第14739号,题作《来函》。全文如下:

迳启者:昨阅五月三十号贵报本埠新闻所载"王赓恢复自由"一则,内云挈眷属陆小曼赴德云云,完全〔全〕与事实不符。小曼自与王赓离婚之后,盖已多年不惟,从未见面,即只字亦未尝往还,何来眷属之说?为恐以讹传讹,用特函请将此信登入更正栏,予以更正为感。

陆小曼启
六月一日

关于王赓何以被拘捕、判刑、羁押事,坊间流行的版本大多不确。据南京《军政公报》1932年10月31日第142号所载《军政部判决书》,王赓原系宋子文部税警总团团长,"一·二八"淞沪事变后,奉令率部援助第19路军抗日作战,为陆军第88师独立旅旅长,负责警戒南市龙华北新泾线并死守南市。其旅部驻扎在曹河泾。2

月27日上午,王赓接宋子文电话令,赴上海法租界谈话,未报得第19路总指挥及蔡廷锴军长许可,即行离职前往,旋又乘便往美国领事馆访友,行经里查饭店附近,被日本警察拘捕。因其离去职役期间尚未超过3天,终以在戒严地域无故离去职役未遂论处。至于其被控泄露军事秘密部分,经第19路总指挥部复查,并无其事。高等军法会审后,判处王赓有限徒刑2年6个月。1962年,陆小曼曾在《关于王赓》[1]一文中,据其母亲等亲友所言,谈到王赓赴美国领事馆的原因及被日军逮捕的经过,或可聊备一说。

王赓出狱后,因肾病复发,遂到德国医治,实非什么"赴德留学,以求深造"。陆小曼自1925年与王赓离异后,就"从未见面,即只字亦未尝往还"。《新闻报》消息称陆小曼为王赓之"眷属",当然是无稽之谈。

早在两年前,沪上报纸在报道王赓被捕事时,就曾涉及陆小曼,说她"仍与王青鸟往还","向各方营救王赓","与彼重赋同居之雅"[2]。针对这些捕风捉影的流言蜚语,陆小曼给徐志摩生前好友余大雄写了一封信,希望他登出来,"以释群疑"。1932年3月24日,这封信以《陆小曼的一封信》为题,发表在余大雄主持的《晶报》上。信中也明确表示她自与王赓离婚后,"至今绝无往来"。

陆小曼借助于报纸媒体发表公开信,固然是为名誉而辩,以免各界误听讹传,但其隐含意图恐怕是为了与王赓撇清干系,因为王赓事件毕竟太重大了。

---

1 陆小曼:《关于王赓》,《文史资料选辑》第30辑,中国政协文史资料委员会1962年9月编印,第249—250页。
2 《陆小曼的一封信》,上海《晶报》1932年3月24日第1554号。

陆小曼手札和启事[1]

自2012年以来,我先后披露过陆小曼《自述的几句话》《请看小兰芬的三天好戏》《马艳云》《灰色的生活》《我的小朋友小兰芬》等文五篇和其致《新闻报》编者函一通[2]。前不久,又在民国时期上海小报上发现陆小曼一通手札和一则启事,均未见收入三晋出版社2009年12月版《陆小曼文存》(柴草编)及其他有关陆小曼的著作。

一、致吴经熊手札

1927年2月22日,胡憨珠在上海创办了一份《烟视报》,由张静庐、王瀛洲主编,每三日出版一张。同年6月28日,出完第43号后停刊。3月29日,该报第13号发表了一篇短文,题为《陆小曼手

---

[1] 原载上海《文汇报》2019年11月18日第8版《笔会》。
[2] 参见拙文:《陆小曼的一次义演和一篇自述》,《书屋》2012年第4期;《陆小曼"捧角"》,《书城》2012年第8期;《〈语林〉附刊小册甲及陆小曼佚文》,《中国社会科学报》2012年2月3日;《又见陆小曼佚文佚简》,《书屋》2018年第7期。

札》（作者署名"月"）。文中说："陆小曼，新文学家徐志摩之夫人也。结褵以来，伉俪甚笃。今作寓公于海上，海上之闻人，多相结纳焉。小曼长于中西文学，出言尤隽妙绝伦，书牍之类信手拈来，似漫不经意，而极饶风韵。为刊其最近手札如下，亦以见才女吐属，名下无虚也。"所刊陆小曼手札，系据手迹影印，全文如下：

德生：

摩现在不在家，一忽儿就回来，我们今天不想出去，因为我不大好过，还是请你们二位来我家吃晚饭吧。我们虽没有电灯，可是洋腊〔蜡〕也狠romantic。天天看电灯，难得看洋腊〔蜡〕，不是也狠新奇的吗？还是快请你们来吧。

小曼

在手札后，作者"月"加了一段按语："德生为临事〔时〕法院吴经熊推事之字。德生与志摩友善，故小曼不以常人视之，此则于其字里行间可以窥知之也。小曼新居花园别墅，电灯尚未装置就绪，所以有'洋腊〔蜡〕也很romantic'之句。夫通常一洋腊〔蜡〕耳，小曼乃能涉相于romantic，可谓新颖矣。至书中'你们二位'云云，其一则《海外缤纷》之作者陈辟邪也。"据此可知，陆小曼的这通手札是写给时为上海临时法院推事吴经熊的。吴经熊与徐志摩交情甚笃，早年同学于上海沪江大学，又一同考入天津北洋大学法科预科。1922年，徐志摩与张幼仪协议离婚，吴经熊是证人之一。1926年10月，徐志摩与陆小曼举行婚礼，不久由北平南下上海，一度住在吴经熊家。1927年年初，迁居环龙路花园别墅11号（今南昌路136弄11号）。后来，搬至福熙路（今延安中路）四明村923号。作者"月"声称，随文所刊乃陆小曼"最近手札"，可见这通手札当是陆小曼刚入住花园别墅时所写的。

陆小曼说："我们今天不想出去，因为我不大好过，还是请你们二位来我家吃晚饭吧。"审其语气，大概是吴经熊约她们夫妇吃晚饭，陆小曼因"不大好过""不想出去"，故反过来邀请吴经熊到她家来共进"烛光晚餐"。同时被陆小曼邀请的陈辟邪，是浙江慈溪人，其40回社会言情小说《海外缤纷录》起初连载于上海《商报》，1929年11月由上海卿云图书公司出版单行本，曾畅销一时。

1927年3月30日，有人曾以笔名"惛惛宾主"，在上海《小日报》第232号上发表了一篇《陆小曼连写别字》，指出陆小曼致吴经熊手札中将洋蜡的"蜡"字均错写成了"腊"。这篇纠错文是一条难得而有趣的史料，特过录如下：

第十三号的某报上登了一篇陆小曼女士的手札，看来似乎是陆小曼女士的亲笔。我是一个狠知道陆女士过去艳史的人，所以对于女士的手札，特别注意。可是因为这一注意，便发见了一个别字，立刻使我平素景慕陆女士的心理，低减了几分。陆女士啊，你未免太疏忽了罢。

洋蜡的蜡字，据在下的一孔之见看来，以为偏旁应该用虫字。可是陆女士的手札里，却写作腊。这般写了一个还不算，接着又写了一个，偏旁都是用的月字。要说是一时笔误罢，也不会这般凑巧。陆女士啊，你除非根本上否认那篇手札是你写的，不然，你这一个别字，是无法辩护的了。

毋庸讳言，陆小曼的确爱写别字，她的日记中的别字更是随在可见。如其1926年2月13日日记，内中有五处蜡烛之"蜡"，也都写作"腊"¹。"平素景慕"陆小曼的"惛惛宾主",若看到这则日记,不知又作何感想。

二、关于暂停接收画件的启事

陆小曼赋性绝颖,多才多艺,能唱戏,工书法,尤擅绘事。她曾拜贺天健为师,习画山水,"得吴门派三昧"[2]。1936年4月3日至5日,贺天健在宁波同乡会举办"近作展览会","小曼亦以所写精品二十余帧,陈列其中,见者均谓精美绝伦"[3]。1940年12月21日至29日,陆小曼与翁瑞午在大新公司四楼东廊联合举行国画展览(原定展至27日,后应各界来函要求续展两天),其"所作山水,清逸澹丽","慕其名而来参观者殊夥"[4]。

徐志摩罹难后,陆小曼生活陷入窘境,除赖友朋援手外,主要靠鬻画卖字自给。她曾屡订山水画润例,并在上海报纸上登载。1941年6月10日,上海《新闻报》第17233号所刊《陆小曼山水润例》为:

堂　幅　每尺五十元
屏　条　每尺四十元
立轴照堂幅例

1　参见柴草:《陆小曼文存》,三晋出版社2009年12月版,第248页。
2　《陆小曼女士画扇》之说明文字,上海《晶报》1932年6月24日第1584号。
3　奚燕子:《陆小曼学画贺天健》,上海《金刚钻》1936年4月4日第2308号。
4　《翁瑞午陆小曼合作画展揭幕盛况》,上海《新闻报》1940年12月23日第17074号。

纨折扇　每握五十元

册　页　每方尺四十元

手卷及极大极小之件面议

　加工重色点景金笺均加倍

　　墨费一成　润资先惠

　　约期取件　劣纸不应

辛巳重订

收件处　本外埠各大笺扇庄及福熙路福熙坊三十五号本寓

1943年夏，陆小曼重订润例，将润资做了调整：堂幅每尺五百元，屏条每尺二百元，立轴每尺三百元，纨折扇每握三百元，册页每尺二百元。同时，增加书法项目："书法照立轴二折算，晋唐小楷加倍。"[1]这些润例，或许是陆小曼自订的亦未可知。准此，则这些润例当然也可算作陆小曼的佚文。

陆小曼体质娇弱，多愁善病，常以药炉为伴，因此每每不能按期向索画者交卷，有时还不得不暂停收件。1945年6月11日、17日，《海报》（金雄白主事）第1127号、第1133号连续刊登了一则《陆小曼启事》，全文如下：

曼因手腕酸痛，兹遵医嘱，亟须休养。爰自即日起，暂停收件一个月。所有前接画件，亦须在一月以后，方可交卷，希亮察是幸！

失去了徐志摩，在相当长的一段时间内，陆小曼灵魂麻木、心

1　《陆小曼山水润例》，上海《海报》1943年8月10日、13日第464号、第467号。

如死灰,"每天只是随着日子往前走"[1]。但她又不愿就此消沉、堕落下去,而是不断努力地使自己振作起来,希望自己"多画一点画,多写一点东西",走出"死灰色的生活"[2]。可惜,她的身体太不争气,不然的话,是会留下更多"不死的东西"。

---

[1] 陆小曼:《随着日子往前走》,上海《南风》1939年9月第1卷第5期。
[2] 陆小曼:《灰色的生活》,上海《语林》附刊小册甲1945年7月15日。

"马良材"是谁[1]

1927年10月1日,废名曾发表一篇题为《死者马良材》的文章,载《语丝》周刊第151期"随感录"栏。这篇文章不足四百字,为行文方便,特抄录如下:

读了《随感录》四十,岂明先生的《偶感之四》,我又记起马良材君。马良材君我是时常记起的。马君,湖南人,我同他本不相识,只在他的同乡S君处会过几面,看出他是一个苦于现代的烦闷的青年,生气勃勃的青年。那时他刚刚卒业中学,到北京来求他的路,求他的生之路。他问过我,青年应该怎样?他要怎样?他说话有点口吃,这只表示他的迫切,迫切得要吊眼泪。后来马君到上海去了,我也没有留心他的消息。去年夏,S君拿出几封信我看,是马君写给他的,我才知道马君已经实际的参加社会运动了。此时我对S君笑了一笑:

"很好,他得了他的路。"

字里行间我依然看得出他的烦闷,他的热力;现在只向S君索

---
[1] 原载《名作欣赏》2020年第8期。

来马君在上海被杀以前写来的信,照录于此——

"我于四月三十号被逮,现在已决定大半会要去阴间了。几年来的轗轲(?),今日宣告满足我自杀之愿,快慰曷堪言喻!?请替我浮一大白罢,当你接到了此信之后。祝你身心愉快!"

马君正是中国现在的青年!

此文已收入北京大学出版社2009年1月版《废名集》(六卷本),编者在题注中称:"马良材情况不详。文章《偶感之四》系《偶感之二》之误,议论的是王国维自沉一事,见1927年6月11日《语丝》第135期。"[1]周作人(岂明)《偶感之二》所谈确系王国维投昆明湖自尽之事,但废名读了而"又记起马良材君"者,实为《偶感之四》,并非"《偶感之二》之误"。在《偶感之四》中,周作人说:

昨夜有人来谈,说起一月前《大公报》上载吴稚晖致汪精卫函,挖苦在江浙被清的人,说什么毫无杀身成仁的模样,都是叩头乞命,毕瑟可怜云云。本来好生恶死人之常情,即便真是如此,也应哀矜勿喜,决不能当作嘲弄的资料,何况事实并不尽然,据友人所知道,在其友处见一马某所寄遗书,文字均甚安详……[2]

文中,所谓"友人"即指废名;"其友"即指石民,亦即废名所说的"S君";"马某"即指"死者马良材"。

石民(1902—1941),湖南新邵人,象征派诗人、翻译家,著有诗集《良夜与恶梦》等。在北京大学英文系读书期间,和废名是

---

[1] 《废名集》第3卷,北京大学出版社2009年1月版,第1160页。
[2] 岂明:《偶感之四》,北京《语丝》周刊1927年9月17日第149期。

同班同学。1929年5月27日,他以笔名"石沈海"在《语丝》周刊第5卷第12期上发表了一篇《友人马君的遗书》。此文所录马君遗书计15封,其中1925年5封,1926年4封,1927年6封,都是马君写给"石子"即石民的。石民在整理的时候,改换了马君的真名字,内中涉及的一些人名也多以罗马字母代替。尽管如此,从这些信中还是可以获取有关马君身份、行事等信息的。如:

我所住的是离上海十余里的江湾。(1925年9月22日)

近来我认识了三个文学家:迦尔洵,梭罗古勃,柴霍甫。大概你也看过了他们的《一夜》,《捉迷藏》,《陆士甲尔的胡琴》三篇小说吧?它们很感动了我。(1925年10月1日)

我在北京的时候,是那样潦倒,神经失了常度,思想错乱,谈话也是胡里胡涂的。(1925年10月5日)

呵,石子!你还记得有所谓"马竟西"其人么?最好把它(因太不像人,似乎不配称"他")忘了,这劣种!也怪,还有点儿勇气将自己作人看待,这封回信便是个证据。……我现在只没有入工厂作工,进田间种田,其余的一切均已工农群众化了。我所交谈的都是工人。我和他们来往,教他们赛跑,唱歌,泅水……教他们反抗……打倒……哈哈,如果我说的话你还有点儿相信时,我要告诉你:现在我真正快活透了!(1926年6月20日)

去年下期……说来真惭愧:我在立达每周旁听了四小时的日文,竟完全没有去念它!……没有一点事可做,愿做,于是我糊涂地译了几篇小说,做了几首狗屁诗,几篇臭痰盂里面的唾涎论文,投之《觉悟》。有一大部分登是登出来了。……我入了什么党,自然你猜得着。真的,此生此世,我已无复有所眷恋了。我愿以必死之心干一干非常之事(如果真的干成功时,石子,你也就要危乎殆哉了)。(1926年×月×日)

我于日前被捕。不久就要去见阎王了。数年来之轗轲,至今始得了却我自杀之愿。请你为我浮一大白吧。祝你愉快!(1927年5月1日)

信中,马君自述"译了几篇小说",大部分登在《民国日报》附刊《觉悟》上。经查,《觉悟》刊载小说译作的马姓译者仅有一人,即马缉熙。马缉熙与石民所改换的"马竞西"谐音,因此马缉熙应该就是马君的真名字。

1933年,赵景深曾在《我的写作生活》中说:"我到上海立达教书,一个校外的青年马缉熙时常来谈。他因了我的介绍也爱上了柴霍甫,也到丸善买了十本加耐特译本来,我有的他就不买。他陆续译了将近十篇在《民国日报·觉悟》上发表。后来他因为穷,把那十本书卖给收买旧书的爱华书社。"[1]毫无疑问,赵景深笔下的马缉熙与石民的友人马君当是同一个人。马缉熙在《觉悟》上发表的柴霍甫小说译作有4篇,即《赌采》(1925年10月8日)、《蝗虫(荡妇)》(1925年11月7日、10日、11日、12日、13日、14日、16日)、《爱人》(1925年11月24日、25日、26日)和《顽童》(1925年12月24日)。此外,他在《觉悟》上还发表了19篇作品,包括诗

---

1 赵景深:《我的写作生活》,上海《文艺座谈》半月刊1933年8月1日第1卷第3期。

歌、杂感、小品文和其他译作等。兹将这些作品的篇目及发表时间一并过录于下，以备查考[1]：

《孙中山永不会死去的》（诗），1925年3月20日。

《春天一午夜》（小品文），1925年4月18日。

《仆人》（小说），西米诺夫原著，1925年10月19日、20日、21日。

《信号》（小说），迦尔洵原著，1925年10月24日、26日、27日。

《薤露歌》（诗），雪莱原著，1925年10月29日。

《偶感》（诗），1925年11月2日。

《默会》（杂感），1925年11月26日。

《给小弟弟》（诗），1925年11月28日。

《诚可动天》（小说），托尔斯泰原著，1925年12月1日、2日。

《冬之夜舒怀》（诗），1925年12月3日。

《评复大游艺会中的"好儿子"及"终身大事"》（评论），1925年12月7日、8日。

《伊的踪迹》（诗），1925年12月9日。

《与"寂寞"》（小品文），1925年12月11日。

《在乐园》（诗），1925年12月12日。

《文艺之所以为文艺》（文艺漫谈），1925年12月14日。

《为什么?》（诗），1925年12月17日。

《文艺与人生》（漫谈），1925年12月19日。

---

[1] 马缉熙还在上海《幻洲》半月刊1927年3月16日第1卷第10期发表了一篇《罪归"陈腐的思想"》，在奉天《盛京时报》1927年3月17日第1版"新诗"栏发表了一首《野火》。

《文艺与革命》（文艺批评），1926年1月22日。

《极端说》（漫谈），1926年2月4日。

其中，《冬之夜舒怀》又载奉天《盛京时报》1925年12月20日第4版"新诗"栏，署名马缉熙；《伊的踪迹》又载奉天《盛京时报》1925年12月15日第1版"新诗"栏，署名马缉熙。

石民所整理的马缉熙致其最后一封遗书（1927年5月1日），与废名所抄录的"马君在上海被杀以前写来的信"基本相同，可见马缉熙就是"马良材"。问题在于，"良材"是废名对马君的赞称，还是马缉熙也叫"马良材"？

1927年12月7日，黎锦明曾在《罗黑芷的小说》一文中说："现代人的死原来不是稀奇啊。但这时代所产生的死的名词实在有些稀奇——尤其是在共产党这名词之下。我的几个旧同学毕三石，马良材，谢伯俞……就这么被人惨杀死了……"[1]黎锦明是湖南人，1923年毕业于长沙岳云中学。从籍贯、经历等来看，其旧同学马良材应该就是废名所说的"死者马良材"。大概马君始名良材[2]，后改名缉熙。

据史料记载，1925年2月，马缉熙被上海大学英国文学系录取

1　黎锦明：《罗黑芷的小说》，见罗黑芷《春日》，开明书店1928年6月版，第132页。谢伯俞（1905—1927），湖南人，1924年毕业于长沙岳云中学，并考入北京师范大学理学预科。在校期间，秘密加入中国共产党。1927年4月，与李大钊等被奉系军阀逮捕，后惨遭杀害。

2　署名"马良材"的作品有：《孤寂的心弦》，载上海《时事新报·学灯》1924年5月23日第6卷第5册第23号"思余"栏；《现象》（诗），载上海《时报·小时报》1924年7月14日第2537号，又载奉天《盛京时报》1924年7月19日第7版"新诗"栏。

为试读生[1]。后加入共产党，负责在江湾地区立达支部开展工人运动[2]。1927年，蒋介石发动"四一二"反革命政变，大肆屠杀共产党人和革命群众。同年4月30日，马缉熙被捕，不久被杀害。马缉熙牺牲后，"其部下即行用粉笔写标语，布满江湾"，表示对国民党反动派的愤怒和抗议[3]。

如此说来，马缉熙乃是一位被遗忘的革命烈士，其英名理当载入中国革命史册。倘若《革命烈士英名录》之类的书籍中要收录他，以下简介或许可供参考：

马缉熙（？—1927），又名良材，湖南人。长沙岳云中学毕业后到北京，与其同乡、诗人石民过从甚密。1925年，被上海大学英国文学系录取为试读生。后加入中国共产党，在江湾地区立达支部负责组织领导工人运动。1927年4月30日，被国民党反动派逮捕，不久惨遭杀害。曾在《民国日报·觉悟》等报刊上发表《孙中山永不会死去的》《文艺与革命》等作品。

补记：

此文发表后，据友人告知，中华英烈网"烈士英名录"中有"马辑熙"，其出生日期为"1903年8月"，籍贯为湖南省湘潭市湘潭县。生前职务为"书记"。牺牲日期为"1927年5月"，牺牲地点在上海江湾。牺牲原因和安葬地点均"不详"。

---

1 参见《上海大学第三届录取新生揭晓》，上海《民国日报》1925年2月28日第3245号。
2 参见《江湾部委工作报告》，《上海革命历史文件汇集（1922年7月—1927年1月）》，中央档案馆、上海市档案馆1986年版，第350页。
3 《江湾缉获共产党六名》，上海《申报》1927年6月4日第19478号。

新发现的穆时英佚文佚简考释[1]

自《穆时英全集》（严家炎、李今编）由北京十月文艺出版社于2008年1月出版以来，刘涛、赵国忠、陈建军、李欣、杨新宇、王贺等学者陆续发现了不少包括小说、散文、影评、书信等在内的穆时英佚文，并及时做了披露。[2]具体如下：

《弱者是怎样变成强者的故事》，载上海《中国学生》月刊1931年3月第3卷第3号第26期，署名穆时英。

《光华文人志》，载上海《光华年刊》1931年第6卷，署名穆

---

1 原载《中国现代文学研究丛刊》2019年第3期，与杨霞合署。
2 参见刘涛：《穆时英佚文两篇》，《中国现代文学研究丛刊》，2009年第2期。赵国忠：《穆时英的一篇佚文》，《博览群书》，2009年第9期。陈建军：《〈光华文人志〉附识》，《现代中文学刊》2011年第5期；《穆时英与〈世界展望〉》《博览群书》2011年第6期；《〈穆时英全集〉补遗说明》，《中国现代文学研究丛刊》2012年第4期。李欣：《〈小晨报〉上的三篇穆时英佚文》，《新文学史料》，2011年第4期。杨新宇：《穆时英集外文〈浮雕〉及其他》，《现代中文学刊》，2015年第2期。王贺：《穆时英集外文新辑》，《中国现代文学研究丛刊》2016年第3期；《"常见书"与现代文学文献史料的开掘——以穆时英作品及研究资料为讨论对象》，《探索与争鸣》2018年第3期；《穆时英研究三题》，《汉语言文学研究》2018年第4期。

时英。

《别辞》，载上海《光华年刊》1933年第8卷，署名穆时英。

《双喜临门后》，载上海《光华附中半月刊》1933年第1卷第9期，署名穆时英。

致中外书店经理函（1933年7月3日），载上海《中外书报新闻》周刊1933年7月7日第6号，署名穆时英。

《谈宁波人》，载《上海宁波日报·文学周刊》1933年8月29日创刊号，署名穆时英。

《Roberta之话——时装tap爵士、琴逯罗吉斯及其它》，载上海《大晚报 火炬》1935年7月11日第6版，署名穆时英。

《初夏小草等二章》，载上海《大晚报·火炬》1935年7月18日第6版，署名穆时英。

《约翰·陶士·帕索斯》载上海《大晚报·火炬》1935年8月1日、4日第6版，署名穆时英。

《内容与形式》，载南京《中央日报·文学周刊》1935年8月10日第20期，署名穆时英。

《影坛一言录》，载上海《妇人画报》1935年8月25日第31期，署晨报《每日电影》编辑穆时英。

《忆》，载上海《小晨报》1935年9月13日第2版，署名穆时英。

《说人情世故》，载上海《社会日报》1935年9月21日第3版，署名穆时英。

《下午》，载上海《小晨报》1935年9月25日第2版，署名穆时英；又载北平《华北日报·每日文艺》1935年9月29日第294期，署名穆时英。

《芳邻》，载上海《大晚报·火炬》1935年9月27日第6版，署名穆时英。

《戴望舒简论》，载南京《中央日报·文学周刊》1935年9月28日第27期，署名穆时英。

《辟谣》，载《社会日报》1935年10月6日第3版，署名穆时英。

《苍白的彗星》，载《上海画报》1935年12月25日第2卷第2期，署名穆时英。

《浮雕：上海一九三一》，载《大地》月刊1936年第1卷第1期，署名穆时英。

《我的计划》，载上海《文化生活》周刊1936年1月16日第2卷第1期"特大号"，署名穆时英。

配图短文，无题名，载上海《小晨报》1936年1月28日第2版，署名穆时英。

《死亡之路》，载《上海画报》1936年3月1日第2卷第4期，署名穆时英。

《〈摩登时代〉小感》，载《时报·电影时报》1936年4月5日第1376号，署名穆时英。

《少陵画展序》，载《王少陵画展目录》1936年11月10日，署名穆时英。

题侣伦纪念册，见侣伦《悲剧角色的最后》（《向水屋笔语》，三联书店香港分店1985年7月版），无署名。

《扉语》，载汉口《世界展望》1938年3月5日创刊号，署名穆时英。

《社中偶语》，载汉口《世界展望》1938年3月5日创刊号，目录页署名编者，内页无署名。

《中国苏维埃的蜕变》，载汉口《世界展望》1938年3月20日第2期，署名穆时英。

《扉语》，载汉口《世界展望》1938年5月1日第4期，署名穆时英。

《社中偶语》,载汉口《世界展望》1938年5月1日第4期,无署名。

致林柏生函,载南京《新命月刊》1940年12月20日第2卷第7、8期合刊,无署名。

许多现代作家"全集"都可能存在"不全"的现象,《穆时英全集》也不例外。除了上述三十余篇作品外,穆时英佚文还有进一步发掘的空间。据笔者所知,以下几篇就未收入《穆时英全集》。

一、致胡适函

迄今为止,穆时英遗留下来的信函仅见五通,即致施蛰存两通,致叶灵凤一通,致林柏生一通,致胡适一通。其中,前三通已收入《穆时英全集》,第四通已披露,后一通现藏中国社会科学院近代史研究所胡适档案内,全文如下:

适之先生:

本来,一个中学生,那里有资格写信给你!可是,先生!我是在沉淖之中而莫能自拔,我旁皇四顾的需求安慰,同情,但更其需求援助。我生只十七年,可是世上给我的,只是冷酷的眼,绷长的脸,同病固然是有而且多,但我要的是援助。我的自由,无论在那一方面,都被剥夺尽了!我的思想,行动,意志,都受无理由的,严重的,监视与禁止。就是我的函件,也是要经过检视,然后给我的!我竭力想做过人,我的父亲却要我做纯粹的子!我要做国民,他硬要我做独善其身的家人！我有一个不识字，无智识的妻子，那也是家庭的赐与！我想叫她求学，他们反对，那是因为"女子无才便是德"。我什么都受束缚，干涉，没有丝毫活动的余地！我很想继续求学，他们却要我经商，但我家并不是没有钱供给！明年，听说，他们要迫我容婚了！我不能再容受，我忍耐得够了，我不是木偶，我未免太懦弱！但是我有什么法子呢？脱离，怎样谋生？力争，争过了，不中用！死，太不值得；昂藏七尺躯，是不能这样的！……

够了，话说够了；苦也诉够了！再下去，那是老婆子气！

先生！这封信能否完全到你网膜上，是不见得。但是，如其先生，你收到了的话，请你千万，先生！千万添我想个法子，回我一封信。如其肯收留我做个佣仆，俾我脱离地狱，那是更好。如其先生以为是无足轻重的，那就请先生把这封信烧了。

先生！我也用不到报给你姓名历屡〔履〕。你只要问檐前小鸟，谁是世界上做着最惨痛的梦的，那就是我了！

复信请用最难深的文言，因为免除他们的留难！

我想不出世上最适当的话来对你致敬，只有恭祝你百尺竿头，更进一步！

穆时英，十一日，于七浦路善庆里第二家。

此信末只署"十一日"，但据信中内容可推知是写于1928年。其理由有三：（一）此信是穆时英"于七浦路善庆里第二家"所写。1927年，穆时英父亲开的金子交易所破产了，穆家不得不卖掉房子，搬家至七浦路善庆里。穆时英在小说《旧宅》中曾写到搬家的情形："在搬家的前一天晚上，我把桌子底下的那只小铁箱拿了出来，放了一张纸头在里边，上面写着'应少南之卧室，民国十六年五月八日'，去藏在我的秘密的墙洞里，找了块木片把洞口封住了；那时原怀了将来赚了钱把屋子买回来的心思。"[1]诚如李今所言，"民国十六年五月八日"，"这个日期恐怕不会是随意编造的，当是穆时英郑重地要自己记住的日子"[2]。准此，则这封信的写作时间当在1927年5月8日之后。（二）写这封信时，穆时英是"一个中学生"。1929年秋，穆时英考入光华大学西洋文学系。可见，这封信应写于1929年秋之前。（三）信中，穆时英说"我生只十七年"。穆时英生于1912年3月14日，他惯以虚岁计算自己的年龄，如搬家那年，他就说他16岁。因此，可进一步推断此信当写于1928年。至于具体是哪一个月，待考。

从信的内容来看，此时的穆时英内心极为苦闷。所以如此，大概是由两方面的原因造成的：一是家庭的变故。穆时英在《旧宅》中写道："在十六岁以前，我从不知道人生的苦味。"[3]言外之意，是说他在16岁以后才知道"人生的苦味"的。二是包办婚姻。信中说："我有一个不识字，无智识的妻子，那也是家庭的赐与！我想叫她求学，他们反对，那是因为'女子无才便是德'。我什么都受束缚，干涉，没有丝毫活动的余地！我很想继续求学，他们却要我经商，但我家并不是没有钱供给！明年，听说，他们要迫我容婚了！我不能再容受，我忍耐得够了，我不是木偶，我未免太懦弱！"穆时英12岁时，家里给他订了一门亲上加亲的婚约，但他很不满意。上大学以后，穆时英坚决要求解除婚约，由于不被父亲允准，

1　穆时英：《旧宅》，上海《新中华》半月刊1933年7月25日、8月10日第1卷第14期、第15期。

2　李今：《穆时英年谱简编》，《中国现代文学研究丛刊》2005年第6期。

3　穆时英：《旧宅》，上海《新中华》半月刊1933年7月25日、8月10日第1卷第14期、第15期。

他曾一度离家出走。直到父亲去世以后，他才花了一大笔钱，娶了舞女仇佩佩[1]。正是家庭变故特别是包办婚姻，使穆时英深陷"沉淖之中而莫能自拔"，他"旁皇四顾的需求安慰，同情，但更其需求援助"。这也正是穆时英给时为光华大学讲师、《光华期刊》顾问的胡适写求助信的原因和目的。

穆时英的这封信，胡适当然是收到了，但是否回复了，则不得而知。查曹伯言《胡适日记全编》、耿云志《胡适遗稿及秘藏书信》、胡颂平《胡适年谱长编初稿》等，均无记载。不过，1928年1月27日，胡适曾写过一篇《人生有何意义》，是"答某君书"，同年5月发表在《光华期刊》第3期。文中写道："我细读来书，终觉得你不免作茧自缚。你自己去寻出一个本不成问题的问题，'人生有何意义？'其实这个问题是容易解答的。人生的意义全是各人自己寻出来，造出来的：高尚，卑劣，清贵，污浊，有用，无用，……全靠自己的作为。生命本身不过是一件生物学的事实，有什么意义可说？生一个人与一只猫，一只狗，有什么分别？人生的意义不在于何以有生，而在于自己怎样生活。你若情愿把这六尺之躯葬送在白昼作梦之上，那就是你这一生的意义。你若发愤振作起来，决心去寻求生命的意义，去创造自己的生命的意义，那么，你活一日便有一日的意义，作一事便添一事的意义，生命无穷，生命的意义也无穷了。""总之，生命本没有意义，你要能给他什么意义，他就有什么意义。与其终日冥想人生有何意义，不如试用此生作点有意义的事。"此信内容与穆时英的求助信看上去似乎有些关联，但是否就是胡适给穆时英的回信，亦待考。

---

1 参见李今：《穆时英年谱简编》，《中国现代文学研究丛刊》2005年第6期。

二、关于"尘无随笔"

1935年9月8日,《社会日报·每周电影》第6期"刀光剑影"栏刊登了两篇文章,一是《尘无随笔 带到穆时英先生》,一是《穆时英答:关于"尘无随笔"》。《每周电影》主编陆小洛在《小洛附记》中说:"尘无兄来此小坐,我就拉他为《每周电影》写点稿子。起初,他说满腹牢骚,写出来或许会使我为难。可是我请他不要顾到这些。于是他写了一篇'尘无随笔'。""我一看,知道对方是一定有回答的。若是等见报之后再写,答文最快须在下期刊出了。这样,读者会感不到劲儿的。我就征求尘无的同意,先给穆时英兄看。果然,在顷刻之间有了下文。于是,《每周电影》就得了两篇精彩之作。"可见,穆时英的这篇文章是其对《尘无随笔》的及时回答,故陆小洛在"关于'尘无随笔'"前加了四个字——"穆时英答"。全文如下:

> 小洛兄拿了尘无先生的随笔给我看,问我有什么意见。
> 我说:"尘无先生究竟比鲁思高明得多。不说别的,单看这一手好文章吧:——似哀似怨,缠绵悱恻,一副含怨莫伸的凄惨样子!的确可以收买读者的同情的。你看,被他当作敌人的我不是也给他弄得回肠荡气,徘徊四顾而不忍下笔么?"
> 可是,尘无先生真的受了天大的冤屈么?不见得,不见得。
> 尘无先生口口声声说他是开不得口,因为我是拿了顶帽子压住了他。那顶帽子,尘无先生当然是指"红"帽子,所以才开不得口。粗粗一看,这话仿佛是天下至理,然而仔细一想,我却不禁为

尘无先生叫声惭愧。尘无先生自以为是个"顶括括"的唯物论者,不料却说出这样玄学的话来。"存在决定意识"——这是尘无先生底口头禅。一个人底观念,总是有客观的根据,不会凭空产生的。如果尘无先生不是麻子,人家能硬说你是麻子吗?同样,如果我手里的帽子和尘无先生的头的大小不相适合,我能削头适帽,给硬带上去吗?就说能给硬带上去了,小头带大帽,方头带圆帽,帽和头不相配合是一目瞭然的。既然是一目瞭然,那么尘无也就不必惶惶然不可终日,觉得自己是带了红帽子,怕别人认真了。而且也用不到"默默地在旁边看着"尽可以出来喊一声说:"诸位,请看看清楚吧,看看我的头的大小吧。"[1]

印在纸张上的文字是清清楚楚的,抹不掉,毁不掉的。尘无先生以为我是拿红帽子来压他,那么请你看看自己写过的文章吧。

尘无先生满心以为我是在诬陷他,因之,是一个懦怯的人,不敢用理论来克服他的。其实,我并没有这样卑鄙的企图,我只是想指出他的理论的立场而已。谩骂和人身〈,〉攻击甚至于借法律来压倒别人,全是你的同志鲁思的看家本领,我是想学也学不会的,如果尘无先生以为他是受了冤屈,那么尽可站起来说:"我是反对左翼联盟的,我不主张社会主义的现实主义,"像鲁思在他的诉状里写着的一样。如果尘无先生不开口来辩护他以前写的文章,那适足以证明他的主张还是和以前相同,适足以证明我并没有诬陷他。

再说说带帽子。带帽子的能手其实不是我,倒是无尘先生。"十常侍","主观论者","不可知论者"……等等。在说话时,尘无先生最好想一想从前以"前进的影评人"武装着自己,"盛气凌人"地出马来的自己。

---

[1] 原刊"。"在下引号外。

还有,抹杀是没有用的。你说"自由神座评"不高明,我希望能具体地指出不高明的地方来。

最后,我要告诉你尘无先生,我对于你个人并无一面之缘,更谈不到仇恨。我用不到陷害你,也不想陷害你。如果你是个"痰痰的人",如王莹女士一样,那我希望你勇敢站出来,为你的信仰辩护——勇敢地为各人的信仰而斗争,是光荣的,值得钦佩的事。像现在那样说几句俏皮话,侮蔑下论敌,是卑鄙的,使人齿冷的事情。

尘无即王尘无,是左翼影评家,曾和鲁思等人一起,与主张"软性电影"的穆时英、刘呐鸥等人展开过论争。1935年2月27日至3月3日,穆时英在上海《晨报·每日电影》上连载《电影批评底基础问题》。同年3月16日、3月23日,尘无在《中华日报·电影艺术》上发表《论穆时英的电影批评底基础》进行回应[1]。8月11日至9月10日,穆时英又在上海《晨报·每日电影》发表长文《电影艺术防御战——斥捎着"社会主义的现实主义"的招牌者》,对尘无的《论穆时英的电影批评底基础》、鲁思的《论电影批评的基准问题》、史枚的《答客问——关于电影批评的基准问题及其他》[2]等文章进行了"批评"和"彻底清算"。《关于"尘无随笔"》,可以看作是穆时英与王尘无争论的延续。

---

[1] 1935年3月30日,上海《中华日报·电影艺术》编者在《编后》中说:"尘无先生的讨论影评基准问题的续稿,因篇幅关系,这一期未能续登,下期决把它刊完。"但查阅《中华日报·电影艺术》,未见下文。

[2] 在《电影艺术防御战——斥捎着"社会主义的现实主义"的招牌者》中,穆时英将《答客问——关于电影批评的基准问题及其他》误为唐纳所作。参见王贺:《穆时英研究三题》,《汉语言文学研究》2018年第4期。

三、社中偶语

穆时英在其主编的上海《晨报》副刊《晨曦》上，曾发表过三篇《社中偶语》，其中两篇已收入《穆时英全集》，而发表于1935年11月13日第6版的一篇则未收，全文如下：

在每天所收到的稿件中，我们感觉到抒写个人的恋情底文字实在太多了。自然，我不是说这一类的文字不好，但无论如何，我希望赐稿的朋友们能够把视野扩大一些。

晨曦文艺社的简章及其他印刷品，都已经一一按来索者地址寄发，志愿加入本社的可把志愿书填写寄下，以便登记。成立会亦已在筹备中，一俟定期，再行通告。

本社因为每天的稿极多，而阅稿以至编辑等事都只有我一个人负责，所以对于退阅不用的稿件的事，深觉得时间上的困难和手续的麻烦。所以，以后赐稿的朋友们请在寄稿时附寄一开明本人地址，并黏附邮资的信封，以便通信或退稿之用。——这一点苦衷，请朋友们原谅。

本刊积稿很多，所以有些来稿虽然可以编入，但一时没有刊出。朋友们可不必来函催询，因为可刊的稿件迟早总会刊出的呵。

顺便指出，《穆时英全集》所收两篇《社中偶语》，其编次和文末所注发表时间均有误。《社中偶语（一）》载上海《晨报·晨曦》1935年11月22日第6版，而非"1935年11月17日"；《社中偶语（二）》载上海《晨报·晨曦》1935年11月17日第7版，而非"1935年11月18日"；两篇《社中偶语》的次序应该倒过来。

四、论战时颓废

陈建军曾提到[1]，江云生在《穆时英不死》一文中说："在上海时，从他为《中华日报》元旦特刊以龙七的笔名写《一年来的文化界》，我确切地知道他已从香港来参加和平运动了。"[2]这篇署名"龙七"的《一年来的文化界》应为《一年来之中国文化界》，载上海《中华日报》1940年1月1日"元旦特刊"。解志熙找到了这篇文章，并作了较充分的阐释[3]，全文已收入北京大学出版社2016年6月版《文本的隐与显：中国现代文学文献校读论稿》。

1940年3月22日，《国民新闻》综合版"每日座谭"栏内也有一篇署名"龙七"的文章，题为《论战时颓废》[4]。全文如下：

酒楼，舞厅，赌场，烟窟，妓楼，色情小报和色情剧场，投机市场和百货公司……人们不顾一切地享乐，消费，不但较富裕的阶层在醇酒妇人中胡混，连小职员和劳动者也在骰子和白面里边

---

[1] 陈建军：《〈穆时英全集〉补遗说明》，《中国现代文学研究丛刊》2012年第4期。
[2] 江云生：《穆时英不死》，南京《新命》月刊1940年7月20日第2卷第3期。
[3] 解志熙：《"穆时英的最后"——关于他的附逆或牺牲问题之考辨》，《文学评论》2016年第3期。
[4] 原刊题为《论战时颖废》。从内容来看，"颖废"显系"颓废"之误。

打滚。

这现象使一些严肃地生活着的人们忧虑,但(忧)虑是没有用的,这现象也曾引起人们的斥责,但斥责,正像忧虑一样,也是没有用的,我们应该指出这现象的社会根源。

民族解放战争会使人民感到生命的充实,而买办统治阶级的对外战争却只能引起颓废心理,现在流行着的,正是战时颓废。

百年来,中国人民大众热烈追求着的憧憬,是民族的独立解放和自由。三年前,战争刚起来时,是以民族革命战争的姿态出现的,人们也就把它当做,民族革命战争,而在这战争上寄托了百年来对民族解放运动的全部热情和期望。可是,这次战争却并不是民族革命战争。战前的国民政府是国内诸对立矛盾的统一体,而在这统一体,英美买办阶级占着压倒的势力。战争开始后,买办阶级惧怕战争成为民族革命战争,惧怕民族解放在这次战争上实现,坚决拒绝人民的参加和领导,战争失去人民的支持,便不能不在军事上失败;在军事上失败,买办政府便不得加深其本身对英美的依赖;依赖越深,便不得不牺牲人民的利益来保护买办阶级及英美的利益;于是,便越失去人民的支持。如此互结为果,这次战争便完全成为买办阶级对日本的战争,而以中国人民大众为牺牲。无论,买办们怎样欺骗和遮掩,战争的本质终于逐渐暴露出来了。这暴露,对于人民是一个致命的打击,是一个空前幻灭,正像十年前国民革命被买办出卖了的时候一样。

人是在信念与理想上生活着的。信念和理想被证明为虚梦时,唯一可能的生活是官能生活,唯一可能的思想是虚无主义。

颓废现在是刚只开始,它将继续下去,继续新的信念和新的理想在破灭了的憧憬上生长起来时才停止。

1940年，穆时英出任国民新闻社社长，主编《国民新闻》。这篇署名"龙七"的《论战时颓废》，也应当出自穆时英之手笔。

五、最后的"启事稿"

1940年6月28日，穆时英遭狙击身亡。同年8月，上海《青年良友》画报第8期第8—9页为"追悼穆时英先生"专版。其中，第8页有编者所作《追悼穆先生》和《穆时英先生伉俪合摄之纪念照》《穆先生与其夫人最近合摄之一》《穆君由日归国时在舟中凭栏与友合摄》等六幅照片；第9页除《穆时英先生行状》一文外，另有穆时英手迹缩影，系以国民新闻社专用稿纸书写，全文如下：

本报社论前因环境不良，自六月份起停止刊载后，各地读者纷纷来函要求恢复；最近客观环境已有变动，决自七月份起，恢复社论，以符读者厚望。

正文右侧空白处写了两行字——"此启事用十号字刊登第一版显著地位。时英"。启事稿下方说明文字为"穆时英先生最后的遗墨·被狙击前十分钟在国民新闻社拟刊之启事稿"。翻检《国民新闻》，这则启事稿并未刊登。这则启事稿，堪称穆时英的绝笔。

穆时英死后的第二天，《国民新闻》新闻版第4版刊发《本报社长穆时英先生略历》，内中称："穆社长既主持本报，力图改进，除负责处理本报之一切行政外，兼负撰著社论工作，本报评论栏凡标出'社论'字样者，大都为穆社长之手笔。"经初步统计，《国民新闻》从创刊到穆时英被狙击，共发表了30多篇社论，均未署名。这些社论,哪些是穆时英所作,需要详加考证。但考证的难度似乎较大,《穆时英全集》编者就是苦于"无法确定而没有编入"[1]。

此外,《国民新闻》"每日座谭"栏内署名"真一"的文章,《晨报》《时代日报》中署名"伐扬"的文章,也疑是穆时英的佚文。

整理、编纂现代作家全集,是一项浩大的系统工程,单靠一两个人的力量,确实很难做到一个"全"字,需要"专家、读者不断给以补遗"[2],方可臻于完善。《穆时英全集》若有机会再版,这些新发现的佚文当然应悉数增补进去。

---

[1] 严家炎、李今:《编后记》,《穆时英全集》第3卷,北京十月文艺出版社2008年1月版,第579页。

[2] 严家炎、李今:《编后记》,《穆时英全集》第3卷,北京十月文艺出版社2008年1月版,第579页。

穆时英《清客的骂》及黎锦明信[1]

1936年2月15日,上海《社会日报》第1947号第3版刊有一篇题为《穆时英的苦闷》的文章,文中说:"不久以前,南京发现了一种小型刊物名《艺坛导报》的,对穆时英大大的攻击了一下,穆时英看了这篇文章,大大的不快,便写了一篇回骂的文字,题名《清客的骂》,发表在二月十日的南京《朝报》的《副刊》上,说得可真刻毒,又婉转,又伤心,从那篇文字里,你们可以看出穆时英苦闷到甚么程度了!"关于《艺坛导报》,似很少有论者提到。鲁迅曾在1936年1月15日日记中记载:"得陈约信并《艺坛导报》一张。"[2]据《鲁迅全集》编者称,《艺坛导报》系旬刊,南京艺坛导报社编辑发行,1936年1月10日出版试刊号,20日正式出版[3]。可惜,我未见到这种小型刊物,无法看到那篇"攻击"穆时英的文章,但在《朝报》1936年2月10日第709号第3张第10版《副刊》上找到

---

[1] 原载《书屋》2020年第6期。
[2] 《鲁迅全集》第16卷,人民文学出版社2005年11月版,第587页。
[3] 参见《书刊注释》,《鲁迅全集》第17卷,人民文学出版社2005年11月版,第291页。

了穆时英的《清客的骂》。这篇文章未收入北京十月文艺出版社2008年1月版《穆时英全集》(严家炎、李今编),全文如下:

前几天有一位不十分相熟的朋友和我谈起南京的文坛,说南京现在是颇为热闹了,华林先生主持的文艺俱乐部在轰轰烈烈地驱逐了,"不讲卫生"的黎锦明以后,接连举行了几个"什么之夜";王平陵先生编的《文艺月刊》也按期出了两期,最近还有一种文艺报纸在市上发卖,于是,他又很关切似地接下去道:

"而且还提到你呢!"

虽然对自己是有着不能算是不透澈的认识,但对于旁人给我的批评还是相当关心的;我始终没有失去想知道在旁人的目光中的自己的兴趣。当时我倒兴奋了起来"是批评我么"?

那位朋友露着为难的脸色,道:"好像是谩骂吧。"

听说是谩骂,我便心冷了下来。骂我的人,不过是为了私仇,泄泄心头气愤而已,当然不会是真的知道我的短处,所以也就打不起想看一看这篇文章的心情了。后来一想,谩骂不一定是无聊文章,譬如鲁迅先生就是以尖刻的挖苦人家的文章为人所推重的。于是怀着这样的心思巴巴地去买了来的,可是看了以后,却非常痛苦地失望了。因为我所读到的那篇杂文还不是一篇骂人文章,却是一篇无中生有的东西。我对人家的估值时常太高,这也许就是我时常被别人当作一个无用而柔弱的人的原因吧。如果我能抱一点轻视这篇文章的作者的心思,那我就不敢上了这个不大不小的当吧。而且那张东西的试刊号的宣言里边还有不少和我起草的晨曦社缘起相雷同的句子,而在它××号上面居然发现了骂我的文章,那真有点使人啼笑皆非了。

因此我却想起一篇做人的大道理来。虽然是一个破落户,倒也是个书香子弟，洁身自好的读书人的劣根性还是有的，处在这买空卖空的时代本来就不大合式。这时代，说得好听一点，是聪明人的时代。要懂得投机取巧，从中渔利的秘诀。然而我却愚蠢得很，同时又顽固得很。叫我去奉承别人颜色，固然是心所不愿，叫我掮着招牌，自称前进，去欺骗群众，可也中心不忍。虽则是生在这侥幸进取的清客世界，对于某些人的立身之道，却始终未敢效法。虽然，对于每一个人我都抱着相当的信任心和尊敬心，然而对于开口大众，闭口前进的清客们我却是一点信任心，一点尊敬心也没有的，因为我曾经受过不少的欺骗。尽管清客们对我说得天花乱坠，我却坚持着要他们拿出事实来。不但因这样而扫了他们的雅兴，有时还因为自己的心直口快，一不留心就在大庭广众之间戳穿了他们的买空卖空，欺上瞒下的聪明手段。这也许就是我所以有人怀恨在心，偷放冷箭的原因吧。

可是，谩骂由他谩骂，傻子我自为之。到现在我还是只希望做一些着着实实的事，而不情愿跟在清客们后面去混充志士，骗一些钱来娶小老婆的。

黎锦明读过这篇文章以后，因其中提到主持文艺俱乐部的华林"轰轰烈烈地驱逐了，'不讲卫生'的黎锦明"，便给穆时英写了一封信：

时英兄：

昨天在《朝报·副刊》上读到你的短文章《清客的骂》，中有两句，提到我不讲卫生，被文艺俱乐部华林公所驱逐，而且轰传多人，颇为讶异。虽然这是笑话，不必认真，但偏偏我是个洁癖的人，所以总觉得有些颠倒是非。记得有一次，我在文艺俱乐部闲坐，华林公也坐在旁边，无意间我发现华公的袜上油腻甚多，且有些气味，不觉唾了一口沫，不幸而落在痰盂之外。因此华公就宣传说某某好乱吐痰了。实际华先生也是文学界的巨头，且是留法的，说话自有效果，可惜其宣传不近情理，颇为识者所不取也。特愿声辩，免生支节，以正文风。

弟　锦明

这封信载南京《朝报》1936年2月13日第712号第3张第10版《副刊》，题名《为"不讲卫生"黎锦明致书穆时英》；又载《北平晚报》1936年2月15日第5396号第4版《余霞》。

文艺俱乐部成立于1935年10月1日，由徐悲鸿、谢寿康、王平陵等仿效"国际笔会"和"法国沙龙"发起组织，其宗旨是"联络情谊，发展文艺事业"[1]，总部设在南京中山北路247号，主要负责人是华林。文艺俱乐部经常举行"交际夜"或"交际夕"，即穆时英所谓"什么之夜"。

从黎锦明的信来看，他并未否定"被文艺俱乐部华林公所驱逐"的事实，但对其为何被驱逐的原因作了"声辩"："记得有一次，我在文艺俱乐部闲坐，华林公也坐在旁边，无意间我发现华公的袜上油腻甚多，且有些气味，不觉唾了一口沫，不幸而落在痰盂之外。因此华公就宣传说某某好乱吐痰了。"言外之意，"不讲卫生"者其实是华林，而他黎锦明则是个"洁癖的人"。

1935年10月17日，上海《时代日报·时代日报附刊》第27号有一篇文章，题为《南京文艺俱乐部的"门罗主义"——华林驱逐黎锦明始末记》，对黎锦明为什么遭华林驱逐提出了另一种说法。

---

[1] 《文艺俱乐部简章》，上海《时代日报·时代日报副刊》1935年11月15日第13号。

黎锦明因有一个《齐鲁春秋》剧本卖给中央摄影场，故到南京待了一段时间。为了节省开支，他便住在文艺俱乐部。"但是黎锦明却老实不客气，到他们吃饭的时候，也一屁股的坐下来。起先我们的华林诗人，是主张沉点的。不料黎锦明却一而再，再而三，于是驱逐的标语就揭出来了；黎锦明也就无颜再留！"[1]

黎锦明被华林驱逐，到底是由于穆时英所说的"不讲卫生"，还是源于上海《时代日报》所说的"蹭饭"，抑或是出于别的什么缘故，不得而知。

那么，就把这件事当作现代文坛上一则好玩的掌故吧。

---

[1] 六记：《南京文艺俱乐部的"门罗主义"——华林驱逐黎锦明始末记》，上海《时代日报·时代日报附刊》1935年10月17日第27号。又参见黑二：《"文艺的"的消息走漏：华林逐黎锦明》，上海《社会日报》1935年10月2日第1815号。

钱锺书桃坞中学时的一篇英语作文[1]

1923年,钱锺书(1910—1998)考入美国圣公会在苏州所办的桃坞中学。1927年,读完高中一年级后,桃坞中学因故暂时停办,遂转入无锡辅仁中学。

在桃坞中学读书期间,钱锺书曾在该校学生刊物《桃坞》(*Soochow Academy Students' semi-Annual*)上发表多篇作品。其中,《进化蠡见》[2]、《天择与种变》(译文)[3]和《获狐辩》[4]3篇已收入古吴轩出版社2005年8月版《馆藏名人少年时代作品选》(翟晓声主编)。近十年后,刘桂秋在《钱锺书桃坞中学读书作文史迹补遗》[5]一文中又披露了3篇,即《喜雪》[6]、《〈新学生的第一夜〉跋》[7]和《〈吴中招提记〉序》[8]。这六篇作品多是钱锺书在初中或高一时所

---

1 原载《书屋》2015年第8期。
2 载苏州《桃坞》1926年1月第9卷第1号。
3 载苏州《桃坞》1926年7月第9卷第2号。
4 载苏州《桃坞》1927年1月第10卷第1号。
5 刘桂秋:《钱锺书桃坞中学读书作文史迹补遗》,《书屋》2015年第3期。
6 载苏州《桃坞》1925年3月第8卷第1号。
7 载苏州《桃坞》1926年7月第9卷第2号。
8 载苏州《桃坞》1927年1月第10卷第1号。

写（译）的，惟《获狐辩》一篇，钱之俊认为是其"读小学时的一篇作文"[1]。《获狐辩》正文前有一段题记，作于"丙寅十一月十五日"，内中称《获狐辩》系"三年前作"。"丙寅"即1926年，"三年前"即1923年，钱之俊据此推定："这文章还是他小学毕业那年的作品。"问题是，"小学毕业那年"未必就是指"读小学时"，有可能是指"小学毕业以后"，甚或指"读初一时"，因为钱锺书也是在这一年考入桃坞中学的。可见，钱之俊的说法似欠说服力。

先后被发现的这六篇作品，无疑丰富了钱锺书的研究史料，有助于了解钱锺书中学时代的读书作文情况。不过，除上述六篇之外，钱锺书还在《桃坞》上发表了一篇英语作文。全文如下：

The Delights of Reading Newspaper

The world in which we live is undergoing changes from time to time. Political revolutions, international intercourses, civil wars, and scientific inventions, all tend to distinguish the world of today from that of yesterday. Such changes as not yet become established facts, we can not find from the study of history. However, there is a kind of publication, which, unlike history recording the event past, can tell us from time to time what is going on in this "Amphitheatre of life". This is the newspaper.

In newspapers, there are stories, poems, and essays contributed by different writers. Even the news columns are so vividly as well as attractively written that we can not help reading them fully. The articles on education and literature are especially[2] the favorite readings of students,

---

1 钱之俊：《钱锺书读小学时的一篇作文》，《书屋》2007年第7期。

2 "especially"，原刊为 espesially。

while[1] those concerning state affairs[2] and commercial conditions are chiefly of interest to officials and merchants. As the value of newspaper is so high, to read it is certainly beneficial and helpful. And the true[3] delight of reading newspaper lies in the appreciation of its high value.

"Cursory reading is delightful, systematic reading is helpful." but newspaper reading serves both. "There is a wider prospect," says Jean Paul Richter[4], "From Parnassus than from a throne." Yet there is another prospect still far much wider from the newspaper materials are those which inspire men to do something and be something," hence "histories make men wise, poems, witty," and news papers, far-sighted, practical and expedient.

参考译文:

读报的乐趣

我们生活的世界正处于不断变化之中。政治变革、国际交流、内战和科学发明，都让今天的世界与昨天的世界截然不同。因为这些改变尚未成为既定事实，所以我们无法在历史研究中找到它们。但是，有一种出版物不像历史那样记录的是过去的事件，它告诉我们的却是"人生竞技场"上正在发生的事情。这种出版物就是报纸。

报纸上有不同作家写的小说、诗歌、散文。即便是那些新闻专栏也编写得十分生动、有吸引力，让人不禁把它们全读个遍。学生

---

1 "while"，原刊为whill。
2 "affairs"，原刊为stateaffairs。
3 "true"，原刊为trud。
4 "Richter"，原刊为Richfer。

尤其爱读关于教育和文学的文章，官员和商人主要对谈论国家事务和商业情况的文章感兴趣。报纸的价值如此之高，读报必然是有益的、有用的。读报的真正乐趣在于欣赏它的价值。

"略读是快乐的，精读是有益的"，读报则二者兼得。让·保罗·里希特说："帕纳塞斯山上的视野比御座上的更开阔。"报纸能让人看得更远，因为它鼓舞人们有所作为、有所成就。因此，"历史使人明智，诗歌使人灵秀"，而报纸使人有远见、务实和懂得变通。

这篇英语作文原载《桃坞》1927年1月第10卷第1号，署名Dzien Tsoong-su。《桃坞》创办于1918年6月，初为季报，年出4期[1]。后改为学期报，由桃坞中学学期报社发行，一年两期，每期由中文版和英文版两部分组成。至第9卷第1号，钱锺书开始列名中文编辑，第10卷第1号又改任英文编辑（Associate Editor）。Dzien Tsoong-su是目前所知钱锺书最早使用的英文名，后来他还用过Ch'ien Chung-Shu、C. S. Ch'ien等。在《桃坞》上，Dzien Tsoong-su这个英文名另有两种写法：一是Dzien Tsoong Su，见第9卷第1号"本报中文编辑部"；一是T. S. Dzien，见第10卷第1号"本报英文编辑部"。钱锺书进入清华大学以后，在《清华周刊》上发表《书札》（*A Book Note*）、《实用主义和实在行为》（*Pragmatism and Potterism*）等，或署Dzien Tsoong-su，或署其缩写D. T. S.。

文中，钱锺书主要通过将报纸与历史、政治、文学等进行对比，意在论说：报纸可以让我们了解现实生活中正在发生变化的事情；报纸具有很高的价值，可以提供许多有益、有用的信息，满足

---

[1] 参见王德文：《编辑谈》，苏州《桃坞》1926年7月第9卷第2号。

不同读者的阅读兴趣,使读者在欣赏其价值的同时获得真正的乐趣;报纸能对人产生鼓舞作用,"使人有远见、务实和懂得变通"。1926年4月3日上午,桃坞中学举行英文会考,试题为《日日阅报之价值》(*The Value of The Regular of Newspaper*),"高中各级及初中最高级诸同学咸与试"[1]。按学校统一要求,时为初三生的钱锺书当参加了这次英文会考。会考结果,《桃坞》上未见公布。第10卷第1号英文版刊发了数篇英文作品,从内容来看,只有钱锺书的 *The Delights of Reading Newspaper* 十分切合《日日阅报之价值》的题旨,而其他同学所写的则均与"阅报"无关。

桃坞中学读书期间,钱锺书在英语方面可谓出类拔萃,"听""说""读""写""译"样样皆能。因为英文好,曾一度当上了班长[2]。初三时,他就能阅读威尔斯(H. G. Wells,1866—1946)的《世界史纲》(*The Outline of History*),译述并发表其中的一章《天择与种变》(*Natural Selection and Changes of Species*)。从新发现的这篇英语作文中所引用的"'There is a wider prospect,' says Jean Paul Richter, 'From Parnassus than from a throne.'""histories make men wise, poems, witty"等语句来看,钱锺书显然读过卢伯克(J. Lubbock,1834—1913)的《读书的乐趣》(*The Delights of Books*)、培根(F. Bacon,1561—1626)的《论读书》(*Of Studies*)等英文原著。他之所以能跻身《桃坞》第10卷第1号英文编委会行列,也正说明其英语水平已达到了相当可观的程度。

The Delights of Reading Newspaper 应该是迄今所见钱锺书最早发表的英文作品,未收入外语教学与研究出版社2005年9月版《钱锺书英文文集》(*A Collection Of Qian Zhongshu's English Essays*)。

---

1 邵宗汉《本校春秋》,苏州《桃坞》1926年7月第9卷第2号。
2 参见杨绛:《写〈围城〉的钱锺书》,《博览群书》1987年第12期。

沈从文佚简一通[1]

1931年11月13日，沈从文曾致信徐志摩，说他留有一份礼物，"'教婆'诗的原稿、丁玲对那诗的见解、你的一封信，以及我的一点□□记录。等到你五十岁时，好好的印成一本书，作为你五十大寿的礼仪"[2]。但6天后，即11月19日，徐志摩因飞机失事，不幸罹难，年仅35岁。

徐志摩奄忽而逝后，《北平晨报》副刊《北晨学园》编辑瞿冰森（世庄）拟办纪念专号，约请徐志摩生前友朋撰写文章。他本以为大家心绪不好、无写作兴致，只预备出两三天专号，没想到来稿超乎意料的踊跃，结果竟连续出了8天。瞿冰森后将这些文章结集为《北晨学园哀悼志摩专号》，由胡适题写书名，北平晨报社于12月20日印行。这册专号共收胡适、凌叔华、林徽音、余上沅、陶孟和、陈梦家、方玮德、吴宓等37人的各类文字近四十篇，其中收有沈从文致瞿冰森短札一通，与梁实秋致瞿冰森信合题《关于哀悼志

---

[1] 原载上海《文汇报》2018年4月13日第12版《笔会》。
[2] 《沈从文全集》第18卷，北岳文艺出版社2009年9月版，第150页。

摩的通讯》》[1]。全文如下：

冰森我兄：

在济车站路上见赓虞一面，因未知彼特为志摩事来济者，故当时乃错过分手。十日来新习惯使人常若有所失，向各方远处熟人通信，告其一切过去，亦多有头无尾。六日纪念刊，恐赶不及安置弟之文章，因照此情形看来，欲用文字纪念志摩，寔不知如何着手，胡胡涂涂，亦大可怜也。

弟从文 十二月，一日

沈从文接到徐志摩死耗，是在11月21日下午。当时，他正同青岛大学文学院闻一多、赵太侔等几个比较相熟的朋友，在校长杨振声家喝茶谈天。沈从文感到很震惊，当即表示，想去济南探询究竟。当晚，他就搭乘由青岛开往济南的火车。次日8点左右抵达济南，坐人力车到齐鲁大学朱经农校长处，得知梁思成、张慰慈和张奚若即将从北平来，于是又赶赴津浦站，途中碰见出站不久的于赓虞，"因未知彼特为志摩事来济者"，故匆匆说了几句话，就到候车室去会梁思成诸人。于赓虞在《佛寿寺里的志摩——"与生前无大异"》[2]一文中，也谈到他与沈从文路上相遇的情况，或可印证沈从文的说法。沈从文一直等到送走徐志摩灵柩以后，才于23日早晨返回青岛。

徐志摩对沈从文有知遇之恩，诚如梁实秋所言："沈从文一向

---

1 原载《北平晨报》1931年12月14日《北晨学园》。
2 于赓虞：《佛寿寺里的志摩——"与生前无大异"》，《北平晨报·北晨学园》1931年11月26日第205号。此文实系于赓虞写给瞿冰森的一封信。"佛寿寺"，似应为"寿佛寺"。

受知于徐志摩。从《北平晨报》副刊投稿起,后来在上海《新月》杂志长期撰稿,以至最后被介绍到青岛大学教国文,都是徐志摩帮助推毂。"[1]难怪沈从文一看到北平发来的电报,马上就决定去趟济南。徐志摩的死对沈从文打击很大,以致其在一段时间内"常若有所失"。瞿冰森向他约稿,计划在12月6日的纪念专号上刊发,但他"胡胡涂涂","毫不知如何着手"。据说,徐志摩死后的当月,沈从文写过两首诗,均系未刊稿,且无标题[2],有一首还是未完稿。直到1934年11月21日,他始在其主编的《大公报·文艺副刊》第121期上公开发表了一篇纪念徐志摩遇难三周年的文章,即《三年前的十一月二十二日》。文中,他谈到赴济南打听消息,瞻仰徐志摩遗容,与徐志摩作最后告别的详情,同时表明:"纪念志摩的唯一的方法,应当是扩大我们个人的人格,对世界多一分宽容,多一分爱。也就因为这点感觉,志摩死去了三年,我没有写过一句伤悼他的话。"

50年后,沈从文在一篇题为《友情》的文章中,再次谈及他当时之所以保持沉默,没有作文悼念徐志摩的原因:"志摩先生突然的死亡,深一层体验到生命的脆弱倏忽,自然使我感到分外沉重。觉得相熟不过五六年的志摩先生,对我工作的鼓励和赞赏所产生的深刻作用,再无一个别的师友能够代替,因此当时显得格外沉默,始终不说一句话。后来也从不写过什么带感情的悼念文章。"[3]

值得一提的是,《北晨学园哀悼志摩专号》并非属于稀见书籍,已版《沈从文全集》漏收了这通信札,多少有点遗珠之憾。

---

[1] 梁实秋:《谈徐志摩》,《梁实秋散文集》,太白文艺出版社2016年3月版,第140页。

[2] 《沈从文全集》编者分别题作《死了一个坦白的人》和《他》。

[3] 沈从文:《友情》,《新文学史料》1981年第4期。

补记：

徐志摩死后，沈从文似有编辑徐志摩纪念文集的打算。1931年12月21日、22日、24日，《北平晨报·北晨学园》第214号、第215号、第216号曾接连三次刊登了他的一则启事，题为《征集纪念徐志摩先生文字》：

凡国内各刊物，有登载关于纪念徐志摩先生文字者，请见赐一份。寄交青岛青岛大学沈从文收，感谢之至。

沈从文 敬启

这则启事也未见收入《沈从文全集》。

当作家遇上笔名雷同[1]

1932年4月21日,《北平晨报·北晨学园》第285号上有一篇短文,题为《关于署名的一个申明》,文末署名冰森。冰森,即瞿世庄,《北晨学园》主编。文章开头,瞿冰森说最近《北晨学园》发生了一件事:"前些时候有'甲辰'先生在《北晨学园》发表《努力》及《纪念歌德的意义》两文。编者当时简直记不清有谁用过这个'署名',事后朋友提起,才知道沈从文先生以前写小说时常用'甲辰'二字署名。当时本想登报声明,事后我以为署名常有相同,也就罢了。最后甲辰先生的《纪念歌德的意义》发表以后,接沈从文先生自青岛来信及申明一则……"然后,抄录了沈从文来信和关于署名申明的启事。这封信及启事未收入北岳文艺出版社2012年5月版《沈从文全集》,天津人民出版社2006年6月版《沈从文年谱》(吴世勇编)等也不见著录,当是新发现的沈从文集外佚作。全文如下:

---

[1] 原载《光明日报》2020年1月3日第16版《光明文化周末·雅趣》。

冰森我兄：近见晨副常有用"甲辰"署名之文章，不知者皆谓为从文所作，因此名弟已用之五年，为时已不为不久矣。今晨副既另有人欢喜用此二字署名，即以此名奉让，亦无不可。惟该文既非弟作，掠美实所不愿，故请代为于《北晨学园》登一启事，用作申明。至为感谢。专颂著安。

弟从文 四月十日。

近有署名"甲辰"，在《北晨学园》登载纪念歌德及其他文字，不知为谁所作。因从文数年来在各刊物上所发表之作品，多用"甲辰"署名，故有疑及此等文字上即从文所作者，远道来函质问，无由奉答。查今年来在《北晨学园》用甲辰署名所登载之文章，皆非从文所作，特谨申明，以示不敢掠美。

沈从文启

经查，《北晨学园》刊发署名"甲辰"的文章有两篇，一篇是《努力》，载1932年2月29日第255号；一篇是《纪念歌德的意义》，连载1932年3月28日、29日第272号、第273号。这两篇文章均被安排在显要位置，可见其质量并不俗。时在青岛大学文学院任教的沈从文看了这两篇文章之后，特地致信瞿冰森，称这两篇署名"甲辰"的文章都不是他写的，为不掠人之美，故请瞿冰森"代为于《北晨学园》登一启事，用作申明"。

早在1927年1月1日，沈从文在《现代评论·第二周年纪念增刊》上发表诗歌《曙》时，就开始使用笔名"甲辰"。此后，有不少作品也是用这一笔名发表的。在致瞿冰森信中，沈从文说："既另有人欢喜用此二字署名，即以此名奉让，亦无不可。"可是，1932年12月5日，他在上海《微音》月刊第2卷第7、8期合刊发表小说《战争到某市以后》，署名仍是"甲辰"。甚至到1933年8月1日，他在杭州《西湖文苑》月刊发表《废邮存底》时，署名还是"甲辰"。不过，这是目前所知道的沈从文最后一次使用这个笔名。

瞿冰森接到沈从文来信以后，曾去信问过"最近在本刊发表文章的'甲辰'先生，他说署名常有相同的，既有沈先生的声明就够了"。这位"甲辰"先生到底是何方神圣，待考。

署名相同，的确是一种常见现象。翻检民国时期报刊，经常可以看到署名"巴人""巴金""舒舍予""废名""冰心""柳青""胡风"的文章，但这些文章并非全都出自鲁迅（周树人）、李尧棠（芾甘）、老舍（舒庆春）、冯文炳、谢婉莹、刘蕴华、张光人之手笔。遇到他人与自己署名相同的情况，有的作家也像沈从文一样，公开发表声明，以澄清事实、说明真相。如曾有好几个人用"芦焚"这一笔名发表作品，弄得王长简不胜其烦。1943年5月24日，他写信给柯灵，希望刊用其作品时将题目制版，以示与另一"芦焚"相区别[1]。1946年8月12日，他在《文汇报》副刊《笔会》上发表了一篇《致"芦焚"先生们》，宣布以后署名一律用"师陀"。因此，看到署名相同的文章，应当反复考证，判定其归属。否则，有可能会张冠李戴，将此"甲辰"误成了彼"甲辰"。

1　《附作者来信》，上海《万象》月刊1943年7月1日第3年第1期7月号。

沈从文的一篇佚文[1]

1948年7月25日,《华北日报·文学》第30期上有一篇文章,题为《新文旧事——冰心女士的〈寄小读者〉》。全文如下:

民十二七月二十四,《晨报副刊》一七一号,忽然添了个"儿童世界"栏,载了篇《土之盘筵》,前面有个序引说:

有一个时代,儿童的游戏被看作犯罪,他的报酬至少是头上凿两下。现在,在开化的家庭学校里,游戏总算是被容忍了;但我想这样的时候将要到来,那时大人将庄严地为儿童筑"沙堆",如筑圣堂一样。

我随时抄录一点诗文,当作建筑坛基的一片石屑,聊尽对于他们义务的百分之一。这些东西在高雅的大人先生们看来,当然是"土饭尘羹",万不及圣经贤传之高深,四六八股之美妙,但在儿童我相信他们能够从这里得到一点趣味。我这几篇小文,专为儿童及爱儿童的父师们而写的,那些"蓄道德能文章"的人们本来我没有

---

[1] 原载《中华读书报》2020年2月12日第14版《文化周刊》。

什么情分。

可惜我自己已经忘记了儿时的心情,于专门的儿童心理学又是门外汉,所以选择和表现上不免有许多缺点,或者令儿童感到生疏,这是我所最为抱歉的。

一九二三年七月十日

记者在刊物后附告说:"冰心女士提议过好几回,本刊上应该加添一栏儿童的读物。记者是非常赞成的,但实行却是一件难事。中国近来的学术界,各方面都感到缺人,儿童的读物,一方需要采集,一方也需要创作,但现在那一方都没有人,因为没有人,所以这一件事延搁到今日。从今日起,我们添设儿童世界一栏,先陆续登载周作人先生的《土之盘筵》,以后凡有可以为儿童读物者,或创作或翻译,均当多多登载。"

《土之盘筵》第一篇题目是《稻草与煤与蚕豆》,附记取自《格林童话集》第十八篇。第二篇是七月二十八刊载的,题目是《乡间的老鼠和京都的老鼠》,[1]附记取材于《伊索寓言》,由日本坪内逍遥编的家庭用儿童剧第一集转译来的。又说"本拟接写下去,预定二十篇",因病得暂时停止了。且说这是所欢喜的工作,因为觉得是一种义务,"我们不能不担受了人世一切的辛苦,来给小孩讲笑话。"

七月二十九,冰心女士的《寄小读者》第一篇才刊载,题目作《给儿童世界的小读者》,事实上读者似乎都是大人,而尤其是成熟了的大人,当时读这个作品,或得到一种错综的愉快,作者呢,快乐可能是相同的。因为作者也成熟了,但用的却是梳丫角儿的充满爱娇孩子气的语气起始。

---

[1] 原刊无","。

一起始即说是抱病而又将远行，因见副刊上儿童栏，所以特别来写这种通信。自说现在还是一个小孩子，要保守天真到最后，需要读者帮助、提携、勉励，末了用了句讲演常套话作结，"我觉得非常荣幸！"所署的日子作七月二十五。这句话近来一般结婚喜堂中的证婚老人和什么党政工作大小人物演说，都常常用作一个理嗓子的引首，倒是冰心聪敏，却放在通信最后。

这篇文章署名"窄霉斋主"，当出自沈从文之手笔。1948年5月4日，沈从文在北平《平明日报·五四史料展览特刊》上发表《五四和五四人》一文，用的就是这个笔名。《华北日报》副刊《文学》创刊于1948年1月1日，同年11月28日终刊，共出47期。《文学》副刊由时为北京大学学生的吴小如负责编辑，其幕后的指导老师是沈从文。沈从文用本名，在该刊上发表过《作梦》（1948年1月1日第1期）、《印译"中国小说"序》（1948年5月16日第20期）和《废邮存底（三九八）》（1948年7月4日第27期）等3篇文章。因此，《新文旧事——冰心女士的〈寄小读者〉》的作者，应该也是沈从文。

文章副题"冰心女士的《寄小读者》"，但一开始谈的则是《土之盘筵》。《土之盘筵》是周作人的译作，其"序引"（或称"小引"）和第一篇《稻草与煤与蚕豆》，载《晨报副刊》1923年7月24日第190号，非沈从文所谓"一七一号"。此后，周作人又陆续在《晨报副刊》"儿童世界"栏发表《乡间的老鼠和京都的老鼠》《乡鼠与城鼠（别本）》《蝙蝠与癞虾蟆》等译文9篇。沈从文全文抄录了《土之盘筵》"序引"，但文字上与原刊文略有出入，如第三自然段，"我随时抄录一点诗文，"后漏了"献给小朋友们，"；"他们义务的百分之一"原为"他们的义务之百分一"；"本来我没有什么情分"原为"本来和我没有什么情分"。沈从文发表这篇文章时，周作人还被关押在南京老虎桥监狱，他不提周作人的名字且不署本名，说明他是相当谨慎的。

《晨报副刊》增设"儿童世界"栏目，是冰心多次提议的结果。1923年7月至1926年9月，她以"给儿童世界的小读者"为总题，先后在《晨报副刊》上发表了29篇通讯。其中，有24篇是登载在"儿童世界"栏。这些系列通讯，大都收入北新书局1926年初版《寄小读者》。第一篇通讯，冰心以"我觉得非常（的）荣幸"作结。沈从文认为，"这句话近来一般结婚喜堂中的证婚老人和什么党政工作大小人物演说，都常常用作一个理嗓子的引首"。这是沈从文杂文中常用的春秋笔法，大概也是他旧事重提的缘由抑或目的之一吧。

《大国民报》刊沈从文佚文及其他[1]

近十年来,不断"出土"的沈从文佚文,既大大丰富了其研究史料,也提供了许多值得深入讨论的话题。沈从文佚文还有可发掘的空间,他在昆明《大国民报》上所发表的几篇文章即不见有人披露。

一

1980年8月10日,沈从文曾在《忆翔鹤》一文中说,1922年,他初到北京,住在某公寓由贮煤间改成的小房子里,并给"这个仅可容膝的安身处,取一个既符合实际又带穷秀才酸味的名称,'窄而霉小斋'"[2]。这个斋名,沈从文一直用到"文革"后他迁居北京前门东大街三号社科院宿舍楼为止。二三十年代,他在北京、上海、青岛时,所发表的作品,有不少在文末标明写于"窄而霉小

---

[1] 原载《新文学评论》2020年第3期。
[2] 沈从文:《忆翔鹤》,《新文学史料》1980年第11期。

斋",或"窄而霉斋",或"新窄而霉斋"。沈从文还以"窄而霉斋"为题,发表过两篇作品,一是《窄而霉斋闲话》,载南京《文学月刊》1931年8月15日第2卷第8期;一是《窄而霉斋废邮(新十九)》,载北平《平明日报·星期文艺》1947年9月28日第23期。

1948年5月4日,沈从文在北平《平明日报·五四史料展览特刊》上发表《五四和五四人》,署名"窄霉斋主"。此外,1948年7月25日,他在《华北日报·文学》第30期上发表了一篇《新文旧事——冰心女士的〈寄小读者〉》,也署名"窄霉斋主"。此文未收入北岳文艺出版社2009年9月第2版《沈从文全集》[1],笔者已撰文作了披露[2]。

邵华强在《沈从文年谱简编》中称,沈从文从事创作后所使用的笔名尚有"窄而霉斋主人",但他没有具体说明是哪篇作品用了这个笔名[3]。吴世勇编、天津人民出版社2006年6月版《沈从文年谱》没有著录这一笔名,《沈从文全集》附卷之《沈从文笔名和曾用名》(沈虎雏编)中也不见收录。

"窄而霉斋主人"的确是沈从文的笔名,是其发表《美与爱》时所用的。《美与爱》初收重庆国民图书出版社1943年6月版《云南看云集》,已收入《沈从文全集》。《沈从文年谱》称,《云南看云集》"原目中第二组《新废邮存底十六则》中的《美与爱》、《论投资》、《读书人的赌博》等三篇,收入集子前原发表的刊物不详"[4]。不知道原发表的刊物,自然也就不清楚具体署名情况。《美与爱》

---

[1] 本文所谓《沈从文全集》均指北岳文艺出版社2009年9月第2版(修订本)。

[2] 陈建军:《沈从文的一篇佚文》,《中华读书报》2020年2月12日第14版《文化周刊》。

[3] 邵华强:《沈从文年谱简编》,《沈从文研究资料》,花城出版社1991年1月版,第905页。

[4] 吴世勇:《沈从文年谱》,天津人民出版社2006年6月版,第252—253页。

原载昆明《大国民报》1943年4月28日第9期第1版，是迄今为止所发现沈从文唯一一篇署名"窄而霉斋主人"的作品。

二

《大国民报》，1943年3月31日创刊，发行人是陈仲山，每逢星期三、六出版，社址在昆明龙井街二十五号。报头标明"本报已依法向内政部呈请登记，云南邮政管理局执照第四八号，中华邮政登记认证为第一类新闻纸"，但后被军事委员会战时新闻检查局以"未经登记"为由勒令停刊[1]。《大国民报》于1943年6月30日停刊，共出27期。关于这份报纸的研究史料极少，据说其主编为1942年毕业于云南大学政治系的熊剑英[2]。《大国民报》停刊后，1943年12月1日，陈仲山又创办《观察报》，约请沈从文主编副刊《生活风》和《新希望》。

为什么要取"大国民"这个报名呢？《大国民报》第1期第1版有一篇《释大国民》，可以视为其发刊词。文中说："一个大国所必备的条件，除了一般物质要素以外，尚有其他属于精神方面的要素……似应于主权之外，还须这一国家的国民具有一种大国民风度"，"即是一种对人和自处的不亢不卑的态度，发乎内而形诸外的一种高尚的行为"，具备"高尚，豁达，刚毅，果敢，公平，正直，慷慨，牺牲，平等，互助等等人类所应有的美德"。为什么要采取

---

[1] 参见《云南省政府公报》1943年8月2日第15卷第30期。
[2] 参见徐知免《忆朱自清先生》《品人术》，内蒙古文化出版社2003年9月版，第155—157页。据徐知免讲，《大国民报》主编是熊剑英，他也兼任该报编辑。朱自清刊于昆明《大国民报》1943年6月2日第19期第2版上的《"人话"》，是他约的稿。

"三日刊"的形式呢？编者在第1期第2版《编辑者言——介绍自己》中也作了简单说明——"昆明的周刊很不少，我们以三日刊与读者相见，并没有'标新立异'的故意，只是感到在昆明还没有以三日为期的刊物"。

《大国民报》每期4版，各版刊载的内容均有所侧重，且设有不少专栏。具体如下：

第一版包括"时事述要"和"社评"两项，前者的设立，是因为本刊性质接近日报，同时我们为了一般职业青年，平日忙于工作，没有充分的时间按日阅读时事，所以我们想使读者能在最短的时间内获识三日来的重要新闻。"社评"一项是对当前的时事，作一扼要的解剖，帮助读者对有国内国际局势作进一步的体察和认识。

第二版的文字偏于研究性，多由大学教授及专家执笔。此后，我们打算每逢星期六增设"周末专论"。敦请国内各大学名教授及专家专题撰述。

第三版的内容比较复杂。"小言"想以泼辣的笔调，针对中华民族传统的文化和生活方式加以批评，以期重建。"旧文新钞"不过是旧话重提，但却希望大家能"鉴古知今"，有所警惕，"大国民信箱"的目的是在暴露社会的黑暗，或为读者解答一些在生活上所遭遇到的问题。不过关于色情一类的问题，则恕不作答。

第四版定名为"艺苑"，刊登诗歌，小说，散文，戏剧等稿件。[1]

---

[1] 《编辑者言——介绍自己》，昆明《大国民报》1943年3月31日第1期第2版。

为《大国民报》撰稿的作者众多，如沈从文、朱自清、吴晗、李广田、汪曾祺、楚图南、曾昭抡、孙毓棠、蔡枢衡、赵玉良、闻家驷、沈来秋、赵令仪、萧成资、葛亮诸、周翰、丁则良、谷苞、谢浩、徐知免、薛理安、李广和、王彦铭、许烺光、萧同文、王道乾、戴子钦、刘北汜、袁方等，大都是西南联大、云南大学等高校的师生。有些作家在《大国民报》上所发表的作品，或未收入其全集，或已收入但未注明原始出处。李广田在《大国民报》上发表了三篇文章，即《谈创作》，载1943年3月31日、4月3日第1期、第2期第4版《艺苑》；《谈新诗》，载1943年4月21日第7期第4版《艺苑》；《〈论语〉的文章——论形式与内容的契合》，载1943年5月19日第15期第4版《艺苑》，署名黎地。最后一篇没有收入云南人民出版社2010年7月版《李广田全集》。

三

在《大国民报》上发文最多的是沈从文，除《美与爱》之外，他还在该报第1版、第2版和第3版发表了7篇文章。其中，已收入《沈从文全集》的有4篇，均未注明原始出处。

《谈出路》，载1943年3月31日第1期第2版，署名沈从文。

《明日的文学作家——读奔流散记书后》，载1943年4月14日、17日第5期、第6期第4版《艺苑》，署名沈从文，文末署"三月廿一呈贡"。

《见微斋笔谈——小说上吃人肉记载》，载1943年4月21日、24日第7期、第8期第2版，署名上官碧。

《见微斋笔谈——宋代演剧的讽刺性》,载1943年5月12日、15日、19日、22日、26日、29日第13期、第14期、第15期、第16期、第17期、第18期第2版,署名上官碧。

《谈出路》后改题《找出路——新烛虚二》,载重庆《民族文学》1943年7月7日第1卷第1期。《明日的文学作家——读奔流散记书后》又载《武汉日报·鹦鹉洲》1943年6月11日第432期,初收《云南看云集》。《见微斋笔谈——小说上吃人肉记载》又载桂林《文学创作》1943年6月1日第2卷第2期。《见微斋笔谈——宋代演剧的讽刺性》后改题《宋人演剧的讽刺性》,载桂林《新文学》1944年2月3日第1卷第3期,又载上海《论语》1947年6月1日第130期。

未收入《沈从文全集》的文章有以下3篇:

《见微斋笔谈——杜甫成仙》[1],载1943年4月7日第3期第4版《艺苑》,署名上官碧。沈从文认为李白和杜甫,"两人生前命运不同,死后命运也不同","李白的事只在剧曲中流传,杜甫却成仙了"。他还以元代笔记《钩玄》中一则故实作例证,说明后世读书人常"以今会古","专有用子不语精神过日子的"。

《迎接五四》,载1943年5月5日第11期第1版,署名沈从文。三四十年代,沈从文写过好几篇纪念"五四"的文章,如:《五四节谈谈报纸副刊》[2],载昆明《益世报》1939年5月4日《五四廿周

---

[1] 《沈从文全集》第14卷《见微斋杂文》内收《见微斋笔谈——小说上吃人肉记载》《宋人演剧的讽刺性》《吃大饼》《应声虫》和《宋人谐趣》等杂文5篇。
[2] 《五四节谈谈报纸副刊》文末署"廿八年五月一日写"。蒙树宏在云南人民出版社2013年8月版《云南抗战时期文学史》中提到过这篇文章,但迄今不见有人全文披露。

纪念特刊》，未收入《沈从文全集》。《"五四"二十一年》，载香港《大公报·文艺》1940年5月4日第830期，又载昆明《中央日报》1940年5月5日《五四青年节特刊》。《五四》，载天津《益世报·文学周刊》1947年5月4日第39期。1948年5月4日，他同时发表了3篇纪念五四的文章，一是前面提到的《五四和五四人》；二是《纪念五四》，载天津《益世报·文学周刊》1948年5月4日第90期；三是《"五四"二十九年》，载北平《世界日报》1948年5月4日"世界要闻"版"专论"栏，又载1948年5月5日香港《星岛日报》。此文也未收入《沈从文全集》。

  整个40年代，沈从文对"五四"始终有一种基本看法，认为新文学运动在白话文试验和思想解放、国家重造上，有很大的贡献和成就。但是后来，文学运动似乎有点萎靡不振的趋势，一切热闹都只是表面装点。作家的"天真"和"勇敢"，几乎全都丧失了。其堕落的原因，在于作家被"商业"与"政治"两种势力分割、控制。领导、主持文学运动的，多是学校师生，因此对学校影响特别大，也特别深。文运一旦与学校、教育脱离，那么消沉、变质、萎靡、堕落，都是应有的现象。反过来讲，学校一旦与文运脱离，自然也难免保守、退化、无生气、无朝气。把文运从商场、官场中解放出来，依然要由学校奠基，由学校培养，由学校着手。同时，还要秉持"五四"怀疑否认的精神。五四精神的特点是"天真"和"勇敢"，如果疏忽了"五四"之所以为"五四"，那就只不过是"行礼如仪"，如此纪念"五四"，则毫无意义。在文句上，《纪念五四》与《迎接五四》多有雷同，想必前者是在后者的基础上改写而成的。

  《见微斋笔谈——饭桶》，分上、中、下，载1943年6月2日、5日、9日第19期、第20期、第21期第2版，署名上官碧；又载重庆

《大公报·战线》1943年9月24日第991号，署名上官碧，文末署"八月廿呈贡重写"；又载《成都晚报》1948年10月26日第6年第6号第2版[1]；又载柳州版《广西日报》1949年2月13日第1212号第3版，题为《饭桶考》[2]，署名上官碧。这篇文章是沈从文对"饭桶"本事、本意的考证。他说："近人说'饭桶'，多用为对于有名位而无才能的官僚，近于滥竽充数的公务员，或泛指社会上无用家伙的嘲笑。'饭桶'本来意思，其实却与食大量大的'福气'有关，被人敬重，以为有异常人，事本宋初张齐贤。"文中，大量援引欧阳修《归田录》、周密《癸辛杂识》、钟辂《前定录》、孔平仲《谈苑》、江休复《江邻几杂志》、司马光《涑水纪闻》、王明清《玉照新志》、庄季裕《鸡肋编》、罗大经《鹤林玉露》和徐梦莘《三朝北盟会编》等文献中的相关记载作为例证。

附：

杜甫成仙

李白入长安，因贺知章第一次见面时，就称呼为"谪仙人"，一定因此增加了些酒量，也增加了几分狂。一生遭遇，未必不受这个称呼影响。世传捉月落水，说不定倒是件真事，虽不淹死，也作了一回落水鸡！因唐朝既以道教为国教，李家子弟非事实上贵族，也许他自以为是另外一种情绪上贵族。李白的仙才和他的惨死，在心理上都可能由这个贵族情感而来的。然而同时的杜甫，给人印象却是个"正牌诗人"，意即有历史家的感慨又不失赤子之心的诗人。两人生前命运不同，死后命运也不同。元朝是另一重道教的时代，李白的事只在剧曲中流传，杜甫却成仙了。元人笔记《钧玄》说：

---

[1] 本日所载为《饭桶考（一）》。10月27日、28日报纸未见，是否连载，不详。
[2] 系由《大国民报》本上、中两部分合并而成。

"秘书郎乔中山云：至元十年，自以东曹掾出使延安，道出鄜州，土人传有杜少陵骨在石中者，因往观之。石在州市，色青质坚，树于道傍，中有人骨一具跌坐，如自生成者，与石俱化。以佩刀削之，真人骨也。"当时不传说是五代神仙家杜光庭的骨头，却说是杜甫的，大约因杜甫和鄜州关系比较深些。若近人作论，说不定牵强附会，说"杜甫成佛"也未可知。正如孔融因曹操为曹丕纳袁家媳妇，说当时妲己归宿一样，"以今会古"，想当然耳。孔子两千年前即担心到弟子见神说鬼，故《论语》有"子不语怪力乱神"，想不到两千年后读书人，却专有用子不语精神过日子的。

迎接五四

从五四起中国有个新文学运动，二十余年来不仅仅在白话文试验上，有过极大的贡献，即以思想解放国家重造而言，这个运动所有的成就，也是极可观的！然而到近年来，文学运动却似乎有点萎靡不振的趋势，一切热闹都只是表面装点。作家的"天真"和"勇敢"，在二十年新陈代谢中，几几乎全丧失了，代替而来的却是一种适宜商场与官场的油滑与敷衍习气。这种印象虽只是局部的，不足以概全体，但部分的堕落，于文运影响是可以想像的。

试分析这个运动堕落原因，实由于作家被"商业"与"政治"两种势力所分割，所控制，产生的结果。作者的创造力一面既得迎合商人，一面又得敷会政策，目的既集中在商业作用与政治效果两件事情上，文运堕落是必然的，无可避免的。作者由信仰真理爱重正谊的素朴雄强五四精神，逐渐变成为发财升官的功利打算；与商人合作或合股，用一个听候调遣的态度来活动，则可以发财；为某种政策帮忙凑趣，用一个佞幸阿谀的态度来活动，则可以做官。因此在社会表面上尽管花样翻新，玩意儿日多，到处见得活泼而热闹。事实上且可说已无文运足言。

五四精神特点是"天真"和"勇敢",如就文学运动看来,除大无畏的提出"工具重造工具重用"口号理论外,还能用天真热诚的态度去尝试。作品幼稚,无妨;受攻击,无妨;失败,更不在乎。大家都真有个信心,认为国家重造思想解放为必然。鼓励他们信心的是求真,毫无个人功利思想夹杂其间。要出路,要的是真理抬头;要解放,要的是将社会上若干不合理的迷与愚去掉;改革的对象虽抽象,实具体。热情为动,既具有普遍传染性,领导主持这个文学运动的,既多系学校师生,因此对学校影响也就特别大,特别深。文运一与学校脱离,与教育脱离,销沉,变质,萎靡,堕落,都是应有的现象。学校一与文运脱离,自然也难免守旧,退化,无生气,无朝气。

所以迎接五四,纪念五四,我们倒值得知道一点点过去情形。想发扬五四精神,得将文学运动重新做起,这是一切有自尊心的作家应有的觉悟,也是一切准备执笔的朋友应有的庄严义务。我们必需努力的第一件事,即从新建设一个观念,一种态度,把文运从商场与官场两者困辱中解放出来,依然由学校奠基,学校培养,学校着手。把文运和"教育""学术"再度携手,好好联系在一处,争取应有的自由与应有的尊重;一面可防止作品过度商品化与作家纯粹清客化,一面且可防止学校中保守退化腐败现象的扩大。能这么办,方可希望它明日有个更大的发展!第二件事是五四怀疑否认的精神,修正改进的愿望,在文运上都得好好保留它,使用它。天真和勇敢,尤其不可缺少。作者能于作品中浸透人生崇高理想,与求真的勇敢批评精神,自可望将真正的时代变动与历史得失,好好加以表现,并在作品中铸造一种博大坚实富于生气的人格。这种坚贞人格,这时节虽只表现到作家的文学作品中,另一时即可望表现到普遍读者行为中！若疏忽了五四之所以为五四，那就不过"行礼如仪"，与一般场面差不多，倒以忘掉这个日子为得计；因为凡属行礼如仪的事已经够多了，年青朋友这么纪念五四是毫无意义的！

饭桶[1]

近人说"饭桶"，多用为对于有名位而无才能的官僚，近于滥竽充数的公务员，或泛指社会上无用家伙的嘲笑。"饭桶"本来意思，其实却与食大量大的"福气"有关，被人敬重，以为有异常人，事本宋初张齐贤。欧阳修《归田录》称：

张齐贤仆射，体质丰大，饮啖过人。尤嗜肥猪肉，每食数斤。天寿院风药黑神丸，常（人）所服不过一弹丸，公常以五七两为（一）大剂，夹（以）胡饼而顿食。淳化间罗〔罢〕相知安陆州。安陆山都〔郡〕，未尝识达官，见公饮啖不类常人，举郡惊骇。尝与宾客会食，厨吏置一金漆大桶于厅侧，窥公所食，如其物投桶内。至暮，酒浆浸渍，涨溢满桶。郡人嗟愕，以为享富贵者必有异于人也。

这种有真本领的饭桶，在当时不仅为乡下人平生少见，即见多识广的帝王，也常常当作一种新奇人物款待。《癸辛杂志〔识〕》载赵温叔被皇帝请吃"小点心"事，正是一个好例。

赵温叔丞相形体魁梧，进趋甚伟，阜陵甚喜之。且同〔闻〕其饮啖数倍常人，会吏〔史〕忠惠进玉海，可容酒三升。

一日召对便殿，从容问之曰："闻卿健啖，朕欲作小点心相请，何如？"赵悚然起谢。遂命进至〔玉〕海赐酒至六七。皆饮釂。继以金拌〔柈〕捧笼炊百枚，遂食其半。上笑曰："卿可尽之。"于是复

---

1 《大国民报》第21期未见，重庆《大公报》本漫漶不清，难以辨识，故《饭桶》下部分无法整理。

尽其余。上为之一笑。

不过请吃小点心事近于在官家面前表演本领，机会很少，无从常有，所以这种伟人平时吃喝就相当寂寞。无对手可得，近于孤立。同一笔记即说到这一点。

其后均役荆南，暇日欲求一客伴食不可得。偶（有）以本州兵马监押，某人为荐（者），遂召之燕饮。自朝至暮，宾主各饮酒三斗，猪羊肉各五斤，蒸糊五十事。公已醉饱摩腹，而监押屹不为动。公笑云："君尚能饮否？"对曰："领钧旨。"于是再饮数杓。复问之，其对如初。凡又饮斗余乃罢。临行，忽闻其人腰腹间砉然有声，公惊曰："是必过饱，肠裂无疑。吾本善意，乃以饮食杀人！"终夕不自安。黎明，亟遣铃下老兵往问，而〔曰〕典客已持谒白"某监押见留客次谢筵。"公愕然。延之，扣以夜来所闻，踽踽（起）对曰："某不幸抱饥疾，小官俸薄，终岁未尝一饱，未免以革带束之（腹间）。昨蒙赐宴，不觉果然，革条为之迸绝，故有声色〔耳〕。"

这倒真所谓"强中更有强中手"！不过或者因食多量大而做大官，或又因官小俸薄而紧束皮带，从不一饱，照唐宋人说来，就是"命"了。唐兴科举，一生荣辱虽若以考试决定，其实偶然机会转多，钟辂《前定录》说到这件事时，竟似乎与学问材知是不大相关的。

蔡齐的登第，即见出不是与帝王做梦有关，就是与姓寇的宰相乡土成见有关。

《谈范〔苑〕》称：

真宗临轩策士，夜梦床下一苗甚盛，与殿基相齐。反折〔及折〕第一卷乃蔡齐，上见其容貌，曰："得人矣。"特诏执金吾七人清道，自齐始。

又《（江）邻几杂志》：

蔡公恶南方轻巧，萧贯当作状元，蔡公进曰："南方下国，不宜冠多士。"遂用蔡齐。出院顾同列曰："又与中原夺得一状元！"

若我们明白佛道二教在那个时代所培养成的浪漫空气，如何浸透了每一个人的心，或每一件事，宋人成见影响到政治方面又如何大，就不至于觉得唐宋人相信命数为可笑了。

自唐有科举，"状头"即成为读书人所梦寐不忘之物，亦成为未嫁女子所韵美之名词。后世戏曲传奇，男主角大部分作状元，正反映这点愿望如何普及人心。唐代状头不尽入相，宋代状元多入相。惟状元之所以为状元，则唐宋无异，非尽以才学为准是也。《冻〔涷〕水纪闻》记王嗣宗作状元，更有趣味，原来是在皇帝面前比武取巧得来的！

王嗣宗汾州人，太祖时举进士，与赵昌言争状元于殿前。太祖乃命二人手搏，约胜者与之。昌言发秃，嗣宗殴其幞头坠地，趋前谢曰："臣胜之！"太祖大笑，即以嗣宗为状元，昌言次之。

虽《至〔玉〕照新志》以为《冻〔涷〕水纪闻》有误，与王嗣宗在开宝八年真〔争〕状元为陈识齐。惟王嗣宗因角力得状元则系事实。"终南处士"种放之不再起用，也就和这个"手搏状元"一场争吵有关。

饭桶事虽本于张齐贤，惟《归田录》记此事时，却只云"酒浆浸渍，涨溢满桶"，似无饭粒。吃黑神丸实夹在"胡饼"中，情形与我们现在用什么鹿茸精维他命夹在烧饼中大略相似。赵温叔被皇帝请吃小点心，吃的是"笼炊"。兵马监押与赵温叔燕饮，除猪羊肉外是"蒸糊"五十件。胡饼笼炊，蒸糊，顾名思义都使人疑心是面食，必捣烂调和，做法也和米饭不同，实在说就是与米饭无关，语谓"巧妇难为无米炊"在宋人引此谚时却为"巧媳妇做不得没面蒸饼"。面食嗜好在南中国成为习惯，大约在南渡以后。庄季裕

《鸡肋》称：

建炎之后，江浙湖湘闽广西北流寓之人偏满。绍兴初，麦一斛至万二千钱，农获其利倍于种稻。而佃户输租，只有秋课，而种麦之利，独归客户。于是竞种，春稼极目，不减淮北。

东西出产一多，不吃他的也只好吃了。帝王请客吃点心事已极奇，还有平民请帝王吃点心而且只吃一个蒸饼，事亦见《鸡肋》。

楚州卖渔〔鱼〕人姓孙，颇（前）知人灾福，时呼"孙卖鱼"。宣和间，上皇闻之，召至京师馆于宝箓宫道院。一日怀蒸饼一枚，坐一小殿中。已而上皇驾至……即出怀中蒸饼，云"可以点心！"

据说当时徽宗虽觉微馁，亦不肯吃。请客的孙卖鱼就说，这时不吃，将来恐怕想吃也不成功！到后为金人掳去，果然想吃点心也办不到。（未完）

从《汪曾祺全集》说到汪曾祺佚文[1]

人民文学出版社用八年时间,"发动社会力量、组织专家学者,钩沉辑佚、考辨真伪、校勘注释"[2],倾力打造了一部《汪曾祺全集》,为广大读者提供了一个编校精良的汪曾祺作品的"善本",也为如何整理、编纂、出版中国现代作家全集提供了一个值得借鉴和效法的范例。

一

新版《汪曾祺全集》是收录最全的一部汪曾祺作品集,皇皇12卷,400余万字,在体量上大大超过了北京师范大学出版社1998年8月版《汪曾祺全集》。如,北师大版收小说130篇,新版增加到162篇;北师大版收剧本12部,新版增加到19部;北师大版收诗歌91首,新版增加到257首;北师大版收书信仅55通,新版则增加到

---

[1] 原载《新文学史料》2021年第1期。
[2] 《出版说明》,《汪曾祺全集》第1卷,人民文学出版社2019年1月版。

293通，收件者人数远远多于北师大版。从某种意义上讲，新增加的作品在一定程度上改写了汪曾祺的个人创作史和交游史。同时，新版所收文类众多，除小说、散文、剧本、诗歌之外，还有题词、书画题跋、图书广告、思想汇报以及讲稿、发言稿、接受他人访谈或对谈等文字，全方位、多侧面地展现了汪曾祺的艺术成就，为系统、深入地了解和研究汪曾祺其人其文提供了有力的文献支撑与保障。

我一向认为，文本准确与否是评价一部全集编辑质量优劣的一个极其重要的指标。我随机对校了几篇（首）民国时期汪曾祺发表在《大公报》上的小说、散文和诗歌，未发现任何差错。应该说，在文本的准确度上，新版《汪曾祺全集》是值得信赖的。新版《汪曾祺全集》订正了不少流传已久的讹误，最大限度地恢复了文本的本来面目。对某些因所据底本不清晰而无法辨识的文字，不以意增添或妄加改动，而是抱着相当审慎的态度，用"□"来代替。为不影响一般读者阅读，全集未随文一一出校记，但编者在文本校勘上所付出的努力是可以想见的。

新版《汪曾祺全集》为每篇作品均做了题注，主要交代了排印依据、初刊、再刊、署名、收集、题名更易、文字改动、写作背景和收件人基本信息等情况。这些居于文本周边的题注都相当简略，少则1行，多则不过10行，但极富学术性，也最见考证的功夫。为汪曾祺每篇作品做题注，新版《汪曾祺全集》实属首创。

2020年3月5日，新版《汪曾祺全集》项目主持人郭娟在《我们怎么编〈汪曾祺全集〉——纪念汪曾祺诞辰一百周年》网络直播中说："我们《全集》三大亮点，一是有题注，二是收文最多，三是校勘比较精良，讲究底本。"[1]这一自评绝非夸大其词，而是完全符合事实的。

二

如果非要寻弊索瑕的话，新版《汪曾祺全集》当然也有美中不足的地方，一是有的题注尚需进一步完善，二是仍有遗珠之憾（后文详谈）。

题注中存在的问题，主要表现在以下三个方面：

其一，有的题注不够准确。例如：

《磨灭》，原载上海《大公报·文艺》1946年8月23日沪新第50期，不是"原载1946年9月2日天津《大公报》"（见小说卷1第159页）。

《蔡德惠》，原载上海《大公报·文艺》1946年10月29日沪新第72期，不是"原载1947年3月7日天津《大公报》"（见散文卷1第56页）。

按照"以最初发表的报刊版本为底本"的原则，以上两篇作品均应以上海《大公报》本为排印底本。新发现的初刊，或可补订全集中个别用"□"替代的字。如《蔡德惠》最末一自然段，"外面藤萝密密□满木窗"应为"外面藤萝密密缠满木窗"，"□乎完成一个文章格局"应为"近乎完成一个文章格局"（见散文卷1第56页）。

---

[1] 郭娟：《〈汪曾祺全集〉为什么编了八年》，见人民文学出版社公众号（2020年3月6日）。

又如：

《猎猎——寄珠湖》，原载香港《大公报·文艺》1941年1月6日第1004期，又载桂林《大公报·文艺》1941年4月25日桂字第17期，未在重庆《大公报·文艺》上刊载（见小说卷1第40页）。1943年11月7日，重庆《大公报》始设《文艺》副刊。

《序雨》，题注中"《自由论坛周报》"（见小说卷1第112页）应为"《自由论坛》星期增刊"。

《膝行的人》，题注中"《自由论坛周报》"（见小说卷1第117页）应为"《自由论坛》周刊"。

《艺术家》，原载北平《经世日报·文艺周刊》1947年5月4日（非10日，见小说卷1第201页）、11日第38期、第39期。

《三叶虫与剑兰花》，题注中"第一期"（见小说卷1第296页）应为"第一号"。

《礼拜天早晨》，含《礼拜天早晨》和《疯子》两篇，原载上海《文学杂志》1948年11月第3卷第6期。其中《疯子》作为"散文诗"，又载上海《中国新诗》丛刊1948年10月第5集《最初的蜜》。全集给《礼拜天早晨》所作题注"本篇又载《中国新诗》1948年第五期"（见散文卷1第90页），显然有失准确。

《昆明小街景》，又载桂林《大公报·文艺》1941年4月21日桂字第15期，非"第十六期"（见诗歌、杂著卷第9页）。

《小茶馆》，题注："本篇原载1941年5月26日桂林《大公报》。"（见诗歌、杂著卷第12页）本日桂林《大公报·文艺》桂字第30期仅见欧阳予倩《上演〈日出〉的杂感》、菲北《七月旅人》和田堃《竹林之袭（下）》，无汪曾祺的这首诗。

民国时期，不少同期发行的同名报纸，如《民国日报》《大公报》《益世报》《中央日报》等等，其出版地是不相同的。《"膝行的人"引》原载天津《益世报》,《歌声》原载上海《大公报》,《葡萄上的轻粉》原载《云南民国日报》,题注中均未著录出版地,而是笼统写作"《益世报》"(见散文卷1第46页)、"《大公报》"(见散文卷1第62页)、"《民国日报》"(见小说卷1第104页),既不够准确,也不方便读者查考。

其二,有的题注漏著了再刊、署名等信息。例如:

《醒来》,题注漏又载兰州《西北日报·绿洲》1949年7月19日第169期(见小说卷1第193页)。

《囚犯》,题注漏署名"汪曾琪"(见小说卷1第264页)。

《邂逅》,题注漏又载香港《大公报·文艺》1948年9月8日、15日第26期、第27期(原刊误作第28期)(见小说卷1第287页)。

《飞的》,题注漏又载长沙《民意》半月刊1947年10月5日第1卷第2期,署名"西门鱼"(见散文卷1第53页)。

《烟与寂寞》,题注漏又载汉口《华中日报·华中副刊》1947年12月5日第341期,署名"曾祺";又载重庆《新蜀夜报》1947年6月29日第2版《夜潮》(见散文卷1第60页)。

《歌声》,题注漏又载许昌《新民日报》1947年7月23日第2版《新民副刊》,署名"汪曾鼎"(疑"鼎"为"祺"之误);又载《新疆日报》1947年8月21日第4版《新疆副刊》(见散文卷1第62页)。

《道具树》,题注漏又载《南京日报》1948年12月13日第2版《新南京》(见散文卷1第96页)。

《昆明的春天》,题注漏又载《南京新报》1941年7月6日第8版《星期特辑》(见诗歌、杂著卷第21页)。此诗后,有《星期特辑》"编者注":"从这首诗里我们看出作者患着严重的怀乡病,同时,一种厌战的心理也充分吐露出来。"

《旧诗》,题注漏署名"曾祺"(见诗歌、杂著卷第36页)。

其三，各卷题注编写格式欠统一。

新版《汪曾祺全集》，各卷之间甚或同一卷之内编写体例或书写格式不太统一。登载汪曾祺作品的报纸，几乎都有副刊，如天津、上海、桂林、香港《大公报》的《文艺》，天津《大公报》的《星期文艺》《大公园地》，上海《大公报》的《星期文艺》，重庆《大公报》的《战线》，昆明《中央日报》的《文艺》，成都《国民公报》的《文群》，北平《经世日报》的《文艺周刊》，天津《益世报》的《文学周刊》，重庆《益世报》的《益世副刊》，北平《华北日报》的《文学》，上海《文汇报》的《笔会》，等等。这些副刊也几乎都有具体的期号。新版《汪曾祺全集》中，有的题注著录了报名、副刊名和期号，有的则省去副刊名和期号，仅著录了报名。

关于发表时间，有的题注详细著录了年月日，有的只著录了年份而无月日。大多数题注，卷数、期号用的是汉字数字，但有极个别的题注用的则是阿拉伯数字。如《灌园日记》，是整个第4卷中唯一著录了报纸副刊名和期号的题注，也是唯一用阿拉伯数字标示期号的题注（见散文卷1第20页）。

以上所述，或许有求全责备、吹毛求瘢、放大不足的嫌疑。但无论如何，零星的疵点是掩盖不了美玉的光彩的。

三

新版《汪曾祺全集》漏收了三篇文章，其中一篇是我从"中国近代报纸全文数据库"中检索出来的。"中国近代报纸全文数据库"由上海图情信息有限公司制作，目前收录的中文报纸近500种，可通过输入篇名、作者等信息来获取全文。从海量的数据库中"捞"

出这篇作品,实在有点"戏剧性"。

民国时期,汪曾祺在报刊上发表作品,大部分署本名,有的署曾祺、汪曾旗、汪曾琪、汪若园、西门鱼、郎画廊、余疾、蓁岐、方栢臣等笔名。在"中国近代报纸全文数据库"检索界面输入关键词"汪曾祺"或其他笔名,系统仅能显示汪曾祺的部分作品,还有一部分作品尚处于"沉睡"状态。如果知道汪曾祺具体作品的篇名,可用篇名检索,但系统显示的结果会令人大吃一惊:明明是汪曾祺的作品,作者却不是"汪曾祺"。为什么会出现这种问题呢?大概因为系统自动识别功能有限,特别是遇到以下三种情况,不容易准确识别:

一是形近字。如《谁是错的?》[1]、《结婚(续完)》[2],系统显示作者均为"汪会祺",因繁体"曾"与"會"字形结构相近;再如《昆明小街景》[3]、《短篇小说的本质——在解鞋带和刷牙的时候之四》[4],系统显示作者均为"汪曾祺",因"祺"与"祺"字形相近;又如《悒郁》[5],系统显示作者为"汪曾棋",也是因"祺"与"棋"形近所致。此外,系统显示作者还有"会旗""汪会旗"等。

二是手迹。在民国时期报刊上,作者署名有不少是根据手迹制版的。遇到这种情况,数据库系统更难识别,其显示的结果可谓五花八门。如《醒来》[6]、《歌声》[7]、《背东西的兽物》[8],署名都是汪

---

1 载桂林《大公报·文艺》1942年6月8日桂字第169期。
2 载桂林《大公报·文艺》1942年7月28日桂字第184期。
3 载桂林《大公报·文艺》1941年4月21日桂字第15期。
4 载天津《益世报·文学周刊》1947年5月31日第43期。
5 载天津《益世报·文学周刊》1947年2月16日第28期。
6 载上海《大公报·文艺》1947年1月16日沪新第103期。
7 载上海《大公报·文艺》1947年7月11日沪新第153期。
8 载上海《大公报·星期文艺》1948年2月1日第67期。

曾祺的手迹，而系统显示作者分别为"汪僧□""汪當□"和"汪曾禮"。

三是底本漫漶不清或有污渍。如《结婚》[1]，因"祺"字迹模糊，系统无法辨识，只得以"□"代之，故显示作者为"汪曾□"；再如《昆明的春天》[2]，因原刊"汪"字上有一污点，导致系统显示作者为"注曾祺"。

我因此深受启发：用系统显示的作者名逐一检索，也许会有新发现。我输入"汪会祺"，结果显示，除《谁是错的？》和《结婚（续完）》之外，还有一篇《人物泰檔——茱□小集之五》。点击"预览"，原来是《人物素描——茱萸小集之五》，发表在重庆《益世报·益世副刊》1945年9月13日第212期，署名汪曾祺。看来，通过数据库查询资料，不仅需要一定的技巧，而且需要一定的想象力。

1987年8月，汪曾祺在《〈茱萸集〉题记》中说：

《小学校的钟声》一九四六年在《文艺复兴》发表时，有一个副题："茱萸小集之一"。原来想继续写几篇，凑一个小集子。后来不知道为什么没有写下去，于是就只有"之一"，"之二"、"之三"都无消息了。现在要编一本给台湾乡亲看的集子，想起原拟的集名，因为篇数不算少，去掉一个"小"字，题为《茱萸集》。这也算完了一笔陈年旧帐。

当初取名《茱萸小集》原也没有深意。我只是对这种植物，或不如说对这两个字的字形有兴趣。关于茱萸的典故是大家都知道的。《续齐谐记》："费长房谓桓景曰：'九月九日，汝家有灾，急令

---

[1] 载桂林《大公报·文艺》1942年7月27日桂字第183期。
[2] 载香港《大公报·文艺》1941年6月18日第1119期。

家人各作绛囊盛茱萸系臂，登高，饮菊花酒。'"王维的诗也是大家都知道的："遥知兄弟登高处，遍插茱萸少一人。"我取茱萸为集名时自然也想到这些，有点怀旧的情绪，但这和小说的内容没有直接的关联。如果读者于此有所会心，自也不妨，但这不是我的本心。[1]

当年，汪曾祺的确有"继续写几篇，凑一个小集子"的计划，他既写了"茱萸小集之一"，又写了"之二"和"之五"，按理当写了"之三""之四"。"之一"即《小学校的钟声——茱萸小集之一》，载上海《文艺复兴》1946年2月25日第1卷第2期，文末署："四月廿七日夜写成。廿九日改易数处，添写最后两句。""之二"即《花园——茱萸小集二》，载昆明《文聚》1945年6月第2卷第3期，文末署"四月二日"。新版《汪曾祺全集》将这两篇作品均系于1945年[2]，可见"之二"的写作和发表时间要先于"之一"。全集把"之一"收入小说卷，而把"之二"收入散文卷，似割裂了"茱萸小集"的整体性。

1995年初秋，汪曾祺曾在一次受访中认为，从事文学创作"要能记住当年的生活，记住你的生活原型"；同时，他还讲了下面一段话：

> 越塘到科甲巷之间，有一个侉奶奶，靠纳鞋底子过日子。她种了十来棵榆树，她不卖，结果她死以后，——她也没什么亲人，别

---

1 汪曾祺：《题记》，《茱萸集》，台北联合文学出版社有限公司1988年9月版。
2 徐强在华东师范大学出版社2017年10月版《汪曾祺文学年谱》中将《小学校的钟声——茱萸小集之一》的写作时间系于1944年，将《花园——茱萸小集二》系于1945年。

人还是把树卖了,替她打了一口棺材。这看起来是很普通的生活,但内在有悲剧性,这就是能够吸引你的地方。我根据那段生活写了小说《佴奶奶》。[1]

汪曾祺所说的《佴奶奶》即指《故里杂记》中的《榆树》。《人物素描——茱萸小集之五》是关于佴奶奶的故事,佴奶奶也是靠纳鞋底子过日子,她住在越塘,其房屋右边"有十来棵高大榆树"。因此,这篇文章可能也是以"越塘到科甲巷之间"的"一个佴奶奶"为原型的[2]。

四

第二篇文章,是我在"抗日战争与近代中日关系文献数据平台"(简称"抗战文献数据平台")上翻检出来的。"抗战文献数据平台"是国家社科基金抗日战争研究专项工程的阶段性成果,由中国社会科学院、国家图书馆、国家档案局牵头,中国社会科学院近代史研究所和百度云承办。到目前为止,该平台仅收录的报纸就有1000多种,暂不支持篇名、作者等项目检索。每一种报纸,我几乎都从头至尾浏览过。

这篇文章题为《次果》,包括《次果》和《搪瓷碗》二则,载

---

1 陈永平:《汪曾祺访谈录》,王树云编:《高邮人写汪曾祺》,广陵书社2017年4月版,第156页。
2 汪曾祺的《驴》(载北平《经世日报·文艺周刊》1947年6月15日第44期)、《冬天——小说〈豆腐店〉之一片段》(载北平《经世日报·文艺周刊》1947年7月6日第47期)等作品中也有叫"佴奶奶"的人物。

《当代报晚刊·当代文艺》1948年3月7日第1期,署名"汪曾祺"(系手迹)。全文如下:

一、次果

皮色晦黑小得几乎只可称为豆类的香蕉,干瘪而作古铜色的柑橘。陈旧的梨,挖去腐烂的苹果[1],拣剩下来的,或挑剔出来的,作一堆放着,插上一块竹板,红漆写明几个价钱多少,或多少钱几个,[2]的水果,他们行业中人该会有一种专业术语来称呼的;真想知道他们怎么说的;无法寻问,我称之为"次果"。

毕竟这些香蕉还像个香蕉,苹果还有个苹果味儿么?

有些没到时候就摘下了,就干枯得特别快;有些在装拆时砸了,碰了,受了伤;有些是里头有虫,有病;有些……原因一定很多。

这些东西销得快还是慢些?人喜欢完整而瘦弱的还是宁取虽然残缺但红熟过的?都是些什么[3]样的人,这些"水果"[4]的顾客?

一定有不少生性豪奢的孩子,急急的走到那里,一手递钱,一手拿了一个就走的。(真大方。)他不把眼睛在橱上架上多涉□[5]逡巡,虽是孩子,他也知道不好意思拣选得太久,而且对到手的那一个已经十分满意了,这正是他所希望的。——多半,他挑都不挑,他事前早就看中了那一个。看中了,再去设法弄钱。要是早就看中了,等捏着两张票子来时;[6]理想的那个已为别人买去,没有了,那

---

1 "苹果",原刊为"苹东"。
2 原刊如此。
3 原刊为"甚么",为遵循局部统一的原则,故径改为"什么"。下同。
4 "水果",原刊为"水东"。
5 所据原刊,此字不清。
6 原刊如此。

个怅惘呀！

二、搪瓷碗

小孩子的东西应当比大人的小，但不当比大人的坏。

为什么你们自己用瓷碗吃饭，而给小孩子用搪瓷碗？孩子手不稳又不像你们一样把吃饭太当一桩事，常常摔破了碗是真的，但一个碗值几何，你怎么那么小气？摔破了东西心里总不舒服，那是的，单单是那个声音就刺激人，也许你神精衰弱；孩子捧了个"江西瓷"碗也不相称，现在的江西瓷根本好看的就少；而且孩子当真多半有爱破坏的本性，什么[1]东西都爱往地下碎不，（他其实只要到看看它倒底掼掼碎）你用另外一种比较结实的碗给他吃，我不反对。可是要很漂亮，第一是大方，跟你自己的相等。必不得已，买搪瓷碗也可以，除非你自己也用搪瓷碗吃饭，你得陪着。你用过那种轻飘飘的，跌了多少次，（就因为它不碎！）碗肚子上全是瘢疤，里头一条一条神经末梢似的细纹在死白色底子上，尤其是碗口！碗口的铁皮都露出来了，舌头舔在上头那种"铁味"真难过，——你就知道给孩子用这种碗多不慈爱，多没有人心。

你打一打孩子我倒不反对，如他把碗往地下摔[2]可是千万不要用这种方法来虐待他。——你说，当真的不都用这种碗么？那是不得已。你呢，你自己，你自己为什么[3]不用！

《当代报晚刊》创办于1947年4月1日，始名《当代晚报》，当代出版社股份有限公司发行，社址设在浙江杭州中正街谢麻子巷六号；1947年6月16日更名《当代报晚刊》，1949年4月28日停刊。

1　原刊为"甚么"。

2　原刊如此。"摔"字后可加逗号。

3　原刊为"甚么"。

《当代文艺》创刊于1948年3月7日，每周日出版，1949年4月24日终刊，共出55期，所刊作品包括短篇小说、散文、诗歌、报告、文艺理论等。《当代文艺》上刊载有彭燕郊的《乡墟》（诗）、郭风的《菜畦》、徐中玉的《关于"反映现实"》和孙用的多篇译文等。

汪曾祺的不少散文，喜欢将多则写景状物、记人叙事、抒情言志、谈天说地的相对独立的短文连缀成篇。如《私生活》《灌园日记》《干荔枝》《昆明草木》《飞的》等都是如此，《次果》采取的也是这种结构形式。

五

另一篇佚文，也是我在"抗战文献数据平台"上找出来的。这篇文章题为《还是应当写》，载汉口《大刚报》1950年1月1日第4347号第11版"大江元旦特辑"，署名汪曾祺。全文如下：

很多朋友很久没有看见在写什么东西了。
"写了什么了没有？"
"没有。"
原因除了是，[1]没有时间之外大都是很诚恳的说：自己的思想没有改造好，写不出什么，也没有什么可写。这种对人民负责的态度是值得嘉许的。
然而时间似乎太长了。

---

1 原刊如此，","疑应标在下文"没有时间之外"之后。

还是应当写。能写什么写什么[1]，写不出什么不妨也挤一挤，逼一逼。等待，恐不是很好的办法。思想的改造是长期的，很难说什么时候完成；而且我们的改造的最直接有效的医药应当即在写作当中。不妨让它有错误，有错误才能改正。错误，改正，再错误，再改正。搁了起来，不是事情。

不应当在心理上放下笔来。应当不冷然对着每一个自己的写作和"冲动"，应当随时准备写。我愿意有一天告诉人，我写了一点。也愿意听朋友们说。

1949年3月，汪曾祺报名参加中国人民解放军第四野战军南下工作团。5月底，随军进入武汉，参与接管文教工作，一度任汉口湖北省立第二女子中学副教导主任。1950年夏，返回北京。这篇文章应该是汪曾祺在武汉期间所写的。

"大江元旦特辑"编者在《编余》中说：

这次元旦特刊征稿，得到各位先生及友人的帮助，特在这里表示谢意。来稿刊登完全依照拼排便利，不分次序先后。又，因版面太小，有几位的大作已刊出在昨天的《大江》上，另有方既、章其、黎之、张振铎四位先生在签名上有名字，临时因稿挤，不及刊入，一并在此致歉。

所谓"昨天"，即1949年12月31日。这天的《大刚报》副刊《大江》（第545期）是个诗歌专辑，刊发了贺捷、胡天风和江林三人的三首诗。"大江元旦特辑"主题为"向一九五〇年欢呼"，分

---

[1] 原刊为"能写甚么写甚么"。

"学习·工作·向前——繁荣与幸福在望""感激，歌唱，欢呼"和"向工农兵学习，为工农兵服务"三个版块，汪曾祺与徐懋庸、刘绥松、毕奂午、蒲汀等人的16篇短文归入第一版块，秦敢、莎蕻等人的5首诗归入第二版块，周信芳、王若愚等人的9篇短文归入第三版块。"大江元旦特辑"刊头处有这些诗文作者的亲笔签名。

新旧易代之际，许多作家的确感到跋前疐后、无所适从，觉得"自己的思想没有改造好，写不出什么，也没有什么可写"。在汪曾祺看来，因思想没有改造好而不写，是一种"对人民负责的态度"的表现。不过，他主张"还是应当写"，因为思想改造是长期的，而作家的思想是可以通过写作来改造的。这是汪曾祺在特定历史环境下对作家朋友们的忠告，也是汪曾祺的自我鞭策。但"不妨让它有错误，有错误才能改正。错误，改正，再错误，再改正"云云，后来的事实证明并没有汪曾祺所说的这么轻松而简单。

汪曾祺致《人民文学》编辑的一封信[1]

汪曾祺有一短篇小说,题名《八千岁》,发表在《人民文学》1983年第2期(2月20日出版)。2月24日,汪曾祺收到样刊后,当即给《人民文学》编辑写了一封信。这封信未收入人民文学出版社2021年1月版《汪曾祺全集》,全文如下:

编辑同志:

《人民文学》今日收到。拙作《八千岁》错字颇多。粗看一遍,有这些:

26页左栏第3行"当时的铜元","当时"当作"当十"。晚清至民国所铸铜元有两种,一种是紫铜的,"当"十个制钱,有的钱面上即铸有"当拾文"。南方通用的即是这种。另有一种当贰拾文的,是黄铜的,我们那里偶尔见到,谓之"大铜板",以别于紫铜的小铜板,市面上不通用。

26页右栏第1行"方能"当作"才能"。

27页左栏第4行"脱稻"当作"晚稻"。

---

[1] 原载上海《文汇报》2022年1月24日第7版《笔会》。

27页左栏第13行"发黑"当作"发黄"。

29页左栏第28行"打个儿"当作"打千儿"。

31页左栏第7行"釉红彩"当作"油红彩"。"彩"是着釉之法,如"粉彩"、"斗彩"。"油红彩"是一种石榴花颜色的"彩",因为看来如发油光,故名"油红彩"。这是一种并不贵重的彩,过去常见的"寿字碗"就是这种"彩"。改为"釉红彩",遂不可解,亦恐为稍懂瓷器的人所笑。

31页左栏第16行"浇面"当作"饺面"。"饺面"即馄饨面。"浇面"则是有"浇头"(如炒肉丝)的面了。乡下人是吃不起有"浇头"的面的。

31页右栏倒第4行"滚动"当作"流动"。

32页左栏第13、16、18行"大财主"都应作"土财主"。"大财主"多与官方有联系,八舅太爷是不敢写恐吓信去的。

以上错字有些是可能原稿写得不清楚,或原稿上即有笔误,以致排错。但看来大部分是编辑同志出于好心,按照他的理解而改错了的。如"当十"改为"当时"、"油红"改为"釉红"。我建议,以后如果遇有类似的疑不能决的字,最好和作者联系一下。这是小事,但注意一下,对改进编辑作风有好处。象这些错字,虽无关宏旨,但于文义不无小损。目前刊物的错字太多,贵刊还算是好些的。

又排印时不知为什么把原稿中的空行全部拿掉。这样全篇节奏就不那么清楚,读起来使人有喘不过气来之感。有些故意切断处,原意是想让人在这里停下来捉摸一下的,现在只好是联珠炮似的一直放到底了。

我并未因此不高兴,写此信是提醒你们一下而已。

敬礼

汪曾祺

这封信载《人民文学》1983年第4期"作者·读者·编者"栏，题为《作家汪曾祺的来信》（未列入目录）。《人民文学》编辑高度重视汪曾祺来信，特于信首加了一段按语："编者按：本刊第二期所发汪曾祺的短篇小说《八千岁》，由于校对疏忽，造成诸多错字。这件事突出地反映了我们工作中的缺点。经作家来信指正，我们深感愧疚。现将汪曾祺同志的来信全文发出，以代'更正'，以致歉意。"此时，《人民文学》的主编是张光年，副主编是葛洛、李清泉和刘剑青。除以上四人外，编委尚有王蒙、孙犁、沙汀、严文井、张天翼、草明、贺敬之、唐弢、袁鹰、曹靖华、谢冰心和魏巍。从抬头语"编辑同志"来看，汪曾祺的这封信似非写给其中的某一位编辑，而是写给人民文学杂志社的。

《八千岁》刊《人民文学》1983年第2期第26—32、62页，每页分两栏排布，故有左栏、右栏之谓。信中，汪曾祺指出了11个错字，对有的字为何是错的，还作了简要的解释和说明。为方便阅读起见，不妨将其所属全句抄录如下（加粗者系笔者所标）：

八千**钱**是八千个制钱，即八百枚**当时**的铜元。

这种**方**能盖住膝盖的长衫，从前倒是有过，叫做"二马裾"。

一囤**脱稻**香粳——这种米是专门煮粥用的。

年深日久，字条的毛边纸已经**发**黑，墨色分外浓黑。

他们家规矩特别大，礼节特别多，男人见人**打**个儿，女人见人行蹲安，本地人觉得很可笑。

赵厨房祖传的一套五福拱寿**釉红彩**的满堂红的细瓷器皿，已经锁在箱子里好多年了。

几个草炉烧饼，一碗宽汤**浇面**，有吃有喝，就饱了。

鸽子眼里的"沙子"就随着慢慢地来回**滚动**……

初中三年级时曾用这地方出名的土匪徐大文的名义写信恐吓一个**大财主**，限他几天之内交一百块钱放在土地庙后第七棵柳树的树洞里，如若不然，就要绑他的票。这**大财主**吓得坐立不安，几天睡不着觉，又不敢去报案，竟然乖乖地照办了。这**大财主**原来是他的一个同班同学的父亲，常见面的。

汪曾祺认为，"这些错字，虽无关宏旨，但于文义不无小损"。同时，他还专门提到"空行"问题。在他看来，空行是关乎"节奏"的，其目的是让读者在"切断处""停下来捉摸一下"。可是，在排印时，原稿中的空行，均被编辑拿掉了。

1983年9月，汪曾祺自编短篇小说集《晚饭花集》，集中收录了《八千岁》。1985年3月，《晚饭花集》由人民文学出版社出版，但封面上作者的姓名莫名其妙地印错了，不是"汪曾祺"，而是"常规"。出版社只得把印出的书的封面撕掉，重印重订，但还是有部分印错的书流入了市场。直到8月，汪曾祺才拿到样书。收入《晚饭花集》中的《八千岁》，恢复了8处空行；《人民文学》中的错字，除"釉红彩"外，其他都一一改正了。不过，《晚饭花集》中的《八千岁》也略有改动，如将"碧萝春"改作"碧螺春"，将"过了丰县"改作"过了清江浦"，将"开米店的手上都有工夫"改作

"开米店的手上都有功夫";第46自然段末尾删掉了一句:"好象这家烧饼店是专为他而开的。"此外,还或删或添了几处标点符号。

收入人民文学出版社《汪曾祺全集》第2卷中的《八千岁》,是以《人民文学》为底本,并参照《晚饭花集》,也恢复了空行,改正了"当时""方能""脱稻""打个儿""浇面"中的错字,而"发黑""釉红彩""滚动""大财主"则保留了原貌。在未发现汪曾祺致《人民文学》编辑的这封信之前,《汪曾祺全集》编者能改正几个关键性的错字,应该说是很有学术眼光和校勘水平的。

大概是出于规范化的考虑,《汪曾祺全集》将《八千岁》中的"叫作""当作"的"作"都改成"做",将表示"好像"或"比如"义的"象"统一改成"像",将"一弯流水"改成"一湾流水",将"不须吩咐"改成"不需吩咐"。如此改动,似无可厚非。但有一处改动,颇值得商榷。小千岁才十六七岁,却相当老成,孩子的那点天真爱好,"都已经叫严厉的父亲的沉重的巴掌驱逐得一干二净"。因宋侉子求情,八千岁遂允许儿子养几只鸽子。小说中写道:

宋侉子拿来几只鸽子,说:"孩子哪儿也不去,你就让他喂几个鸽子玩玩吧。这吃不了多少稻子。你们不养,别人家的鸽子也会来。自己有鸽子,别家的鸽子不就不来了。"

《汪曾祺全集》将"喂几个鸽子"改为"喂几只鸽子",这一改,口语的味道就淡了很多。人物语言与叙述语言毕竟是有区别的,不能因为叙述语言是"几只鸽子",就把人物口中所说的"几个"也改为"几只"。汪曾祺是非常讲究小说语言的,他认为:"语言的唯一标准,是准确。"[1]从某种意义上讲,改"几个"为"几只"就欠准确,就不符合"语言的唯一标准"。

  1986年,汪曾祺曾在《有意思的错字》中说:"文章排出了错字,在所难免。"有的错字是手民误植,有的则是编辑所为。在列举了邓友梅和自己的一些文章被编辑错改的实例后,他又说:"我年轻时发表了文章,发现了错字,真是有如芒刺在背。后来见多了,就看得开些了。不过我奉劝编辑同志在改别人的文章时要慎重一些。"[2]在写给《人民文学》编辑的这封信中,汪曾祺建议:"以后如果遇有类似的疑不能决的字,最好和作者联系一下。"1987年,时任浙江文艺出版社副总编辑的徐正纶在复审汪曾祺《晚翠文谈》的过程中,凡遇到可疑之处,即致信汪曾祺,汪曾祺都及时作了解答[3]。

  作者健在,编者遇有"疑不能决的字","和作者联系"确实是最好的求助解决之方式。但倘若作者已殂谢,又无其他依据可循,那该怎么办呢?最慎重、最稳妥的办法就是"一仍其旧"。

---

[1] 《小说笔谈》,《晚翠文谈》,浙江文艺出版社1988年3月版,第42页。
[2] 《汪曾祺全集》第9卷,人民文学出版社2021年1月版,第384—385页。
[3] 参见《汪曾祺全集》第12卷所收汪曾祺致徐正纶信。

汪曾祺又一笔名"曾淇"[1]

1985年3月7日,汪曾祺在致《中国现代文学史资料汇编》编委会信中说他发表作品,大都用真名,很少用笔名;又说他1949年以前"写散文诗,偶尔用过'西门鱼'的笔名",1949年以后"不便用真名发表作品时曾用过'曾岐'、'曾薯'为笔名"。其实,汪曾祺用过的笔名[2]并不算少,除他自己所说的三个之外,另有曾祺、汪曾旗、汪曾琪、汪若园、郎画廊、余疾、蓁岐、方栢臣、曾歧、曾芪、曾芪等十几个。他以这些笔名所发表的作品,几乎已收入人民文学出版社2019年精装版、2021年平装增订版《汪曾祺全集》。不过,也有漏收的。1950年11月18日,汪曾祺以笔名"曾歧"在《光明日报·创作学习》(北京业余艺术学校文学系主编)第14期上所发表的短文《从〈陈八十〉谈起》,全集就未收录。

此外,汪曾祺还有一个鲜为人知的笔名"曾淇",是他发表《介绍〈北京文艺〉创刊号》时所使用的。这篇文章刊登在《光明日报·朝阳》1950年9月21日第339期,为免阅者翻检之劳,兹将

---

[1] 原载《文汇报》2022年7月29日第10版《笔会》。
[2] 《汪曾祺全集》第12卷,人民文学出版社2021年1月版,第147页。

全文过录如下：

《北京文艺》创刊号九月十日出版。这是由北京市文联主编的一种综合性的文艺月刊。

这一期内有老舍的三幕剧《龙须沟》（本期发表第一幕）写天桥以东一条有名的臭沟的历史，沟边劳苦人民的生活，解放前后沟和人的改变，及时的反映了北京的现实事件，并表现了它的丰富的和深刻的意义。小说三篇：李伯钊的《高富有》挑出一个翻身农民一生中几个最要紧的阶段，用干净痛快的语言直叙出来，因而也就托出了他的生活的全面。端木蕻良的《蔡庄子》写土改过程中老实农民受了地主蒙骗，终于认识了地主的面目，跟他作了坚决的斗争，写的是转折前后一个晚上的事。作者的笔紧跟着当事的人物而活动，极其周密详尽。两篇都是写的农民和农村，可是繁简各不相同，两种表现方法搁在一起，正好可以作个参考。张志明〔民〕的《该从那儿出发》写两个战士，一个没病装病，直想回家；一个有病吐血，可是不肯复员，后来闹清了"该从那儿出发"（从革命利益出发还是从家庭个人出发），都走了正确的路。这是一个新的题材。《把曲艺提高一步》，《王瑶卿访问记》，《戏剧改革问题座谈会》是有关戏曲改革的不同性质的三篇文章，但里面接触到的问题则很多是相关的。王亚平在《把曲艺提高一步》中具体明确的指出了目前曲艺作品中的缺点和曲艺工作者今后努力的方向，值得注意。两篇报告，《波茨坦记游》写了波茨坦无忧宫的华丽，也写了军国主义者弗利特利希第二的专横和淫奢；《劳动改造北京》（凤子）是人民公安部队生产运动的一个综合报导。速写两篇，江山的写觉悟了的工人在"过磅"当中表现的负责认真的劳动态度；宋龙章写了因为教工人夜校而和工人密切结合起来的"愉快的日子"。诗歌四篇，从题目上即可看出它们的不同的内容：《可爱的梳毛机》，《炊事员薛天宝》，《快板唱写作》，《保卫和平歌》（有谱）。作者是周宏才，丁丁，孔延庚，王亚平和芦肃。为了提高观众的欣赏水平，鼓励一般文艺工作者和文艺爱好者提高思想水平，举出了《斯大林（格勒）大血战》，《光荣人家》，《清宫秘史》三部影片和话剧《台岛之夜》，加以评介，总题为《舞台与银幕》。所评介的虽然不多，但是因为举出了典型，所说的问题是一般的，这个工作实在很有意义。

由于文联会员的贡献和要求的不同，所以必须容纳文学和艺术的各部门的创作和批评。但是文联在组织稿件时有它的重点：它尊重工人业余创作的文艺作品，发动会员下厂，创作以工人生活为主题的文艺；要求作者描画，报导，歌颂北京在由一个消费城市转变到生产城市的过程中的各种伟大生动的现实事件；希望能够利用这个刊物，对北京青年学生的创作有所帮助，有所鼓励；并且，北京是京戏发源地，又是戏曲人才荟萃的所在，《北京文艺》里当在戏曲改革这件大事上负起较多的责任，要能对戏曲改革的各项问题提出意见。有了这几个重点，它就能够有个一定的方向。这在《北京文艺》的发刊词里说得很明确。

并且，因为它兼收并蓄，也能够使不同部门的文艺工作者能够互相观摩学习，交流沟通经验，吸取彼此的长处，从而充实自己，提高自己的工作，而且通过了作品和批评，也才能够把文学和文艺的各部门的工作更好的团结起来。我们相信，《北京文艺》是可以负起这个任务的。

为什么说署名"曾淇"的《介绍〈北京文艺〉创刊号》是汪曾祺所写的呢？

1950年5月，北京市文联成立。不久，汪曾祺从武汉返回北京，被安排在北京市文联。9月10日,由北京市文联主办的《北京文艺》创刊。《北京文艺》的办刊宗旨是:一、努力反映北京的生产建设;二、歌颂北京由消费城市转变为生产城市过程中史无前例的现实;三、鼓励、帮助青年学生学习、创作,在将来的文艺高潮里也尽一些力量;四、倡导旧戏曲改革,既要介绍新编的与改编的戏曲,也要提供戏曲改革的意见[1]。《北京文艺》是一种综合性文艺月刊,其创刊号(第1卷第1期)刊载有戏剧(老舍《龙须沟》)、小说(李伯钊《高富有》、端木蕻良《蔡庄子》、张志民《该从那儿出发》)、诗歌(周宏才《可爱的梳毛机》,丁丁《炊事员薛天宝》,孔延庚《快板唱写作》,王亚平词、芦肃曲《保卫和平歌》)、报告(冯至《波茨坦记游》、凤子《劳动改造北京》)、速写(江山《过磅》、宋龙章《愉快的日子》)等。从所刊载的作品及《介绍〈北京文艺〉创刊号》来看,《北京文艺》创刊号可谓充分贯彻了其办刊宗旨。

《北京文艺》的主编为老舍,王亚平任副主编。除老舍、王亚平外,编辑委员尚有王春、王松声、王颉竹、沙鸥、佘世光、胡蛮、苗培时、冯至、张梦庚、凤子、端木蕻良和芦肃。汪曾祺虽未列名编辑委员,但他是编辑部总集稿人。关于《北京文艺》创刊号,由作为"大管家"(黄永玉语)的汪曾祺亲自撰文介绍,是再合适不过了。

汪曾祺喜欢以"曾"加上与"祺"谐音的字作为笔名,"曾岐""曾歧""曾芪"即是,"曾淇"也是。

基于以上理由,可以断定"曾淇"是汪曾祺的又一笔名,《介绍〈北京文艺〉创刊号》则是他的一篇集外文。

---

1 《发刊词》,《北京文艺》1950年第1卷第1期。

闻一多致容庚手札[1]

自1993年12月《闻一多全集》由湖北人民出版社出版以来，闻一多佚信时有被发现。迄今为止，已发现未收入全集的闻一多书信至少有8封，即致梁实秋1封、致舒新城1封、致朱湘1封、致李小缘4封和致容庚1封。前7封已为上海交通大学出版社2014年12月版《闻一多年谱长编》（闻黎明、侯菊坤编著，闻立雕审定）所著录，惟致容庚一信则不见提及。

1998年11月，容庚的亲属将其生前精心辑藏的约200封名家尺牍捐赠广东省中山图书馆。2002年11月，北京商务印书馆出版《广东省立中山图书馆馆藏名人手札选萃》（广东省立中山图书馆编），内收陈垣、叶恭绰、周作人、刘半农、钱穆、顾随、朱自清、凌叔华、启功等"各家致容庚手札"近百封，其中第160页，有一封"闻一多致容庚书"，全文如下（标点符号为笔者所加）：

---

[1] 原载《中华读书报》2016年8月31日第14版《文化周刊》，题为《从一通闻一多致容庚手札想到的》。

希白先生砚北：

前承允代预约罗著三代金文一部，至为感荷。兹急欲得此宝笺，以助新岁之懽。特先奉上国币百元，敬希点收并赐下该书初集一部，无任大愿之至。

顺颂

新釐百福

弟 闻一多
除夕

《广东省立中山图书馆馆藏名人手札选萃》所收系据原件影印，另附作者简介，无释文和其他说明文字。

此信仅署"除夕"，具体写于何年何月何日，不妨略加考证。

要知道这封信的写作时间，只须弄清年份即可。年份一经断定，月日则不难推算。而解决年份问题的关键之处，就在于信中所谓"罗著三代金文"。"罗"当指罗振玉，"三代金文"即指罗振玉编的《三代吉金文存》。1936年，罗振玉将其毕生所藏金文拓本辑成《三代吉金文存》，1937年由旅顺墨缘堂影印刊行。据《国立北平图书馆馆刊》1937年2月第11卷第1号所载《出版界消息》，《三代吉金文存》"凡二十卷二十册，已成首函五册，现售预约，每部百八十元。本年二月底截止，六月内书可完全出齐。逾期每部实售二百三十元。以成本过重，只成百部"。可见，闻一多致容庚信应当写于1937年，但不可能是这一年的"除夕"。1937年的"除夕"是在1938年1月30日，而在此之前，闻一多早已购得《三代吉金文存》。卢沟桥事变后，闻一多于7月19日离开北平，由津浦铁路南下，经南京抵武汉。9月10日，他在致其学生孙作云信中说："我于南归时,只携来《三代吉金文存》及《殷虚书契前编》二种。"[1]因此,致容庚信中的"除夕"当指1936年的"除夕"。1936年的"除夕"是在1937年2月10日,此即为闻一多致容庚信的具体写作时间。

我所感兴趣者,在于闻一多何以专请容庚代购《三代吉金文存》。深究细考,其原因至少有四:

一、闻、容有共同的得意弟子陈梦家。单从这一层来看,他们之间的交往应该不疏。1927年,陈梦家考入南京国立第四中山大学(1928年改名国立中央大学)法律系,闻一多被聘为文学院副教授兼外文系主任,陈梦家旁听过他的"英美诗"等课程。1928年,闻一多任武汉大学文学院院长。两年后,应聘为青岛大学教授兼文学院院长、中文系主任。1932年,陈梦家到青岛大学,跟随闻一多做助教。同年,闻一多受聘清华大学,陈梦家进燕京大学宗教学院学习。次年,陈梦家任教于安徽芜湖中学。1934年,回燕京大学,师从容庚,攻读古文字学。1936年研究生毕业后,留校任教。查《闻一多年谱长编》,中有他们三人同赴饭局等记载。

二、1934年,容庚、徐中舒等发起成立考古学社,闻一多被吸收为第三期社员。自这一年起,闻一多在燕京大学文学院兼任讲师,为三、四、五年级讲授选修课"诗经",与容庚有共事之雅。1936年10月初,闻一多曾与容庚等同游河北涿州。信中"前承允代预约罗著三代金文"云云,或许是容庚当面答应的亦未可知。

三、容庚与罗振玉关系密切。1922年,容庚曾携《金文编》初稿赴天津拜谒罗振玉,深得罗氏赏识,并推荐给北京大学研究所,被破格录取为国学门研究生。此后,他们书信往来频繁。1925年,

---

[1] 闻一多:《致孙作云》,《闻一多全集》第12卷,湖北人民出版社1993年12月版,第288页。

罗振玉资助出版《金文编》（天津贻安堂），并亲自作序。1934年，容庚校印罗振玉《俑庐日札》（北平隆福寺文奎堂修绠堂）。

四、《三代吉金文存》"以成本过重，只成百部"，若非托熟人、找关系，恐怕不易"得此宝笈"。

基于以上几个方面的原因，闻一多请容庚代购《三代吉金文存》，实乃情理之中、自然而然的事。

还有一个问题，那就是闻一多为何"急欲得此宝笈"？

《三代吉金文存》集录商周铜器铭文拓本4831器，大致依器物作用分为26类，是当时搜罗宏富、鉴别谨严、印制精美、质量优良的金文资料汇编，诚为金文研究者案头必备的一部工具书。

1936年至1937年间，闻一多一度对古代文字，尤其是对甲骨文、钟鼎文产生了浓厚兴趣。1936年暑假，曾特地到河南安阳考察殷墟甲骨发掘情况。除发表《释为释豕》《释朱》等几篇契文疏证外，另有大量未刊手稿，如《甲骨文拾证》《金文疏证》《金文举例》《金文类钞》《金文杂识》《金文杂考》《金文假借疏证》等，未悉数收入《闻一多全集》。《三代吉金文存》为闻一多研究古代文字和古代文学提供了极大便利，他在释"商"字和释《诗经·行露》"谁谓雀无角"之"角"字时，就征引过其中的相关材料。同时，在罗著基础上，他还编撰成《三代吉金文存目录》《三代吉金文存目录辩证》《三代吉金文钞》《三代吉金文释》等，为上古文字研究作出了巨大贡献。

闻一多《〈高禖郊社祖庙通考〉跋》小识[1]

杨联陞在《中国文化中"报"、"保"、"包"之意义》一书"附论"部分,谈到"郊宗石室与巨石文化"时说:

> 推衍郊宗石室之说者在20世纪30年代,颇有其人,特别是闻一多、孙作云、陈梦家三位,正巧都是诗人。我当时在清华听过闻先生讲《楚辞》,作云学长高我一级,常相过从,很惊于他想象力之富,考证之勤。梦家在燕京,与闻先生相熟。燕京清华比邻,颇有切磋之乐。
> 从简,只介绍陈梦家《高禖郊社祖庙通考》(《清华学报》十二卷三期,1937年10月)附闻一多跋(同年5月24日)……[2]

紧接着,杨联陞援引了闻一多《跋》中的部分文字。根据杨联陞所提供的信息,笔者在《清华学报》1937年7月(非"10月")

---

[1] 原载《现代中文学刊》2017年第2期。
[2] 杨联陞:《中国文化中"报"、"保"、"包"之意义》,贵州人民出版社2009年8月版,第30—31页。

第12卷第3期上找到了陈梦家的《高禖郊社祖庙通考》和闻一多的《跋》。同期刊有闻一多的《释豙》和杨联陞的《中唐以后税制与南朝税制之关系》等。

闻一多的《跋》未收入湖北人民出版社1993年12月版《闻一多全集》，上海交通大学出版社2014年12月版《闻一多年谱长编》亦不见著录。据《闻一多年谱长编》编者闻黎明先生讲，他曾系统翻检过《清华学报》，结果还是漏掉了这篇跋文。闻一多的跋并未列入第12卷第3期目录，而是附在陈梦家的长文之后。若非通览《高禖郊社祖庙通考》，是不大容易发现这篇跋文的[1]。

《高禖郊社祖庙通考》包括六个部分，即"一 释《高唐赋》——说瑶姬为私奔之佚女"、"二 释高禖——说高禖之制"、"三 高禖郊社与祖庙为一"、"四 楚之高禖——说屈原三闾大夫为媒巫"、"五 齐燕郑卫秦诸国之高禖"和"六 高禖始于商族"。正文之后，另有"附记""附录一 高禖即社说""附录二 高唐释名""跋""再记"和"校后补录"。

陈梦家在1937年5月23日所作"附记"中称，《高禖郊社祖庙通考》"草于今春二月，近于三日内匆匆录成"[2]。闻一多读过《高禖郊社祖庙通考》，于5月24日写了这篇近四千字的《跋》。文中，

---

[1] 除杨联陞外，有数位研究者在其论著中也提到陈梦家的《高禖郊社祖庙通考》及闻一多的《跋》。李诚、熊良智主编的《楚辞评论集览》（湖北教育出版社2003年5月版）摘录了跋中部分文字。彭安湘《七十余年来高唐神女研究述评》（《中国楚辞学》2009年第3期）涉及陈文和闻跋，但将陈之文题误作《高禖郊社祖庙通考——释〈高唐赋〉》，将该文发表信息误注为《清华学报》1936年1月第11卷第1期。李玉栓《明代文人结社兴盛的政治因素》（《安徽师范大学学报（人文社会科学版）》2012年第1期）引用了跋文中的观点，但把其作者闻一多误认为是陈寅恪。尹荣方《社与中国上古神话》（上海古籍出版社2012年12月版）引用了跋中部分文字。

[2] "三日"，疑"三月"之误。

闻一多明确提出,"治我国古代文化史者,当以'社'为核心","由历史可以知其'然',由神话更可以知其'所以然'","以神话治古史,以《楚辞》治先秦思想史,此吾年来之私愿"。从这些片言只语中,多少可以窥见闻一多的神话观、古史观及治史的路径与方法。

关于高唐神女研究,诚如闻一多所言:"自郭沫若先生在其《释祖妣》中首发其凡,余继之作《高唐神女传说之分析》,益加推阐,孙君作云作《九歌山鬼考》及《中国古代之灵石崇拜》,亦续有发明,梦家此文最后成而发明亦最多。"郭沫若认为,"高唐"即高禖或郊社之音变;"祖""社稷""桑林""云梦"均为诸国之高禖,即"祖"为燕之高禖,"社稷"为齐之高禖,"桑林"为宋之高禖,"云梦"为楚之高禖[1]。闻一多在此基础上作了进一步推阐,认为高唐即郊社的音变是很对的,但高唐即高禖之音变的说法则欠圆满。在他看来,高唐即高阳,"楚人所祀为高禖的那位高唐神,必定也就是他们那'厥初生民'的始祖高阳"。高唐(阳)本是楚民族的先妣而兼高禖,在宋玉的《高唐赋》中则堕落成一个"奔女"[2]。孙作云从闻一多的观点出发,并在闻一多的精心指导下[3],撰成《九歌山鬼考》和《中国古代的灵石崇拜》,分别发表在《清华学报》1936年10月第11卷第4期和上海《民族》月刊1937年1月

---

1 郭沫若:《释祖妣》,《甲骨文字研究》上册,大东书局1931年5月版,第19—23页。

2 闻一多:《高唐神女传说之分析》,《清华学报》1935年10月第10卷第4期;《〈高唐神女传说之分析〉补记》,《清华学报》1936年1月第11卷第1期。

3 孙作云在《九歌山鬼考》文后"附白"中说:"本文立意乃受闻一多先生《高唐神女传说之分析》之启发。属草时,又屡就正于先生。先生为之组织材料,时赐新意,又蒙以所著关于《诗经》《楚辞》之手稿数种借用。脱稿后,先生于文字上复多所润色。倘此文有一得之长,皆先生之赐也。谨此致谢。"

1日第5卷第1期。孙作云通过将《山鬼》与《高唐赋》进行比较分析，得出"山鬼即巫山神女"的结论。相对于前三家，陈梦家的确多有发明。他认为，"高禖""郊社"和"祖庙"三者实为一，作为"帝之季女"的巫山神女是"尸女"即"巫儿"。陈梦家的这篇文章无疑给闻一多带来了莫大惊喜，不仅与其"数年来关于古史之种种假设不谋而合"，而且使其向所深疑的屈原为巫官、《楚辞》为神仙家言等问题因之完全得到了证实。不过，在充分肯定陈梦家重大贡献的同时，闻一多也于《跋》中胪列了十五条补充意见。郭、闻、孙、陈诸人连环接力式的考释与阐发，逐步拓展了高唐神女传说的研究空间，为后来者奠定了扎实的文献基础，也提供了极具启发意义和借鉴价值的思想资源及研究方法。

5月25日，陈梦家接读闻一多跋文后，匆匆写了一段"再记"，针对闻一多的"石即户字"、"瑶台偃蹇即九成之台"、"未行而亡"之"亡"仍是"死亡之义"等观点，表达了自己的不同看法。兹全文过录于下：

此文送出后，复接读闻一多先生此跋，为拙作补充，甚以为感。惟有数事，谨述如下：三户即三石，户石音通之外，尚有他故，此不详述；惟卜辞启雇皆从户，祏石皆从石，各不相混，金文"所"从户不从石，可证石户仍是二非一。辟雍之雍取名于雍州之雍，余初稿中已言之。汤即唐即高唐，余初稿有"古帝王名皆起于丘陵说"，盖由于陶唐得名于陶丘；后土得名于土（社）[1]，柱得名于主（石），而尧山或名唐山。《说文》"垚，土高也""尧，高也"。《尔雅》"山多小石曰磝，磝尧也"，是尧即"高"禖"嵩""高"之

---

[1] 本篇（）内的小一号字，均非指脱漏的字。

高;《尔雅》"山多大石曰礜",营得名于此,山上戴石者岨也;《中山经》谓禹父化为"堋渚",堋渚即《尔雅》"泽中有丘都丘";而陶丘又即姚墟,土即主,尧礜亦同,皆同从丘陵(高唐)得名者也。然成汤名唐,卜辞与上甲大丁大甲并列,恐非若禹与高密之例,余所疑者,成汤名大乙,《史记》作天乙,或即汉代泰一之起源也。九成之台即瑶台,以九成为九层,非是;古乐皆九成(九辩),而瑶台之瑶楚人曰戏,即后人俗谓之戏台,故九成之台指其为游乐歌舞之台。案《古乐》"因令凤鸟天翟舞之,帝营大喜",《荀子·解蔽》引《逸诗》"凤皇秋秋,其翼若干,其声若箫;有皇有凤,乐帝之心",《益稷》"箫韶九成,凤皇来仪(戏)"。《大荒东经》,"有五采之鸟,相向弃沙(彤□[1],綮也)惟帝俊(营)下友,帝下两坛(瑶台)采鸟是司(伺)"。以上四事与《音初》《离骚》所记同是一事,即凤鸟戏帝营,乃最初高禖之故事也。"未行而亡"之亡,疑仍是逃亡,因未嫁而私奔与齐巫儿不嫁而淫乱是一事也。以上数点,因与跋意不同,故复匆匆择略说之。

五月二十五日梦家再记于燕京。

值得一提的是,闻一多与孙作云、陈梦家师生之间的这种学术互动和"切磋之乐",堪称中国现代教育史、学术史上的一段佳话。

附:

跋

此问题自郭沫若先生在其《释祖妣》中首发其凡,余继之作《高唐神女传说之分析》,益加推阐,孙君作云作《九歌山鬼考》及

---

1 所据原刊,此字漫漶不清,疑由上"尾"下"少"二字组成。

《中国古代之灵石崇拜》，亦续有发明，梦家此文最后成而发明亦最多。余尝谓治我国古代文化史者，当以"社"为核心。大抵人类生活中最基本者不过二事，自个人而言之，曰男女，曰饮食，自社会言之，则曰庶，曰富，故先民礼俗之重要者莫如求子与求雨，而二事又皆寓于社。二年来于校中讲授古代神话，即以此意诏诸君分题研究，果也所得结论，无不集中于社，所苦者对于社本身之认识，终嫌未能莹彻耳。余于此点，胸中虽略有体系，终以牵于他事，未暇撰述成文。今读梦家此文，往往与吾数年来关于古史之种种假设不谋而合，而余所不能解决之三数问题，亦因此而涣然冰释焉。夫今人所视为迷信者，即古人之科学，今人所视为神话者，即古人之历史，古代神话之存于今者，其神话色采愈浓，其所含当时之真相亦愈多，此中无所谓荒诞不经，更无所谓作伪也。今所存古代之记载，诚亦有合于今人之历史意义者，然其价值，窃谓亦未必高于神话，盖历史为人类活动之记录，神话则其活动动机之口供，由历史可以知其"然"，由神话更可以知其"所以然"也。虽然，神话之变化至烦且诡，社之真相不明，则神话徒为一堆谈狐说鬼的故事，不惟无补于史学，适足以搅乱之耳。今梦家此文一出，社之制度与意义为之大显。吾知从兹社明而神话明，神话明而古史明，然则此文之重要可知矣。余曩因读《离骚》而深疑屈原为楚之巫官，其思想于先秦学派中当属之神仙家。三年来于清华北大等校《楚辞》班中论之甚详。特因所得证据，大都在《离骚》本文中，故严格言之，谓《离骚》作者为巫官为神仙家则可，谓屈原为巫官为神仙家则不可，盖《史记》所传屈原之面目，与《离骚》中所表现者，固不一致，因之《离骚》作者与屈原是否一人，仍成问题也。今梦家证明三户为神庙，而三户即三闾，钱宾四先生复已言之，是屈原所为三闾大夫明即巫官，三闾大夫，盖犹《周官》乡大夫，朝大夫，遂大夫，墓大夫亦称大夫之比，而今医师亦称大夫，医固出于巫也。若然，余所顾虑《离骚》与《史记》不合之点，即根本解决，而曩所疑《离骚》作者为巫官，亦因之完全证实矣。余又尝因《离骚》之思想而悟及《楚辞》一书为神仙家言，其性质一方面与邹衍同，又一方面与庄周通，邹衍之为神仙家，固无论，若《庄子》一书，其大部分，余则谓当以《楚辞》之思想解之。要之，屈宋学派本诸子百家之一，《楚辞》亦子部书也，自汉人立四部之名，而以《楚辞》冠集部，于是屈宋不复有思想，而先秦思想之统系亦以晦。今屈原为巫官，既可成定论，则屈宋思想之来源可以确指，循是而邹衍，而庄周，而下逮汉世之黄老学派，其真相亦可以大明矣。此梦家此文之又一贡献也。以神话治古史，以《楚辞》治先秦思想史，此吾年来之私愿。吾见梦家此文而益信余于此中得坦途矣。至鄙见所及，有足以证成或补充梦家之说者，今亦并拉杂记之如下，不能备也。

（一）文中谓三石即三户，举证甚确，余疑石即户字，妬作妒可证。

（二）《左传》昭十七年"九扈为九农正，扈民无淫者也"，扈《说文》作雇。此以鸟名官，实即《周官》媒氏之类，司男女之判合者。云"扈民无淫"，乃后人之解释。以鸟名官，与玄鸟传说合。

（三）《左传》宣四年"初若敖娶于䢵，生斗伯比。若敖卒，从其母畜于䢵，淫于䢵子之女，生子文焉。䢵夫人使弃诸梦中，虎乳中……"。《天问》"何环间穿社，以及丘陵，是淫是荡，爰出子文？"《天问》说斗伯比与䢵女通淫之处曰间社丘陵，参之《左传》，其地实在云梦，此即襄王宋玉所游者矣。

（四）《管子·轻重戊篇》"有虞之王……封土为社，置木为间，始（使）民知礼也"。间社并称，与《天问》同。《荆楚岁时记》"社日，四邻并结综会社牲醪，为屋于树下，先祭神，然后飨其胙"，为屋于树下，盖即置木为闲。此闲制之可征者。

（五）《左传》僖十九年"夏，宋公使邾文公用鄫子于次雎之社，欲以属东夷。司马子鱼曰'……今一会而虐二国之君，又用诸淫昏之鬼，将以求霸，不亦难乎？'"称社为淫昏之鬼，亦先民常于社下野合之一证。

（六）《史记·封禅书·集解》引晋灼曰"《汉注》在陇西西县人先祠山下，形如种韭畦，畤各一土封"。《索隐》引《汉旧仪》"祭人先陇西西县人先山。山上皆有土人。山下有畤如种韭畦，畦中各有二土封，故云畦畤"。此畤制之可征者。人先即先妣也。束皙曰"皋禖者人之先也"是矣。

（七）卜辞成汤字作唐，唐即高唐之唐。《谥法》"云行雨施曰汤"，盖取祷雨于社之义，与楚高唐之神行云行雨同。汤祷雨于桑林，亦未可视为史实，七年之旱，尤为不经。大乙曰唐，犹禹曰高密，均非人名。

（八）明堂辟雍即社之说至确。余近于"神话研究"班上亦论及此。《尔雅》"水出其后曰沮丘"，沮即砠，阻，宜，祖，水出其后，谓水绕其后而出，即辟雍三面环水之意。卜辞雍字作鸟立囗上之形，与玄鸟传说合。雍州之雍，义亦同此，州即洲字，故雍州为"神明之隩"。

（九）云《溱洧》"秉蕑"之蕑即蕳草，亦碻。蕑即兰。《左传》宣三年"郑文公有贱妾曰燕姞，梦天使与己兰，曰'余为伯鯈，余而祖也，以是为而子，以兰有国香，人服媚之如是'。既而文公见之，与之兰而御之"。"人服媚之"与《高唐赋》《山海经》《博物志》《搜神记》等书之语同。"与之兰而御之"与《诗》及《赋》吻合。《椒聊》诗之"贻我握椒"亦此类，陈琳《神女赋》"申握椒以贻予，请同宴乎奥房"，可证。椒兰皆香草也。《离骚·九歌》言赠香草者尤多。

（十）通审全文，前后互参，似可证古所谓帝者其初本为女性。余有《五帝为女性说》，行当发表。今但举黄帝为例。

《史记·天官书》"轩辕黄龙体，案《封禅书》"皇帝得土德，黄龙地螾见"前大星，女主象，旁小星，御者后宫属"。《索隐》引《石氏星》赞"轩辕龙体，主后妃也"。又引《孝经援神契》"轩辕十二星，后宫所居"。《开元占经·彗星占》引《春秋运斗枢》"彗孛出轩辕，女妃为寇"。《类聚》七引《河图括地象》"荆山为地雌，案黄帝铸鼎于荆山，见《封禅书》上为轩辕星"。《天官书·正义》之言尤可注意："轩辕十七星，在七星北，黄龙之体，主雷雨之神，后宫之象也。阴阳交感，雷激为电，案当作激为雷电和为雨，怒为风，乱为雾，散为露，聚为云气，立为虹蜺，离为背璚，分为抱珥，二十四变，皆轩辕主之。其大星，女主也。次北一星，夫人也，次北一星，妃也，其次诸星皆次妃之属。女主南一小星，女御也，左一星，少民后宗也，右一星，大民太后宗也"。轩辕本丘名，《史记·五帝纪》"黄帝居轩辕之丘"，实则轩辕丘即轩辕山耳。

（十一）少典取于有蟜氏女登，生神农于列山石室，蟜登盖即高唐之音转。舜母曰握登，妻曰登比。《天问》"登立为帝，孰道尚之"，指女娲，登皆唐之转也。尧母曰庆都，汤母曰扶都，都亦唐之转。唐登都并涂山氏之涂又皆为社之转。

（十二）伏羲之伏一作密，羲一作戏，当以密戏二字为正，后世所谓秘戏图，是其义也。惟密当训合，非隐密之谓。因思《离骚》曰"溘吾游此春宫兮，折琼枝以继佩，及荣华之未落兮，相下女之可诒"，《御览》一七三引《纪年》"穆王所居郑宫春宫"，《穆天子传》称为县圃为春山之泽春宫之语，及今犹存。

（十三）文中谓社与水有关，甚是。实则此点当以"上巳"为中心讨论之。余尝谓社为体，上巳为用，二事若明，古代礼俗思过半矣。语见余所著《国风总论》中，此不具引。

（十四）宋赋"未行而亡"，亡仍是死亡之义，观下文"精魂为草"之语可知。《中山经》"姑媱之山，帝女死焉，其名曰女尸，化为䔄草"，《搜神记》一四"舌埵（当作古瑶）山，帝之女死，化为怪草"，并其确证。然古人本以死亡为逃亡，《诗·葛生》"予美亡此"，"此"指坟墓，"亡此"谓逃亡至此，亦即死于此也。作者以《离骚》"佚女"之佚字释此亡字，诚甚精当，然必谓亡非死亡，则又胶柱之见矣。

（十五）《离骚》"望瑶台之偃蹇兮，见有娀之佚女"，此台与dolmen无关。偃蹇高貌也，瑶台偃蹇即九成之台。《吕氏春秋·音初篇》"有娀氏有二佚女，为之九成层之台"，dolmen不能九成也。《烈女传·辩通篇·齐威虞姬传》"周破胡，恶虞姬尝与北郭先生通，王疑之，乃闭虞姬于九层之台，而使有司即穷验问"。《左传》僖十五杜注"古之宫闭者，皆居之台以抗绝之"。古者妇女犯淫罪者处以宫刑，宫即宫闭之谓。有娀佚女有淫行，故居之高台以抗绝之，此即宫刑之滥觞矣。

二十六年五月二十四日闻一多谨跋。

闻一多致梁实秋一封书信考释[1]

迄今为止,已发现闻一多致梁实秋书信共有36封,其中34封已收入湖北人民出版社1993年12月版《闻一多全集》第12卷。另外两封,一见于梁文蔷《为梁实秋〈谈闻一多〉补遗》[2];一见于国家图书馆出版社2010年10月版《闻一多书信手迹全编》(闻立鹏、张同霞、闻丹青编),是目前所知道的闻一多写给梁实秋的最后一封信。

一

收入《闻一多书信手迹全编》的闻一多致梁实秋的这封信,系据原件影印,共四页纸,附于闻一多1934年5月10日致饶孟侃信

---

1 原载《长江学术》2020年第4期,与戚慧合署。
2 梁文蔷:《为梁实秋〈谈闻一多〉补遗》,《今晚报》2006年5月16日。又见梁文蔷:《春华秋实》,北方文艺出版社2014年2月版,第111页。

后。兹全文迻录如下(标点符号为笔者所加)[1]:

实秋老友:

顷公超自电话中传诵大札,迩听之余,曷胜骇怪。此次吾人自出钱,自作文,办此刊物,正以朋好中不乏能执笔如吾兄者,故弟与公超敢毅然发起,而吾兄屡次书面及口头之赞同,当然出自诚意。盖以我辈之交情,与我辈在社会所处之情势论,若不自相合作,更与何人合作?且我辈果能合作,亦自有造成一局面之可能,何遽欲自暴自弃哉!今一期已出,木既成舟,一般批评,亦不甚恶,正当一鼓作气,精益求精,则数年来我辈所受之奚落(吾兄当然亦在我辈之内),庶几一旦涮雪,宁非快事。今来函竟有偷懒云云,是何居心,百索莫解。吾兄为人爽直,素为侪辈所推仰,然往往亦有极不爽直处。今之偷懒云云,爽直处乎?不爽直处乎?弟请以小人之心度君子之腹,断曰此不爽直处也,打官话也,故意的开玩笑也。请进而推测此语之来因与动机,则一曰前次来稿未被披载也。二曰吾兄办《益世报》时,平中同人未捧场也。第二点较简单,请先答。益世副刊虽系吾兄主持,然性质与此次我辈自办月刊究稍不同。老实说,我辈办《学文》,不免有与他方对抗性质,故稍一松懈,其结果之严重,有不堪设想者。且以弟个人论,不善作简要之短文,生性不厌琐碎,故每作文,千数百字不能尽意,如此次所作论《诗经》之文,即与副刊篇幅不合也。吾兄若因弟等未为益世副刊撰文而见罪,不亦责人过严乎?关于第一点,弟之感想尤多,恨不得与兄晤对,作深夜之长谈。《学文》有与他人对抗性质,前已言之。北平方面,新起刊物之多,竞争空气之烈,恐吾兄僻处

---

[1] 闻立鹏、张同霞、闻丹青:《闻一多书信手迹全编》下,国家图书馆出版社2010年10月版,第280—283页。

海隅，尚未深知。纵知之，亦未亲身经验。弟与公超则无时不在紧张状态中。环顾周身，朋友少而敌人多，故刊物一出，几乎非篇篇精彩[1]，不足以致胜；非平平无大过失之文字即可塞责也。兄之译稿，无过失之文字也。如此文字，出自小卒之手犹可，出自梁实秋则不觉唐突西施乎？吾兄岂肯以平平之面目，在此严重阵容之下与世相见者哉！为刊物计，为吾兄计，译稿决不能在第一期登出。非但如此，个人愚见（不代表公超），即第三期亦不当载此文字也。莎翁所咏，非莎翁之精彩；马氏所论，非马氏之精采；梁君所识，亦非梁之精采。总之，此文只可作标准的翻译教本，作《学文》之台柱文字则不可。此则弟敢冒万死以正告吾兄而不疑者也。足下既为台柱人物，自当以台柱之手笔自任，何乃自贬身价，但求塞责耶？若潦草塞责，则人人能之，何待于足下？吾兄孤踞海陬，尊为人师，一市之名流，一校之名教授，岸然自喜，骄气逼人。今弟与公超竟黜吾兄之文而不用，诚出吾兄之意外，其失望可知也，其愤慨可知也，然而长此以往，窃为吾兄危之。盖吾人之对手多矣，后起之秀俊亦多矣。骄必败，不易之理也。吾兄好作批评文字，摘人一二事实之误，字句之疏，往往中肯，而吾兄自作之文字，诚能立于不败之地，无事实之误，字句之疏，因益沾沾自喜。虽然学问之道不只此也，消极的不错，虽难能而未必可贵；积极的精采，亦难能亦可贵矣。不错可以穷人之口，有精采始能服人之心耳。[2]吾人办此刊物，意欲与人抗衡，亦自恃同人文字或不无些许精采足资供献于读者，不然则灾梨祸枣，可以自欺不能欺人也。弟作此书，自知狂妄不逊，然叨在末契，药石之言，但求上回清听，翻然改图，非

---

1 原稿中，"精彩"或写作"精采"。
2 从"若潦草塞责"至"有精采始能服人之心耳"，手稿中以铅笔括起。

欲自绝于足下也。承许之万言长文，倘蒙赐下，则拜领之余，定当肉袒负荆，再赎前愆，无任惶悚屏营之至。顺候

撰安

弟多再拜
五月七日灯下。

这封信末署"五月七日灯下"，即致饶孟侃信之前三天，具体年份是1934年。闻一多在致饶孟侃信中说："附上一封写而未发的信，其中的背境你可以猜到，寄给你看看，看完毁去它。这也是此次办刊物的一件掌故。但我的感慨却多得很，噫，不足为外人道矣！"[1]饶孟侃看完后并没有"毁去"，反而将这封"未发的信"完整地保留了下来。《闻一多全集》已收入闻一多致饶孟侃信，是"根据手书刊印"的，但不知何故，竟漏收了闻一多写给梁实秋的这封信。闻一多嫡孙闻黎明在其与侯菊坤合作编著、上海交通大学出版社2014年12月版《闻一多年谱长编》中，也未著录有关这封信的信息。

二

1933年6月，《新月》月刊停刊。同年9月，新月书店转手商务印书馆。新月派失去重要阵地之后，叶公超与闻一多等人屡次商议

---

1 闻立鹏，张同霞，闻丹青：《闻一多书信手迹全编》下，国家图书馆出版社2010年10月版，第277页。

创办一种新杂志。据叶公超回忆:"当初一起办《新月》的一伙朋友,如胡适、徐志摩、饶孟侃、闻一多等人,由于《新月》杂志和新月书店因种种的原因已告停办,彼此都觉得非常可惜;民国二十二年底,大伙在胡适家聚会聊天,谈到在《新月》时期合作无间的朋友,为什么不能继续同心协力创办一份新杂志的问题。"虽然面临资金问题,"不过,大家对办杂志这事的兴趣仍然很浓,并不因为缺乏财力而气馁。讨论到最后,达成一个协议,由大家凑钱,视将来凑到的钱多少作决定,能出多少期就出多少期"[1]。1933年底,在新月同人支持下,叶公超、闻一多等开始筹办《学文》月刊。1934年春,学文社成立,主要成员有叶公超、闻一多、梁实秋、沈从文、林徽音、余上沅、饶孟侃、孙洵侯、孙毓棠等。同年5月1日[2],《学文》月刊在北平创刊,叶公超编辑,余上沅发行。从定刊名[3]到组稿,到和叶公超一同主持编务,闻一多参与了《学文》月刊创办的整个过程。1934年7月,叶公超出国度假。8月,《学文》第4期出版。该期版权页"编辑人"项下署名仍为叶公超,但实际上是由闻一多和余上沅、吴世昌代编的。

闻一多与梁实秋交情甚笃,他与叶公超发起创办《学文》月刊,梁实秋当然是支持的,正如闻一多所说:"此次吾人自出钱,自作文,办此刊物,正以朋好中不乏能执笔如吾兄者,故弟与公超敢毅然发起,而吾兄屡次书面及口头之赞同,当然出自诚意。"可是,梁实秋致信叶公超,竟然"欲自暴自弃",且有"偷懒云云"。

---

[1] 叶公超:《我与〈学文〉》,《叶公超批评文集》,珠海出版社1998年10月版,第255页。

[2] 第1期版权页署"民国二十三年五月一日出版",实际出版时间可能延期了。

[3] 1934年3月1日,闻一多致信饶孟侃,称刊名取"行有余力,则以学文"之意,"在态度上较谦虚"(见《致饶孟侃》,《闻一多全集》第12卷,湖北人民出版社1993年12月版,第274页)。

听了叶公超电话传诵梁实秋来函后,闻一多感到"曷胜骇怪","百索莫解"梁实秋"是何居心"。他给梁实秋写信,实有"问罪"之意。在他看来,梁实秋为人爽直,但往往也有极不爽直处,所谓"偷懒云云",就是"不爽直",是"打官话","故意的开玩笑"。闻一多对梁实秋何以出此言的"来因与动机"作了推测,认为不外乎以下两点:

一是梁实秋主办《益世报》副刊时,"平中同人未捧场"。

1932年,时在青岛大学任教的梁实秋应天津《益世报》主笔罗隆基之邀,负责编辑副刊《文学周刊》。同年11月5日,《文学周刊》创刊,翌年12月30日停刊,共出57期。大概因稿源不足,梁实秋不得不亲自动笔,并变换使用谐、谐庭、璘、刘惠钧、程淑、莲子、吴定、周振甫、徐文甫、文甫、定之、百紫、周绍侯、沈先民等笔名。有时整个版面半数以上的文章都是他写的,有时他甚至独自一人包揽了整个版面。除梁实秋之外,在《文学周刊》发表过作品的,另有赵少侯、费鉴照、丁金相、韩朋、徐芳、陈梦家等。其中,赵少侯、费鉴照是青岛大学外语系教授,与梁实秋有共事之雅;丁金相、韩朋是青岛大学的学生;徐芳是北京大学中文系的学生;陈梦家是闻一多的高足。陈梦家和费鉴照是新月派的后起之秀,但并非"平中同人"。所谓"平中同人"应该是指以闻一多、胡适、叶公超、余上沅等人为代表的时在北平的新月派成员,他们都没有给《益世报》副刊《文学周刊》供稿。对于为什么未为《文学周刊》撰文,闻一多的解释是:"且以弟个人论,不善作简要之短文,生性不厌琐碎,故每作文,千数百字不能尽意,如此次所作论《诗经》之文,即与副刊篇幅不合也。吾兄若因弟等未为益世副刊撰文而见罪,不亦责人过严乎?"闻一多所说"论《诗经》之文",即指《匡斋尺牍》[1],共10节,近两万字,连载《学文》月刊第1期和第3期,似与报纸副刊篇幅确实不合。不过,倘若闻一多真为《文学周刊》撰文,即便篇幅较长,想必梁实秋也会刊发的。因此,闻一多的这一解释多少有点勉强[2]。

二是《学文》月刊第1期未披载梁实秋来稿。

1934年4月24日,闻一多致信饶孟侃,介绍《学文》月刊创刊号出版情况:"《学文》毕竟付印了,原拟五月一日出版,现恐须稍迟数日。……本期我辈朋友中,唯你我两人有稿。实秋因正式文章来不及写,寄来短短一篇翻译,上沅一文洋洋数千言,废话居多,皆不曾登载,公超则因文虽做完,自觉不满意,故亦未出台。"[3]《学文》月刊第1期刊登了饶孟侃的《懒》、孙洵侯的《太湖》、林徽音的《你是人间的四月天》与《九十九度中》、孙毓棠的《野狗》、陈梦家的《往日》、杨振声的《一封信》、季羡林的《年》、李健吾的《萨郎宝(Salammbo)与种族》、卞之琳的《传统与个人的才能》和闻一多的《匡斋尺牍》。来稿中未刊的有余上沅的长文和梁实秋的译稿。梁实秋的译稿即指《莎士比亚论金钱》,译自马克思《1844年经济学哲学手稿》中《货币》之一节,其中论金钱的两段文字援引自《雅典的泰门》第4幕第3场,皆为主人公泰门诅咒黄金(货币)的独白。为了便于读者理解抽象难懂的理论,使枯燥乏味的概念变得形象生动,马克思常在其著作中大量引用莎士比

---

[1] 梁实秋对《匡斋尺牍》评价甚高,认为"在《诗经》研究上,这是一个划时代的作品,他用现代科学的方法解释《诗经》"(梁实秋:《谈闻一多》,中国友谊出版公司1986年4月版,第55—56页)。

[2] 1927年7月,闻一多曾有一篇长文《诗经的性欲观》就连载于上海《时事新报》副刊《学灯》。

[3] 闻立鹏,张同霞,闻丹青:《闻一多书信手迹全编》下,国家图书馆出版社2010年10月版,第275页。

亚戏剧中的文字。如，《资本论》在分析货币的本质和职能时说："正如商品的一切质的差别在货币上消灭了一样，货币作为激进的平均主义者把一切差别都消灭了。"[1]马克思在给这句话所作的脚注里，也引用了《雅典的泰门》中"金子？黄的，亮的，宝贵的金子？"这一段文字。除引用莎士比亚《雅典的泰门》之外，《1844年经济学哲学手稿》中"货币"一节，还引用了歌德《浮士德》第4场《书斋》片段。梁实秋的译文并未涉及这方面的文字，或许Adelphi月刊上的原文本身就没有，或许梁实秋仅是节译。

早在1932年12月10日，梁实秋曾以笔名程慎吾，将《莎士比亚论金钱》这篇译文发表在他所主编的天津《益世报·文学周刊》第6期[2]。在这篇译文之后，梁实秋附了一段"编者案"，交代了译文的来源并谈了自己对马克思这一段文章意义的认识：

此文系译自本年十月份之Adelphi月刊，此月刊为英国现代批评家梅莱（J-M-Mviiay）所编辑，他近来思想"转变"了，自称为马克思[3]主义者，月刊亦变为英国独立工党机关报之一了。马克思这一段文章很有意义，我觉得很有两点值得注意：（一）莎士比亚是伟大的天才，[4]其伟大处之一即是他的作品不属于任何一阶级，他的作品包括所有的人类，自帝王贵族至平民都在他的作品里找到位置。讲到人生没有人比莎士比亚更观察得透澈深刻。《亚典的提蒙》[5]一剧，有多少的讽刺！有人说莎士比亚是资产阶级的艺术家，说这话

---

1 马克思：《资本论》第1卷，人民出版社1975年6月版，第152页。
2 题下标注"马克思作（节译Karl Marx：Nationalokonomie und Philosophie）"。
3 原刊为"马克斯"。
4 原刊无","。
5 今通译为《雅典的泰门》。

的人应该先读读莎士比亚的作品,再看看上面马克思的这段文章。(二)莎士比亚不是一党一派的思想家,他的艺术是用一面镜子来反映自然。马克思不是艺术家,他的思想是有自成一派的体系的。马克思引莎士比亚的一段文章,从而发挥之,我们固不能因此即谓马克思与莎士比亚的思想是一致的,但于此我们可以感得唯天才能识天才,并且亦可看出马克思与莎士比亚对人生的态度的不同。莎士比亚在《亚典的提蒙》一剧所表现的是极度的愤世嫉俗,此种态度并非莎士比亚之全部人生观,仅其对人生观察所得之一部。马克思所以抓住这一段文章者,系因为这一段合于他的学说,故借他人之酒,浇自己之块垒,他的学说是前后一贯的。这大概是艺术家莎士比亚与思想家马克思的一点不同处罢?[1]

不用梁实秋译稿,很有可能是闻一多的决定。问题在于,为什么不用?闻一多的解释是:"兄之译稿,无过失之文字也。如此文字,出自小卒之手犹可,出自梁实秋则不觉唐突西施乎?吾兄岂肯以平平之面目,在此严重阵容之下与世相见者哉!为刊物计,为吾兄计,译稿决不能在第一期登出。非但如此,个人愚见(不代表公超),即第三期亦不当载此文字也。"他认为梁实秋译稿虽"无过失之文字","可作标准的翻译教本",但终归是"平平之面目",因为"莎翁所咏,非莎翁之精彩;马氏所论,非马氏之精采;梁君所识,亦非梁君之精采"。为什么说"所咏""所论""所识"均乏"精彩"呢?闻一多未进一步申述自己的理由。

闻一多不用梁实秋译稿,主要是基于两个方面的考虑:

一方面,是为《学文》月刊计。

---

[1] 程慎吾译:《莎士比亚论金钱》,天津《益世报·文学周刊》1932年12月10日第6期。

《学文》月刊之于闻一多，可谓意义非凡。在致梁实秋的这封信中，他一再强调，"老实说，我辈办《学文》，不免有与他方对抗性质"，"《学文》有与他人对抗性质"，"意欲与人抗衡"。《学文》月刊到底与谁"对抗"或"抗衡"呢？卞之琳在一篇回忆文章中曾说："《学文》起名，使我不无顾虑，因为从字面上看，好像是跟上海出版，最有影响的《文学》月刊开小玩笑，不自量力，存心唱对台戏。但是它不从事论争，这个刊名，我也了解，是当时北平一些大学教师的绅士派头的自谦托词，引用'行有余力，则致以学文'的出典，表示业余性质。"[1]卞之琳此话暗示，《学文》月刊有与上海《文学》月刊（傅东华、郑振铎、王统照等编辑）相对抗之意图，其表面上的"自谦"实为有意味之"傲慢"。同时，在北平，新起了《文学季刊》（郑振铎、章靳以主编）等众多刊物，竞争也异常激烈。因此，闻一多和叶公超"无时不在紧张状态"，不敢丝毫松懈。也正因为如此，闻一多对来稿的选用颇为严格，以为"刊物一出，几乎非篇篇精彩，不足以致胜"，否则，"其结果之严重，有不堪设想者"。在他看来，"僻处海隅"的梁实秋对于《学文》月刊所面临的如此严峻之形势，恐怕"尚未深知"，"纵知之，亦未亲身经验"。

另一方面，是为梁实秋本人计。

闻一多说："今弟与公超竟黜吾兄之文而不用，诚出吾兄之意外，其失望可知也，其愤慨可知也，然而长此以往，窃为吾兄危之。"他和叶公超不用梁实秋的译稿，梁实秋有"失望""愤慨"之情是可以理解的，但他们不用梁实秋译稿，其实是为梁实秋着想的，是出于对梁实秋的爱护或保护。他认为，作为"台柱人物"的

---

[1] 卞之琳：《窗子内外：忆林徽因》，《卞之琳文集》中，安徽教育出版社2002年10月版，第181页。

梁实秋，不能潦草塞责、自贬身价，不该以如此平平之作"与世相见"，而应将精彩之文字"供献于读者"。他直言不讳："吾兄孤踞海陬，尊为人师，一市之名流，一校之名教授，岸然自喜，骄气逼人。"因此之故，闻一多不惜得罪多年老友，"敢冒万死以正告"之。

这封信是闻一多写于叶公超电话传诵梁实秋来函的当天，其情绪难免有些激动，因而行文峻急，语势凌厉，咄咄逼人。写完之后，他可能觉得不妥，所以没有寄给梁实秋。

梁实秋的《莎士比亚论金钱》后来还是登载在《学文》月刊1934年6月1日第1卷第2期，大概是闻一多做了让步抑或是叶公超居中调停的结果。梁实秋在此文末所附"译者案"中，提出了四点值得注意的问题。其中，前两点与《益世报·文学周刊》"编者案"大体相同，后两点是新增加的内容：

此文系译自一九三三年十月份之 *Adelphi*。有几点值得我们注意的：（一）马克思对于莎士比亚是很崇拜的。马克思[1]在《亚典的提蒙》中看到了莎士比亚对于金钱的观念是正确精到的。（二）莎士比亚不是一党一派的思想家或艺术家，他的作品反映着人生的各方面。他在《亚典的提蒙》中表现着极度的愤世嫉俗之情，但这并不是莎士比亚的人生观的全部。马克思[2]所以抓住这两段文字，不过是因为这两段合于他的学说，故借他人之酒浇自己之块垒罢了。（三）马克思[3]的解释有牵强造作处。他的见解自然是很锋锐，但是他的表现法似乎太 Paradoxical 了。这是在这一段文中可以看出来的。平心

---

1 原刊为"马克斯"。
2 原刊为"马克斯"。
3 原刊为"马克斯"。

而论,金钱万能固是古今中外一致的定论,而天下似乎是也还有不能被金钱买到的东西在。(四)引莎士比亚剧中一段对话或独白而遽认做是莎士比亚自己的主张,是一件很危险的事,《亚典的提蒙》关于金钱的那几段,自然是莎士比亚的理解的一部分,不然他绝不会写出来,可是若即认做是他的中心思想,我却不敢轻信。

梁实秋将两年前已经发表的一篇译稿投给新开张的《学文》月刊,实在有"潦草塞责""偷懒"之嫌。闻一多也许并不知道这一节,若知道,其不用梁实秋译稿的理由恐怕更为充分了。

三

在《学文》月刊第1期出版之前,闻一多在致饶孟侃信中就说过:"我预想公超放洋后,不寒而栗矣!"[1]果然不出闻一多之所料,叶公超放洋后,《学文》月刊出完第4期便无疾而终了。梁实秋对闻一多"承许之万言长文",自然也就没有了下文。

《学文》月刊停办,学文社并未随即倒灶,曾力图重整旗鼓,计划新办《学文季刊》,主其事者是梁实秋。1935年4月9日,梁实秋在致南京正中书局经理吴秉常信中称:"弟与在平友人叶公超、余上沅等组织学文社,出版《学文》月刊一种,已出四期,旋以叶、余二君相继出国,属弟继续主持其事……"[2]此前,即3月16

---

[1] 《致饶孟侃》,《闻一多全集》第12卷,湖北人民出版社1993年12月版,第275页。

[2] 参见王京芳:《梁实秋、正中书局与〈学文〉月刊的续办》,《淮阴师范学院学报(哲学社会科学版)》2013年第4期。

日，梁实秋曾致信王平陵，委托其向正中书局介绍《学文季刊》出版事宜，并附上了一份他亲自起草的《学文季刊计划》[1]。计划共列有八条，第一条为办刊宗旨："学文季刊社现拟出版季刊一种，内容专载文学作品，对于左倾理论采坚决反对态度，与生活书店版之《文学季刊》态度不同。"第二条明确表示："季刊由梁实秋任编辑，负全责。"第八条为"季刊约定撰稿人"名单，包括胡适、杨振声、余上沅、闻一多、叶公超、陈梦家、饶子离（孟侃）、林徽音（因）、谢冰心、梁实秋、赵少侯、沈从文、朱光潜、李长之和陈铨等。除谢冰心、赵少侯、朱光潜、李长之外，其他人都在《学文》月刊上发表过作品。在《学文》月刊上发表过作品的，如废名、钱锺书、李健吾、臧克家、唐兰等，未被梁实秋明确列为"季刊约定撰稿人"。经过梁实秋多次与正中书局商议之后，正中书局制定了具体、详细的出版计划、经济预计和议据（出版合同书）。但不知何故，《学文季刊》最终还是未能办成。"胎死腹中的《学文季刊》成了梁实秋和'新月派'同人无法实现的梦想，也留给后人以想象的空间。"[2]

很少有论者注意到，在筹办《学文季刊》的同时，梁实秋还在成舍我创办的《世界日报》上主编过一个副刊——《学文周刊》。

1935年3月4日，《世界日报》第3版头条登载一则启事，称："自本周起，每星期一，出版《学文周刊》，由北大教授梁实秋先生主编。其创刊号即于今日出版，登在第三张第十二版。"第12版，《学文周刊》刊头处标明："编辑者：学文周刊社"，"通讯处：内务部街二十号梁实秋转"。第1期第一篇文章是梁实秋以"编者"名义

---

[1] 《梁实秋手迹》，《出版博物馆》2010年第1期。
[2] 陈子善：《梁实秋与胎死腹中的〈学文季刊〉》，《东方早报》2010年6月27日第B13版。

所写的《"学文"的意义》，可以视为《学文周刊》的发刊词。文中说："这小小的刊物今天第一次与读者见面，本来用不着小题大做的发什么宣言，夸什么使命，我们只是几个爱好文学的朋友偶然聚在一起，感觉到寂寞，于是办一个副刊，写写文章算是互相观摩，假如写的东西还有点意思，也会对于读者们多少有点解闷的功效。"[1]从其对"学文"意义的阐解来看，《学文周刊》所持的态度与《学文》月刊、《学文季刊》的宗旨是一以贯之的。同年6月3日，《学文周刊》停刊，共出14期。梁实秋在刊登于第14期上的《学文周刊社启事》中说："本刊现应世界日报社之请，自本期起停刊。此后拟另行接洽出版处所，一俟筹划完毕，仍当继续刊行。"但此后，始终未见《学文周刊》"继续刊行"。

《学文周刊》多刊登随感、诗歌、译作等，篇幅大都比较短小。梁实秋除用本名外，还以刘惠钧、绿绮、百紫等笔名在《学文周刊》上发表了一些文章。经常为该刊撰稿的，另有赵少侯、徐芳、郝荫桓、刘荫仁、温光三、吴兴华、李长之、包乾元、周丰一、陈云生等人。其中，在《学文》月刊上发表过作品的，仅有梁实秋、包乾元和徐芳等3人。其余的大多是刚出茅庐的新人，如周作人长子周丰一和年仅14岁、中学生毕业后考取燕京大学西语系的吴兴华等。《学文周刊》的作者阵容，显然不及《学文》月刊和计划中的《学文季刊》。

值得一提的是，梁实秋创办《学文周刊》，闻一多与胡适、叶公超、余上沅等"平中同人"亦"未捧场也"。

---

[1] 编者：《"学文"的意义》，北平《世界日报·学文周刊》1935年3月4日第1期。

闻一多与唐亮画展[1]

唐亮是一位近乎失踪了的画家,已版各种中国美术家辞典均不见著录其姓名及生平事迹。

据《清华周刊》《清华年报》《清华同学录》等文献资料中的零星记载:唐亮(1904—1944),字仲明,江苏吴江人。1918年考入清华大学,1926年毕业。在校期间,曾加入闻一多等人发起组织的美术社,任丙寅级评议员、平民学校校长,教育学社、世界语研究会、车驴夫阅览所等学生社团成员。1927年留学美国,专攻西洋画。三年后,转赴巴黎深造,其作品多次参加法国国家沙龙展览。1933年8月归国。1944年秋病逝。除绘画外,其生前还在《大公报》《艺浪》《上海艺术月刊》等报刊上发表有《安格尔》《西班牙访画记》《到浪漫的西班牙去》等文章。

1933年暑期,时在老家吴江的唐亮给闻一多写了一封信,托闻一多"找事"。闻一多"一因找事无办法,二因近来懒于写信的恶习,竟没有回信给他"。1934年1月11日,唐亮的同学李效泌(效

---

[1] 原载上海《文汇报》2021年8月17日第9版《笔会》。

民)拜访闻一多。得知唐亮"仍是失业而且穷到连从家到上海的〔路〕费都没有",闻一多于是同李效泌商量,叫唐亮马上带作品到北平,先开一个展览会,再替他设法在严智开筹备的北平艺术专科学校谋个教书的位置。在家庭开支紧张、生活极其窘迫的情况下,闻一多给唐亮寄了40元,并称唐亮来后可住在他家。闻一多之所以决计"救"唐亮,是因为好友朱湘的死对他打击很大,令他动了感情。他曾劝饶孟侃(子离)不要寄钱给朱湘,以为"寄了给他,不见就救了他的命"。为此,他"总觉得不安",仿佛"应负点责任似的"[1]。所以,他之援助唐亮,就是不希望看到类似的"悲剧"再次发生。

唐亮到北平后,一度住清华园顾毓琇(一樵)家,但常在闻一多家里作画。

经闻一多等人策划和张罗,1934年2月3日至10日,唐亮画展由欧美同学会、清华同学会主办,在南河沿欧美同学会举行。展览室设在该会西客厅内,占房两间,陈列人物、风景、静物、构图等作品计80余幅。

在展览正式对外开放之前,闻一多与顾毓琇、梁思成、林徽音、叶公超、饶孟侃等人联名写了一封邀请函。此函未见有论者提及,不妨爰录如下:

迳启者,友人唐亮先生,留学欧美有年,专攻美术。顷自巴黎归来,定于二月三日(星期六)起,至十日止,将其作品八十余件,由欧美清华两同学会主办,展览于南河沿欧美同学会。兹特订二月二日午后二时,薄备杯茗,专邀友好参观,务祈拨冗光临为

---

[1] 闻一多:《致饶孟侃》,《闻一多全集》第12卷,湖北人民出版社1993年12月版,第271—273页。

荷。顾一樵，梁思成，余上沅，林徽音，叶公超，金岳霖，闻一多，李效民，李唐晏，饶孟侃同启。[1]

2月2日下午，被邀约前往欧美同学会参观者有110多人，大部分是北平各大学的教授（清华大学居多）和新闻记者。据天津《大公报》记者报道，展览室"入门处备有签名簿册，签名后，即分给与精美目录一册，册首有闻一多《论形体》一篇介绍唐氏绘画，约一千数百言，对唐氏绘画在形体表现之成功，阐明綦详"[2]。所谓"精美目录"，即指《唐亮西洋画展览》。这本小册子共13页，内收《园丁》《画室之内》《静物》《吴江仙里桥》《休息》《素描》和《速写》等7幅画作及全部展品目录，册首有闻一多《论形体——介绍唐仲明先生的画》。2月3日，闻一多的这篇文章又发表在《北平晨报·北晨学园》第635号。顺便一提的是，《论形体》没有收入开明书店1948年版《闻一多全集》，朱自清等人虽将其题名（《绘画展览目录序》）早已编入"拟目"里，却始终未找到原文。全集出版以后，朱自清从闻一多遗稿中检出一篇《匡斋谈艺》，刊发在《文学杂志》1948年9月第3卷第4期。《匡斋谈艺》共3章，第2章即《论形体》的主体部分。湖北人民出版社1993年版《闻一多全集》收录了《论形体》，但所据并非"原载"，而是由陈梦家整理、重刊于1956年11月17日上海《文汇报》副刊《笔会》上的版本（文本）。《笔会》本在文字上与画展小册、《北平晨报》略有出入，其文末的"一九三四年一月，北京。"当是陈梦家添加上去的。

---

[1] 《美术家唐亮在平展览作品》，北平《京报》1934年2月1日第6版；《画家唐亮作品后日起公开展览》，北平《世界日报》1934年2月1日第7版，信末署："一月三十日。"

[2] 《唐亮画展今日起开始》，天津《大公报》1934年2月3日第1张第4版。

欧美同学会展览完毕，唐亮又于3月3日、17日在清华大学举行了两次画展，并连续作了三次演讲，即《艺术欣赏》（13日）、《意大利文艺复兴时代的艺术》（19日）和《十九世纪的法兰西艺术》（20日）。3月31日，天津市立美术馆举行画展，唐亮应邀参加。4月4日至6日，他在南开大学木斋图书馆举行了三天的个人画展。这次展览新增了数幅作品，其中一幅题为《闻一多先生的书斋》，是他在闻一多家里画的，曾在天津《益世报·文学周刊》1934年4月4日第5期上登载过，"可惜印刷得糟糕，简直是一塌糊涂了"[1]。这幅作品后载《东方杂志》1935年10月1日第32卷第19号（秋季特大号），题名《书斋》。

唐亮的画展在平津地区引起了很大反响，连俞珊、冰心也都前往参观过。但对其画作，可谓众说纷纭，评价不一。

朱自清在1934年2月2日的日记中简要记载了叶公超、章晓初、李健吾等人的观感："下午至欧美同学会看唐画，据饶子离云，静物数帧曾入沙龙。余不敢批评，公超谓静物最劣，无吸引力，素描最好。所画余上沅夫人，章晓初谓非说明不认得也。问健吾，谓以前诸作只习作，回国后所作吴江风景为佳。又公超谓中国题目太少。"[2] 刘半农在1934年2月10日的日记中云："下午到欧美同学会看唐亮画展，其人功力甚深，于光与色均有精到之研究，油色速写尤别致。"[3]

不少人认为，唐亮的绘画"技术上很成熟，取材离开现实"[4]；

---

1 柳亚子：《看了唐仲明画展以后》，天津《益世报·文学周刊》1934年4月25日第8期。

2 《朱自清全集》第9卷，江苏教育出版社1998年版，第279页。

3 《刘半农日记（一九三四年一月至六月）》，《新文学史料》1991年第1期。

4 克夷：《唐亮画展》，天津《大公报》1934年2月12日、13日第4张第13版《本市附刊》。

"唐氏作品之最显著的缺陷,便是他对于现实生活的漠视"[1]。闻一多则在《论形体》中高度肯定了唐亮绘画的价值和意义,在他看来,"形体是绘画中的第一义,而且再没有比它更重要的了"。他认为,"仲明先生在绘画上的成功是多方面的,内中最基本的一点,是形体的表现"。

对唐亮的绘画虽然见仁见智,但他的画展无疑是成功的。展出期间,他还售卖了一些作品。同时,他被聘为北平艺专西画教授。这一切,当然是闻一多所希望看到的,也与他的全力"救助"是分不开的。

---

[1] 燕:《观画记——唐亮西画展的观后感》,北平《华北日报·副叶》1934年2月11日第571期。

新发现闻一多十四行诗一首[1]

迄今为止，收录闻一多作品最全的版本，当推2020年12月由湖北人民出版社出版的《闻一多全集》（17卷）。但所谓"最全"毕竟是相对而言的，这套全集仍漏收了《〈高禖郊社祖庙通考〉跋》等部分作品。新发现的闻一多的一首十四行诗，也未收入全集。

这首诗发表在成都《中兴日报·今日文艺》1946年10月14日第18期，题为《十四行一首》，署"闻一多先生遗作"。全文如下：

我匆匆走到门前，沉吟了一阵，
和平布满了黄昏，一只小鸟
忽然打我面前掠过，一翻身
躲进了密叶，我笑了一笑。

我也到家了！我毫不怀疑，
早算就了那一盆水，一壶滚茶，
种种优渥的犒劳，都在那里：

---

[1] 原载《光明日报》2022年7月29日第16版《光明文化周末·雅趣》。

我要把一天的疲乏都交给她。

我推开门来，怎样？满都是寂寞！
从里房绕到外房，没有人，分明
什么都没变，夕阳恋着书桌，
只没有人，只没有了她的踪影。

出门了？许是的！想它做什么？
可是那顷刻，那徬徨的顷刻！

《今日文艺》编者在附于此诗之后的按语中，交代了闻一多遗作的来源并推测其生前为何没有发表的原因：

闻一多先生在昆被害后，举世同悲。本刊编者曾恳闻氏生前至友新月诗人饶孟侃先生为文纪念。惟饶先生一以遽失知好，至痛无言；再则近十年来潜心道家修养，弃笔已久，遂就闻先生昔日信函中检其未曾发表之旧作一首见赐。

闻先生此作，在国民〔民国〕二十一二年间，在寄饶先生函中，请其斟酌，并谓仅系"试作"性质，且觉得"商籁体的确很难"，故饶先生一直没有寄回去让他发表。按此诗为"沙体商籁"，应叶七个不同的韵。前十二行分三节，均叶交错韵；最后两行则为平韵。闻先生为表示叶了七个韵，还特别在信上加了一个附注说："阵""身"为en，"明""影"为in，不同韵。"寞""桌"为o，"么""刻"为e，亦不同韵。其态度严谨可见。此时朱湘先生尚未投河自杀，正在大做其充满了旧词意味的十四行诗；闻先生此作形式虽极规律，文字却是道地的口语，或许也是因为不愿意打扰朱先生的旧词十四行,这首诗才没有发表吧?现在发表出来应是中国新诗史上珍贵的材料了。

诚如《今日文艺》编者所言,这首诗的确是"沙体商籁"(莎士比亚体)。全诗分四节,采取四四四二形式,共押了七个不同的韵。其韵式为abab cdcd efef gg,即"阵""身"一韵,"鸟""笑"一韵,"疑""里"一韵,"茶""她"一韵,"寞""桌"一韵,"明""影"一韵,"么""刻"一韵。王力先生曾说莎士比亚体,"中国诗人似乎都没有模仿过,无例可举"[1]。倘若王力先生见过闻一多的这首诗,想必他会拿来作为例证,不会说中国诗人没有模仿过莎士比亚商籁体。

1931年2月19日,闻一多在致陈梦家信中专门谈到商籁体问题。他认为,十四行和韵脚的布置,是必需的,但并不是最重要的条件。"有一个基本的原则非遵守不可,那便是在第八行的末尾,定规要一个停顿",用标点"。"或"与它相类的标点"。在他看来,"最严格的商籁体,应以前八行为一段,后六行为一段;八行中又以每四行为一小段,六行中或以每三行为一小段,或以前四行为一小段,末二行为一小段。总计全篇的四小段,……第一段起,第二承,第三转,第四合。……'承'是连着'起'来的,但'转'却不能连着'承'走,否则转不过来了。大概'起''承'容易办,'转''合'最难,一篇的精神往往得靠一转一合。总之,一首理想的商籁体,应该是个三百六十度的圆形;最忌的是一条直线。"[2]且不说闻一多的"试作"是否是"一首理想的商籁体",但他无疑是以严谨的态度,按照"最严格"的标准来创作十四行诗,其对起承

1　《现代诗律学》,中国人民大学出版社2004年12月版,第142页。
2　一多:《谈商籁体》,上海《新月》月刊1931年4月第3卷第5、6期合刊。

转合结构章法的运用尤为成功。黄昏时分，诗人怀着喜悦、期待的心情匆匆赶回家（起）。未进家门前，他满以为像往常一样，"她"会用"一盆水，一壶滚茶"等"种种优渥的犒劳"，消除他"一天的疲乏"（承）。可推开门后，"什么都没变"，却"没有她的踪影"（转）。顷刻间，一种"寂寞""徬徨"的情绪涌上心头（合）。诗中的"她"，是指闻一多的妻子高孝贞（即高真）。

闻一多所作十四行诗，留传下来的还有一首《回来》：

我急忙的闯进门来，喘着气，
打算好了一盆水，一壶滚茶，
种种优渥的犒〔犒〕劳，都在那里：
我要把一天的疲乏交给她。
我载着满心的希望走回来，
那晓得一开门，满都是寂静——
什么都没变，夕阳绕进了书斋，
一切都不错，只没她的踪影。

出门了？怎么？……这样的凑巧？
出门了，准是的！可是那顷刻，
那彷徨的顷刻，我已经尝到
生与死间的距离，无边的萧瑟：
恐怖我也认识了，还有凄惶，
我认识了孤臣孽子的绝望。

《回来》原载《新月》月刊1928年5月10日第1卷第3号，也是写诗人回到家中不见妻子时油然而生"恐怖""凄惶""绝望"的心绪。《回来》与新发现的十四行诗内容相似，语句多雷同，韵式一样，前十二行也是用交韵（奇数行和偶数行各自押韵），但分节和所押的韵有异，完全可以视为两首不同的诗。

1928年4月，闻一多在写给饶孟侃的信中说："昨天又试了两首商籁体，是一个题目，两种写法。我也不知道那一种妥当，故此请你代为批评。这东西确乎不容易。正因为不容易，我才高兴做它。"[1]闻一多所说的"一个题目"的"两种写法"，很可能指的就是《回来》和新发现的这首十四行诗（因此时闻一多正翻译商籁体《白朗宁夫人的情诗》，故有论者将其信中的"试"理解为"试译"，恐不确）。《今日文艺》编者在按语中称，饶孟侃"遂就闻先生昔日信函中检其未曾发表之旧作一首见赐"。所谓"昔日信函"，很可能就是指闻一多1928年4月写给饶孟侃的这封信。如此，新发现的这首十四行诗当作于1928年，而非《今日文艺》编者所说的"民国二十一二年间"。

现在所见闻一多写给饶孟侃的这封信，未附"两首商籁体"。大概饶孟侃把他认为更为"妥当"的一首寄回给闻一多在《新月》月刊上发表了，而另一首则在闻一多殉难后提供给了《今日文艺》编者。

---

[1] 《致饶孟侃》，《闻一多书信手迹全编》下，国家图书馆出版社2010年12月版，第234页。

《徐志摩全集》：值得信赖和珍藏的一部全集[1]

收到商务印书馆赠送的《徐志摩全集》（以下简称北京商务版），我真真是爱不释手，用了两周多的时间，从头至尾翻阅了一遍。与此前出版的各种《徐志摩全集》相比，这部全集至少具有以下四大特点。

体例合理

已版中国现代作家全集，一般有两种编法，一是采用编年体，即将某一作家的全部作品按时间先后顺序编次，如《鲁迅著译编年全集》《庐隐全集》等；一是采用分类编年体，即将某一作家的全部作品按文体或体裁分类，各类或直接以时间先后顺序编排，或再以时间顺序分为若干辑（组），如《鲁迅全集》《茅盾全集》《闻一多全集》《沈从文全集》等。在处理作家生前出版的成集本和集外

---

[1] 原载《光明日报》2020年5月9日第9版。

散篇时，分类编年体全集大都采取的方法是：成集本在前，同类集外散篇附后。

北京商务版依旧沿袭了韩石山先生在2005年为天津人民出版社编纂8卷本《徐志摩全集》时首创的做法：拆散成集本，将徐志摩的所有单篇作品归为散文、诗歌、小说、戏剧、书信、日记和翻译等7类，各类均按写作或发表时间先后顺序排列；写作或发表时间不详者，列于同类之末；某篇作品收入何种成集本，则在题注中加以说明。采取这种编辑体例，对于徐志摩而言，是相当合适的。徐志摩生前未结集出版的作品（特别是散文）有很多，如按成集本在前、集外散篇附后的方法，在分卷上会带来一定的麻烦，造成厚薄不均，不太好看。北京商务版共10卷，各卷厚度大体上是一致的。同时，采取这种体例，可以清晰地呈现徐志摩某一类作品的整体创作面貌及其思想、风格演变的轨迹，为研究者提供了极大便利。

收录最全

在2015年以前，坊间印行的徐志摩全集多达十几种。但大多名不副实，真正称得上是全集的，除天津版外，另有4种：

一是台湾传记版。1969年1月，台湾传记文学出版社出版6辑本《徐志摩全集》，由张幼仪赞助，徐积锴负责搜集资料，蒋复璁、梁实秋主编。2013年3月，中央编译出版社出版的6卷本《徐志摩全集》，是以台湾传记版为底本重新排印的。

二是香港商务版。1983年10月，商务印书馆香港分馆出版5卷本《徐志摩全集》。1992年7月，又出版四卷本《徐志摩全集·补编》，由陆耀东、吴宏聪、胡从经主编，赵家璧、陈从周、徐承烈审校。1988年1月和1994年2月,上海书店先后重印香港商务版全集本和补编本。1995年8月,上海书店将两种本子合在一起,推出9卷本《徐志摩全集》。

三是广西版。1991年7月,广西民族出版社出版5卷本《徐志摩全集》,由赵遐秋、曾庆瑞、潘百生合编。

四是浙江版。2015年2月,浙江人民出版社出版6卷本《徐志摩全集》。其中,散文卷、诗歌卷、评论卷、书信卷、日记卷由顾永棣编,小说戏剧卷由顾永棣、顾倩合编。

相较于此前出版的5种《徐志摩全集》,北京商务版收录徐志摩作品是最全的。编者充分吸收学界的研究成果(包括我和徐志东合编的《远山——徐志摩佚作集》),在天津版的基础上,增补了徐志摩佚文、佚诗、佚简等100多篇,为徐志摩研究提供了更加完备的文献资料,也进一步拓展了徐志摩研究的学术空间。

编校审慎

商务印书馆编辑在"推荐语"中说这部全集是韩石山先生"苦心收集整理、严谨考证、精心编订的高水平成果",我认为并非夸大其词,而是符合事实的。韩石山先生把整理、编纂《徐志摩全集》视为其"一生的名山事业",这种态度就足以令人肃然起敬。在《凡例》中,他虽声称这部全集"不是校注本",对所采用的文本,尽量保持原貌,但在考证、校勘、注释上还是下了大功夫。如,全集中,采用了由俞国林整理、段怀清辑校的徐志摩致万维超、舒新城和中华书局编辑信函数十封[1]，对其中未具写作日期者，做了进一步的考证。这部全集订正了徐志摩著作中明显的缺漏、错讹，但仍持谨慎态度，没有径改原文，而是保留了更动的痕迹。对某些可疑的文字用脚注加以说明，没有轻易改动。某些外文人名、地名、书名、篇名等，择要随文出注，对于一般读者和研究者，均有释疑解难的作用。在题注中，具体交代了所依据的排印底本。尤其值得称道的是，对采自他人编辑的文集，均一一做了说明。这是对他人"首发权"的肯定和尊重，也是良好学术规范的体现。

在编校过程中，韩石山先生和商务印书馆动用了大量资源，邀请人民文学出版社岳洪治先生通校全部书稿，四川师范大学龚明德先生校订书信，复旦大学谈峥先生为外文部分把关，最大限度地保证了文本的准确性。

我始终认为，对全集编辑质量的鉴定，应该建立一套科学、规范且行之有效的评价体系。文本准确与否，无疑是评价全集编辑质量优劣的一个很重要的指标。应该说，北京商务版绝大多数文本是准确无误、可靠可信的，完全可以放心阅读和使用。

全集难全

北京商务版无论是在封面、版式设计方面，还是在装订形式、使用材料等方面，均花了大量的心思。从某种意义上讲，这部全集"很徐志摩"（我的一位博士生语），与爱"美"的徐志摩是相匹

---

[1] 参见俞国林整理、段怀清辑校：《徐志摩致中华书局函》，《史料与阐释》，复旦大学出版社2014年6月版。

配的。

当然，北京商务版也不敢说是尽善尽美的。因受客观条件的限制，这部全集仍存在失收、失考、失校的现象。

全集不全、全集难全，似乎是所有中国现代作家全集的宿命。但是，既然名为"全集"，自当力求完备，将作家生前作品尽可能悉数编入。说北京商务版收录最全，毕竟是相对而言的。这部全集仍漏收了部分作品，如《新月》月刊1928年9月第1卷第7号、同年10月第1卷第8号的《编辑余话》[1]，中国社会科学院近代史研究所胡适档案馆所藏徐志摩致胡适的三封英文信（作于1925年5月3日、19日、22日）和几则电报稿。据我所知，徐志摩后人处藏有徐志摩致张幼仪书信数十封，也未收入包括北京商务版在内的各种全集。

编纂作家全集，应重新出发，以作家生前已刊未刊作品为主要依据，其身后出版的各种集子和由他人发现、整理的佚作，只可作为参考之用。北京商务版所依据的排印底本，有一些不是原始材料（初刊本、手稿本），而是"采自他人编辑的文集"。他人编辑的文集终归是二手材料，其本身或欠准确。如1922年，徐志摩在宋云彬主编的《新浙江·新朋友》上发表了一篇散文《印度洋上的秋思》、一首诗《笑解烦恼结（送幼仪）》和一则《徐志摩张幼仪离婚通告》。北京商务版第一卷"散文（一）"，第240页题注中称，《印度洋上的秋思》"1922年11月6日起，在《新浙江报》连载三期（未完）"。这篇散文何时开始连载，尚不清楚，但可以肯定已于11月21日全部载完，共连载了7期或8期。其中，11月10日、11日均为

---

[1] 参见陈子善：《〈新月〉中的徐志摩佚文》，《新文学史料》2019年第3期。子善先生提到的《〈现代短篇小说选〉》并非佚文，已收入全集，题为《〈现代短篇小说〉评介》。

"三续",因为10日"一共排差了三十八个字,没法更正,只得再重排一遍"(《新朋友》栏编者按语)。《徐志摩张幼仪离婚通告》载1922年11月8日《新浙江·新朋友》"离婚号(2)",题下有"续六日"字样。6日的报纸目前还没有找到,8日《新朋友》栏刊有关于前半篇的"更正"。北京商务版是以上海书店1995年8月版《徐志摩全集》第8册为底本的,而上海书店版至少有18处误植。《笑解烦恼结(送幼仪)》载1922年11月8日《新浙江·新朋友》,北京商务版与其他版本一样,也存在六七处相同的错误。又如,北京商务版第8卷"书信(二)",内收1931年×月×日信(第65—66页),实为1928年6月13日信之后半截(第33—34页);而1928年6月13日信之后半截,阑入的则是1924年6月初的一封信(第13页)。其他版本的徐志摩全集或书信集都是如此。

北京商务版尽管存在部分失收、失考、失校现象,但瑕不掩瑜。总体来看,仍不失为一部最值得信赖和珍藏的《徐志摩全集》。

徐志摩关于《康桥再会罢》的更正函[1]

1927年9月17日,闻一多《你莫怨我》发表在《时事新报·文艺周刊》第2期。因当日版面广告拥挤,手民遂自作主张,将原诗每节五行并做三行,结果弄得不成体统。一周后,即9月24日,为使读者得见原璧,《文艺周刊》第3期又将《你莫怨我》补登了一次。编者在诗前按语中对闻一多表示歉意的同时,"希望以后不再有这种不幸的事发生"。

类似"这种不幸的事",也曾发生在徐志摩身上。

1923年3月12日,《时事新报·学灯》第5卷第3册第9号刊发徐志摩《康桥再会罢》,把一首3节110余行的长诗排成了一篇仅有三个自然段的散文。为此,徐志摩给《学灯》编者写了一封信。3月25日,《学灯》第5卷第3册第12号按诗的排列又刊载了一次。在《康桥再会罢》前,有一段"记者按":

我们对于惠稿诸君,常常觉得有一件很抱歉的事;就是我们的

---

[1] 原载《中华读书报》2020年7月1日第14版《文化周刊》。

排印虽尽了许多心力力图改善，但是还一样发生许多错误。我们今天尤觉对《康桥再会罢》（曾登本月十二日本刊）的作者徐志摩先生抱歉！《康桥再会罢》原是一首诗，却被排成为连贯的散文，有人说，这正像一幅团皱了的墨迹未干的画，真是比得很恰切。原来徐先生作这首诗的本意，是在创造新的体裁，以十一字作一行（亦有例外），意在仿英文的Blank Verse不用韵而有一贯的音节与多少一致的尺度，以在中国的诗国中创出一种新的体裁。不意被我们的疏忽把他的特点掩掉了。这是不特我们应对徐先生抱歉，而且要向一般读者抱歉的。所以我们今天只好拿这首诗照着诗的排列重登一过。

其中，"作这首诗的本意，是在创造新的体裁，以十一字作一行（亦有例外），意在仿英文的Blank Verse不用韵而有一贯的音节与多少一致的尺度，以在中国的诗国中创出一种新的体裁"云云，大概是徐志摩信中所谈到的。徐志摩仿效西洋的无韵诗（Blank Verse），在形式的建构方面（如音节、字数、跨行等）进行探索，力图在中国诗坛创造一种新型的现代诗体。把《康桥再会罢》排成连贯的散文，可谓没有理解徐志摩的一番苦心或"本意"。

"不幸"接踵而至，重登的《康桥再会罢》虽然恢复了诗的形式，但是错排、讹字、漏字现象仍十分严重。因此，徐志摩又于3月28日专门给《学灯》主编柯一岑写了一封更正函。这封更正函发表在4月5日《学灯》第5卷第4册第5号"通讯"栏，全文照录如下：

一岑兄：

顷读二十五日《学灯》，承将《康桥再会罢》重行排印并志歉语，至感至感。但不幸此次又见大错，有令不得不专函更正者。

上次用散体排诗虽失本旨尚可读，此次则第二节与第三节错置至九行之多，直令读者索解无从矣。此外讹字亦夥。今指正：

（一）第二节第十四行"我精魂腾跃，满想化入音波"下应接——第三节第九行"震天彻地，弥盖我爱的康桥……"至第三节第十七行"腊梅前，再细辨此日相与况味；"共九行。

（二）第三节中抽出此第九至第十七九行后，则第八行——"灵苗随春草怒生，沐日同光辉"接第十八行即"听自然音乐，哺啜古今不朽……"。

（三）正讹

第一节

第二行"心须"应作"心头"

第十一行"牠弱手"应作"她弱手"

第二节

第十一行"赞烦"应作"赞颂"

第十六行（二十五）（原排）"花香时简"应作"时节"

第二十行"憎媚"应作"增媚"

第二十二行"昨宵"下无"，"

第三节

第八行"日月光辉"上落一"沐"字

第十四行"行道西回"应作"纤道"

第二十七行"星磷"下无"，"

第三十一行至三十四行括弧可去，三十四行应撤去。

第四十行"橘缘"应作"橘绿"

第四十三行"发玫瑰"应作"教玫瑰"

第四十四行"星境舞"应作"环舞"

第四十九行无"一"字

志摩 三月二十八日

按：原刊"承将"后有"，"，"志歉语"后无标点；"第二节与第三节"中，"第三"后无"节"字；"亦夥"后无标点；"西回（迴）"误作"西迴"；"星磷（燐）"误作"星憐"；末尾所署写作时间误作"三月三十八日"。

对"这种不幸的事"，徐志摩一直耿耿于怀。后来，他多次在不同场合提起过。

1923年7月18日，徐志摩给孙伏园（伏庐）写了《一封公开信》，发表在同年7月22日《晨报副镌》第188号。信的开头，徐志摩就说："我年初路过上海时，柯一岑君问我要稿子，我说新作没有，在国外时的烂笔头倒不少，我就打开一包稿子，请他选择……后来他还是一起拿了去，陆续在《学灯》上发表。除了《康桥再会罢》那首长诗，颠前倒后的错的实在太凶，曾经有信去更正过……上次《学灯》登我那首康桥，错讹至于不可读，最可笑把母亲的代名词，印做'牠'！"

1926年1月2日，"不幸的事"再次发生在徐志摩身上。同日，《现代评论》第3卷第56期发表徐志摩的《翡冷翠的一夜》，其中多有排印颠倒、讹字、漏字、错标点等问题，有失原作的真意。1月9日，《现代评论》"记者"特在第3卷第57期上刊登了一则《更正》：

上期徐志摩先生《翡冷翠的一夜》的一首诗，排印颠倒，十四页上栏第一行至第十七行应排在同页下栏第十三行之后。此外错误如十三页栏第二行"同"应改为"用"，同页下栏第四行"仙"应改为"你"，第九行"我"下应添"那"，十四页上栏"这"下应添

"话",同页下栏第六行"及"应改为"反",第七行"不"应改为"大"。此种错误颠倒有失原作真意,对于作者抱歉之至。

此前,即1月6日,徐志摩已把这首诗复登在他所主编的《晨报副刊》第1419号上,同时发表了一篇《〈现代评论〉与校对》(1月4日作)。文章起首,徐志摩即提到《学灯》刊印其《康桥再会罢》的事:

前年《时事新报》的《学灯》替我印过一首长诗《康桥再会罢》。新体诗第一个记认是分行写。所以我那一首也是分行写。但不知怎的第一次印出时新诗的记认给取销了:变成了不分行的不整不散的一种东西。我写了信去。《学灯》主任先生客气得很,不但立即声明道歉,并且又把它复印了一遍。这回是分行的了。可是又错了。原稿的篇幅全给倒乱了;尾巴甩上了脖子,鼻子长到下巴底下去了!直到第三次才勉强给声明清楚了。

所谓"直到第三次才勉强给声明清楚了",指的就是致柯一岑的更正函。这封更正函未收入已版各种徐志摩作品集,包括2019年10月由商务印书馆印行的十卷本《徐志摩全集》。生活·读书·新知三联书店1959年12月版《五四时期期刊介绍》第3集所收《"学灯"(上海"时事新报"副刊)分类目录》中,也漏收了这封更正函。

再谈徐志摩书信尚需重新整理[1]

十二年前,我曾写过一篇《徐志摩书信尚需重新整理》,发表在《鲁迅研究月刊》2008年第9期。遗憾的是,迄今为止还没有出现一部令人十分满意的徐志摩书信集。

据查,目前市面上流行的徐志摩书信集,起码有十余种不同的版本[2]。按理,在文本的准确性方面,晚出的版本总该胜于先出的版本。可是,实际情形并非如此。2019年10月,10卷本《徐志摩全集》由商务印书馆出版(简称商务版)。其中,第7卷、第8卷为书信卷,收录徐志摩书信近400封。编者韩石山先生以一己之力,充分吸收学界研究成果,在考证、校勘上确实花了大功夫,订正了许多先前出版的各种徐志摩书信集中所存在的问题,但有不少讹误依旧未能改正过来。

---

1 原载《鲁迅研究月刊》2020年第11期。
2 除各种版本的《徐志摩全集》外,另有数种徐志摩书信集,如《徐志摩书信》(晨光辑注,湖南文艺出版社1986年10月版)、《徐志摩书信集》(傅光明编,河南教育出版社1994年7月版)、《志摩的信》(虞坤林编,学林出版社2004年7月版)、《徐志摩书信集》(韩石山编,天津人民出版社2012年3月版)、《徐志摩书信新编》(金黎明、虞坤林整理,浙江古籍出版社2017年5月版)等。

爱举例如下：

例一：致胡适（1924年7月15日[1]），见商务版第8卷第15页（为醒目计，信中讹误之处均加粗。下同）。

适之：

牯岭背负**青幛**，联延壮丽，与避暑地衔接处展为平壤，称女儿城，相传为**朱太祖习阵处**。今晚在松径闲步，为骤雨所阻，**细玩**对山云气吞吐卷舒，状态神灵，雨过**花馨可嗅**，草瓣增色。此时层翳稍豁，明月丽天，山中景色变幻**未能细绘**，待见面当为起劲言之。此致

志摩 七月十五日

按：此信无标点，末署写作时间为农历，原件藏中国社会科学院近代史研究所图书馆胡适档案内。"青幛"应为"青嶂"；"朱太祖"应为"猪太祖"；"细玩"应为"因细玩"；"花馨可嗅"应为"花馨可臭"；"未能细绘"应为"未能曲绘"；"十五日"应为"十五"。

例二：致胡适（1928年6月13日），见商务版第8卷第33—34页。

适之：

刚得小曼信，说你也病了，而且吐——血，**这我着急得狠，想打电话问，又□□电不痛快**。适之，我只盼望你已经暂时恢复健康，我知道你的生活也是十分的不自在，但你也是在铁笼子里关

---

1 《徐志摩全集》编者认为此信"末所署日期为农历"，恐不确，待考。

着，有什么法子想？人生的悲惨愈来愈明显了，想着真想往空外逃，唉，这奈何天！

碰到这儿全国在锅子里熬煎，你不又能不管，我这□遥事□心里也不得一丝的安宁，过日子就像是梦，这方寸的心，不知叫烦恼割成了几块，**这真叫难受**。同时我问你我应当立即回国，你也没有回信给我，假如你的来电上加有"速回"字样，我此时许在中国了，但到了北京又怎样呢？

我告诉你，我现在的**地址**，我来是纯粹为老儿，那你知道的，现在老儿又快到了（八月），他来极恳切的信，一定要我等着他，说有我就**比一切医师都好**。因此，**我不能不再等下去了**，既然三个月已经挨过了——为他，但同时不知道我的心在那里，你一定明白的，也不必我明说，我梦里那一晚不回去，这一时，我神思恍惚极了，我本来自诩有决断的，但这来竟像急行车。

没有现成照片。随手□一张给你。今晚到东京，日来心绪致佳。

志摩问安　六月十三日

按：此信原件藏中国社会科学院近代史研究所图书馆胡适档案内。"这我着急得狠，想打电话问，又□□电不痛快"应为"我着急得狠，想打电问，又非无电不痛快"。"碰到这儿"应为"碰到这当儿"；"熬煎"应为"煎熬"；"不又能不管"应为"又不能不管"；"这□遥事□"应为"这逍遥事外"；"也不得一丝的安宁"应为"也不得一息的安宁"；"过日子就像是梦"应为"过日子就像是做梦"；"这真叫难受"应为"这闷真叫难受"；第三自然段应与第二自然段合为一个自然段；"地址"应为"地位"；"比一切医师都好"应为"比一切医药都好"；"我不能不再等下去了"应为"我又不能不再等一两个月";"不知道我的心在那里"应为"天知道我的心在那里"。"你一定明白的"应为"你一定明白";"我本来自诩有决断的"应为"我本来自诩是有决断的";"但这来竟像"下漏掉了三段文字,即商务版第8卷第65—66页的一封信(片段):

那丹麦王子 Ihaihm rpuievashialin 变了我的态度,整天整夜的后脑子想,也是想不清一条干脆的路子,适之——我的心真碎了!

在北京朋友里,我只靠傍着你,你不要抛弃我,无论在什么时候,你能允许我吗?

适之,我替你祈祷,你早早恢复健康,我们不能少你的帮忙,你应该做的事情多着哩。

以上所谓作于"1931年×月×日"信,实际上是1928年6月13日信的后半截。其中,"那"应为"是那";"Ihaihm rpuievashialin"应为"In action & Procrastination";"后脑子想"应为"绞脑子想";"也是想不清"应为"也想不清";"适之——"应为"适之,";"不要抛弃我"应为"不能抛弃我";"你能允许我吗"应为"你能许我吗";"恢复健康"应为"回复健康";"你的帮忙"应为"你的帮助";"你应该做的事情多着哩"应为"你应做的事情正多着哩"。

1928年6月13日信末尾"急行车"及其以下文字,阑入的是1924年6月初徐志摩致胡适的一封信(见商务版第8卷第13页):

急行车里有的是现成花片,随手涂一张给你。今晚到东京。日来心绪较佳。

志摩问安

此信是徐志摩在日本东京寄给胡适的,写在一张明信片上,无标点,原件现藏胡适档案内。

例三:致胡适(1930年10月27日),见商务版第8卷第41—42页。

适之:

自宁付一函谅到,青岛之游想必至快,翻译事已谈得具体办法不?我回沪即去硖侍奉三日,老太爷颇怪**中途相弃**,母亲尚健最慰。上海学潮越来越糟。我现在正处两难,请为兄约略言之。光华方面平社诸友均已辞职,我亦未便独留,此一事也。暨南聘书虽来,而郑洪年闻徐志摩要去竟**睡不安忱**,滑稽之至,我亦决不问次长人等求讨饭吃。已函**陈钟元**,说明不就。前昨见锟,**潘、董诸位**,皆劝我加入中公,**并谓兄亦去云**,然但我颇不敢遽尔承诺。果然今日中公又演武剧(闻丁任指挥),任坚几乎挨打。下午开董事会,**罗让学生去包围杏佛**,未知结果。当场辞职者有五人之多(丁、刘、高、王、蔡)。君武气急败坏,此时(星期一夜十时)在新新**与罗、董潘议事**,尚不知究竟,恐急切亦无所谓究竟也。**党部欲得马而甘心**,君武则大笑当年在广西千军且不惧小子其奈余何。但情形疆坏至此,决难乐观,且俟明日得讯再报。凡此种种,仿佛都在逼我北去,因南方更无教书生计,**且所闻见类,皆不愉快事**,竟不可一日居,然而迁家实不易之。老家方面父因商业关系,不能久离,母病疲如此,出房已难,遑言出门远行。小家方面小眉亦非不可商量者,**但即言移**,则有先决问题三:**一为曼须除习**;二为安顿曼之母(须**耀昆在沪有事,能立门户乃能得所**);三为移费得筹。而**此类事**皆非叱嗟所能立办者,为此踌躇寝食不得安靖。兄关心我事,有甚骨肉,感怀何可言宣?我本意仅此半年,**一方面结束,一**

方准备，但**先以教书**可无问题，如兼光华、暨南，再事翻译，则或可略有盈余。不意事变忽生，教书路绝，书生更无他技，如何为活？遥念**北地朋友**如火如荼，得毋**羡然**？幸兄明断，有以教我。文伯想尚在平日常相见，盼彼日内能来，庶几有一人焉可与倾谈，否则闷亦闷死了俺也。（北平一月骄养惯了！）徽音已见否？此公事烦体弱，最以为忧。思成想来北平有希望否，至盼与徽切实一谈。《诗刊》已见否？顷先寄一册去，《新月》又生问题，**肃、陆不相让**，怎好？我辈颇有**去外洋胰子**希望。此念

双福。

摩星一

按：此信仅开头数行有标点，原件藏中国社会科学院近代史研究所图书馆胡适档案内。"适之"应为"适兄"；"中途相弃"应为"中道相弃"；"睡不安忱"应为"睡不安枕"；"不问"应为"不向"；"陈钟元"应为"陈钟凡"；"锟，潘，董诸位"应为"罗，潘，董诸位"；"并谓兄亦去云，然"应为"并谓兄亦云然，"；"罗让学生去包围杏佛，未知结果。当场辞职者"应为"罗让学生去包围。杏佛未到。结果当场辞职者"；"星期一"应为"星一"；"与罗、董潘议事"应为"与罗、董、潘议事"；"党部欲得"应为"党部闻欲得"；"疆圻"应为"僵圻"；"且所闻见类，皆不愉快事"应为"且所闻见类皆不愉快事"；"实不易之"应为"实不易易"；"小眉"应为"小曼"；"但即言移"应为"但既言移"；"一为曼须除习"应为"一为曼即须除习"；"耀昆在沪"应为"耀焜在沪"；"能立门户"应为"能独立门户"；"此类事"应为"此数事"；"一方面结束"应为"一方结束"；"先以教书"应为"先以为教书"；"北地朋友"应为"北地友朋"；"羡然"应为"羡煞"；"北平一月骄养惯

了"应为"北平一月骄养坏了";"肃、陆不相让"应为"萧、陆不相能";"去外洋胰子"应为"去外洋卖胰子"。

例四：致胡适（1931年5月×日），见商务版第八卷第50—51页。

关于北大功课的事，我方才和爸爸商量过，按情理我至少应守孝至断七，再省也省不过五七。因为内地规矩五七最重，但或者过四煞（约五月五）以后，我可以回平一次，再作计较，如此先后，缺课正满一月。此二星期中最好能有人代课。否则，只有暂时指定读物。**附致源宁是函**，令为加封转去，如平方代者**不多觅到**，请即飞机回信，容再与父亲商量。五日初先行回校再说，女大事已函丽琳，不另！

志摩

承寄四百元已收，致谢！

按：此信无标点，原件藏中国社会科学院近代史研究所图书馆胡适档案内。"附致源宁是函"应为"附致源宁兄函"；"不多觅到"应为"不易觅到"；"承寄四百元已收，致谢"应为"承寄四百元已收到，谢谢"。

例五：致胡适夫妇（1931年6月2日），见商务版第8卷第51页[1]。

适之兄嫂：

家中丧礼已过，今日回沪。一连几日又闹琐细（与老家），大

---

[1] 商务印书馆2019年10月版《徐志摩全集》第8卷所收徐志摩致胡适信60封，其中有6封是写给胡适夫妇的（收件人为"适之兄嫂"），似不应归在胡适一人名下。

家受罪皆不愉快，一个执字可怕。我精神极萎靡，失眠头痛，肠胃不舒，抑郁得狠。回平尚未有期，至少似需三天养息方可登程，航行**或有机乘**，八日先后当可抵平。然家务官司尚未开交，盼能抛撇成行，否则烦恼深陷一无是处，意志将颓，可畏也。物包两个都已交出送来，**茶叶两长合托带**□□。□当另托人。念此
双福。

志摩敬上　六月二日

按：此信无标点，原件藏中国社会科学院近代史研究所图书馆胡适档案内。"或有机乘"应为"或有机缘"；"茶叶两长合托带□□。□当另托人"应为"茶叶两长盒托带。如飞，当另托人"；"念此"应为"此念"。

例六：致胡适（1931年×月×日），见商务版第8卷第66页。

眉这孩子，**娇养大□了**，这回连老师都有得来哄着她爬在床边写，结果热度增高，其情着实可怜，**老师啊老师**。

她一半天就有回信给你，她盼你回，快快！

老金□□□lilm住曼原卧室（曼病后移东厢，怕鬼也）。本来我是单上朝，这来变了**双上朝**。

话太多了，这纸上如何谈得了，真想立刻见你才好。

我如走，绍原替我。（你在沪如有杂志随感之类，何不寄给我？）见面谈吧，老阿哥，这信盼寄到。

志摩候之

孟邹先生均佳！

按：此信原件藏中国社会科学院近代史研究所图书馆胡适档案

内。"娇养大□了"应为"娇养得大儿了";"连老师都有得来"应为"连老师都得来";"老师啊老师"后应为"！";"老金□□□lilm住曼原卧室"应为"老金住大厅，Lilian住曼原卧室";"双上朝。"应为"双上朝了！";"（你在沪如有杂志随感之类，何不寄给我？）"应无圆括号，"杂志"应为"杂感";第二自然段应与第一自然段合为一个自然段;第五自然段从"见面谈吧"起另为一自然段,其他应与第四自然段合为一个自然段;"志摩候之"应为"志摩候候"。

例七：致钱芥尘（1931年8月6日），见商务版第8卷第182页。

芥尘先生：

方才看到这期贵报，关于我的小报告。不想像我这样一个闲散人的生活行踪也还有人在注意，别处的消息我也曾听到一点，多谢你们好意为我更正，但就这节小报告也还是不对。现在既经一再提到，**我想还是我自己来说明白**，省得以讹传讹，连累有的朋友们为我耽忧。关于我的行踪，说来也难怪人家看不清楚。在半年内我在上海，北平间来回了八次，半月前在北平，**现在上海**，再过一半个月**也许不在北平了！**我是在北京大学教书，家暂时还没有搬，穿梭似来回的理由是因为我初春去北平后不多时先母即得病，终于弃养，**我如何能不奔波**。关于我和小曼失和的消息，想必是我独身北去所引起的一种悬测，这也难怪。再说我们也不知犯了什么煞运，**自从结褵以来**，不时得挨受完全无稽的离奇的谣诼，我们老都老了，小曼常说，为什么人家偏爱造你我的谣言？事实是我们不但从**来未"失和"**，并且连贵报所谓"龃龉"都从来没有知道过。说起传言，真有极妙的事，前几天《社会日报》也有一则新闻说到我夫妻失和，但我的夫人却变作了唐瑛，我不知道李祖法先生有信去抗

议了没有。此颂

大安。

徐志摩　八月六日

按：此信原载《上海画报》1931年8月9日第731期，题为《徐志摩先生来书》。"我想还是我自己"应为"我想还是自己"；"来回了八次"应为"来回走了八次"；"现在上海"应为"现在在上海"；"也许不在北平了"应为"也许又在北平了"；"我如何能不奔波"应为"如何能不奔波"；"自从结襟以来"应为"自从结婚以来"；"从来未'失和'"应为"从未'失和'"。据原刊句读提示，"方才看到这期贵报"后可不加逗号；"生活行踪""别处的消息""来回的理由""去北平后不多时""再说"和"也有一则新闻说到"后，均可加逗号。

顺便补充两条史料，一是"方才看到这期贵报关于我的小报告"，事见《上海画报》1931年8月6日第730期第3版"小报告"栏："新诗人徐志摩君自上月由平回沪后，至今仍居沪上。某某数报，传徐已北上，实误。惟徐旧寓大中里则已迁移，现寓同孚路成和邨。又某报谓徐与其夫人陆小曼女士失和，亦未确。盖偶尔龃龉则有之，失和则未也。"一是"有一则新闻说到我夫妻失和，但我的夫人却变作了唐瑛"，事见上海《社会日报》1931年7月28日第340号第1版"小报告"栏："诗人徐志摩与其夫人唐瑛失和，徐自赴平，有久居意。唐瑛在沪，与徐无鱼雁往返。"

例八：致梁实秋（1927年7月下旬），见商务版第8卷第191—192页。

秋郎先生：

请你替我在《青光》上发一个寻人的广告，人字须倒写。

我前天收到一封信，信面开我的地址一点也不错，但信里问我们的屋子究竟是在天堂上还是在地狱里，因为他们怎么也找不到我们的住处。署名人就是上次在《青光》上露过面的金岳霖与丽琳；他们的办法真妙，既然写信给我，就该把他们住的地方通知，那我不就会去找他们，可是不，他们对于他们自己的行踪严守秘密，同时却约我们昨晚上到一个姓张的朋友家里去。**我们昨晚去了**，那家的门号是四十九号A。**我们找到一家四十九号没有A！**这里面当然没有他们的朋友，不姓张，我们又转身跑，还是不知下落。昨天我在所有可能的朋友旅馆都去问了，还是白费。

我们现在倒有些着急，故而急急要你登广告，因为你想这一对天字第一号打拉苏阿木林，可以蠢到连一个地址都找不到，说不定在这三两天内碰着了什么意外，比如过马路时叫车给碰失了腿，夜晚间叫强盗给破了肚子，或是叫骗子给拐了去贩卖活口！**谁知道。**

话说回来，秋郎，看来哲学是学不得的。因为你想，老金虽则天生就不机灵，虽则他的耳朵长得异样的难看甚至于招过某太太极不堪的批评，虽则**他的眼睛有时候睁得不必要的大**，虽则——他总还**不是个白痴**。何至于忽然间冥顽到这不可想像的糟糕？一定是哲学害了他，柏拉图，葛林，罗素，**都有份**！要是他果然因为学了哲学而从不灵变到极笨，果然因为笨极了而找不到一个写得明明白白的地址，果然因为找不到而致流落，果然因为流落而至于发生意外，自杀或被杀——那不是坑人，咱们这追悼会也无从开起不是？

我想起了他们前年初到北京时的妙相。他们从**京浦路**进京，因为那时车子**有时脱取至一二天之久**，我实在是**无法拉客**，结果他们一对打拉苏一下车来举目无亲！那时天还冷，他们的打扮是十分不古典的:老金他簇着一头乱发,**板着一张五天不洗的丑脸**,穿着比俄国叫化子更褴褛的洋装,躄着一双脚;丽琳小姐更好了,头发比他的蠢得还高,**脑子比他的更黑**,穿着一件大得不可开交的古货杏黄花缎的老羊皮袍,那是老金的祖老太爷的,拖着一双破烂得像烂香蕉皮的皮鞋。他们倒会打算,因为行李多不雇洋车,要了大车,把所有的皮箱,木箱,皮包,篮子,球板,打字机,一个十斤半沉的**大梨子**,**破书**等等一大堆全给窝了上去,前头一只毛头打结吃不饱的破骡子一躄一躄的拉着,旁边走着一个反穿羊皮统面目黧黑的车夫。他们俩,**一个穿怪洋装的中国男人和一个穿怪中国衣的外国女人**,也是一躄一躄的在大车背后跟着!虽则那时还在清早,**但他们那怪相至少不能逃过北京城里官僚治下的势利狗子们的愤怒的注意**。黄的白的黑的乃至于杂色的一群狗哄起来结成一大队跟在他们背后直噪,**意思说是叫化子**我们也见过,却没见过你们那不中不西的破样子,我们为维持人道尊严与街道治安起见,不得不提高了嗓对你们表示我们极端的鄙视与厌恶!**在这群狗的背后**,又跟着一大群的野孩子,哲学家尽走,狗尽叫,**孩子们尽拍手乐!**

  按:此信原载上海《时事新报》1927年7月27日第7004号《青光》副刊,题为《徐志摩寻丫——寻金岳霖与丽琳小姐》。"发一个寻人的广告"应为"登一个寻人的广告";"我们昨晚去了"和"我们找到一家四十九号没有A"中的"我们",原刊均为"他们",从前文来看,"他们"当系"我们"之误;"我们现在"应为"我现在";"谁知道"后应为"!""他的眼睛有时候"应为"他的眼睛有时";"不是个白痴"后应为",";"都有份"应为"都有分";"京浦路"应为"京汉路";"有时脱取"应为"有时脱班";"无法拉客"应为"无法接客";"板着一张五天不洗的丑脸"应为"扳着一张五天不洗的丑脸";"俄国叫化子"应为"俄国叫化";"脑子比他的更黑"应为"脸子比他的更黑";"老羊皮袍,那是老金的祖老太爷的"应为"老羊皮袍(那是老金的祖老太爷的)";"像烂香蕉皮的皮鞋"应为"像烂香蕉的皮鞋";"大梨子,破书等等"应为"大梨子,破书等等的";"前头一只毛头打结"应为"前面一只毛头打结";"一个穿怪洋装的中国男人和一个穿怪中国衣的外国女人"后无",";"和"应为"与";"但他们的那怪相"应为"但他们那怪相";"意思说是叫化子"应为"意思说是化子";"在这群狗的背后"后无",";"孩子们尽拍手乐"后应为"。"。

例九:致瞿菊农(1926年11月底),见商务版第8卷第263页。

菊农:

信到,书未到。其实我这里已觅到一册《赣第德》,正在续译,至多再有十天,总可译完。近来做事的效率,大不如前,也不知为甚么,从前我译那本《涡提孩》。只费六晚工夫就完事。这本《赣第德》也不见长多少,难译多少。但我可算整整译了一年还没译成!这样看来,做事情不论甚么,应该是一鼓作气才有成效,一曝十寒的办事,总是难的。

家里住着,静是够静的,早晚除了雨声,更听不到什么。凭窗本来望得见东山的塔,但这几天教雨雾给迷住了,只偶尔透露一些楼廓,依稀就认得是山□给□。我回家来惟一的两大志愿是想改造屋后□的一个菜园子,但不幸这两星期来连接的淫雨,无从工作起,只好等晴放。再谈。

志摩

我要《晨副》的稿纸,请寄些来。

按：此信原载《北平晨报》1931年12月12日《北晨学园哀悼志摩专号》，系据手迹制版。"不知为甚么"应为"不知为什么"；"《涡提孩》。"应为"《涡堤孩》，"；"一年还没译成"应为"一年还没有译成"；"做事情不论甚么，应该是一鼓作气"应为"做事情，不论什么，总该是一鼓作气"；"一曝十寒"应为"一暴十寒"；"依稀就认得是山□给□"应为"依稀辨认得是山身塔影"；"惟一的两大志愿"应为"唯一的大志愿"；"改造屋后□的"应为"改造屋后身的"；"连接"应为"接连"；"只好等晴放。再谈"应为"只好等晴放了再说"；"《晨副》的稿纸"应为"《晨副》的稿子纸"。

以上9例，足以说明徐志摩书信的确有重新整理的必要。

商务版《徐志摩全集》所收书信"除徐志摩生前在报刊零星发表者外，主要采自陆小曼编的《爱眉小札》，蒋复璁、梁实秋主编的《徐志摩全集》，金黎明、虞坤林主编的《徐志摩书信新编》，梁锡华编译的《徐志摩英文书信集》，和陈建军、徐志东编的《远山——徐志摩佚作集》"[1]。其实，还有一部分书信是采自手稿，如《胡适遗稿及秘藏书信》《中华书局收藏现代名人书信手迹》、拍卖会图录和上海图书馆、胡适档案及收藏家所藏徐志摩书信手迹。但是，绝大部分书信采用的是他人的整理本。他人的整理本毕竟属于二手或转手材料，有的本身可能存在"鲁鱼亥豕"问题，若直接以其为排印底本，势必会以讹传讹，甚至连出处都跟着错。例如，商务版第8卷收录徐志摩致凌叔华信共8封，其中第1封（第74—75页）原载《武汉日报·现代文艺》1935年5月31日第16期，不是10月4日第34期；第3封（第77—79页）原载《武汉日报·现代文艺》1935年8月9日第26期，不是5月24日第15期；第4封（第

---

[1] 韩石山：《本卷说明》，《徐志摩全集》第7卷，商务印书馆2019年10月版。

79—81页)原载《武汉日报·现代文艺》1935年10月4日第34期，不是5月31日第16期；第5封（第81—85页）原载《武汉日报·现代文艺》1935年5月24日第15期，不是8月9日第26期。

重新整理徐志摩书信，应从头开始，尽力搜求、占有包括手稿本、初刊本、初版本等在内的第一手史料，适当参考他人的整理本，最大限度地保留或恢复其原貌。惟有如此，才有可能为一般读者特别是研究者提供一种更准确、更可靠、更值得信赖的版本（文本）。

最后，提一点建议。中华书局所藏徐志摩致万维超、舒新城等书信（手迹）35封，曾经俞国林抄录、段怀情辑校，刊于复旦大学出版社2014年6月版《史料与阐释》。其中，多有空缺和可疑之处[1]。我编《远山——徐志摩佚作集》，因无法看到原稿，故只得按《史料与阐释》本收入。假如中华书局能为整理者大开方便之门，允其查阅、对校，那可真是功德无量的善事。

补记：

1927年7月下旬，徐志摩致梁实秋一封信（见上文"例八"），即以《徐志摩寻丫——寻金岳霖与丽琳小姐》为题载上海《时事新报》1927年7月27日第7004号《青光》副刊者，商务版《徐志摩全集》漏掉了两段文字[2]。兹据原刊本过录于下：

---

[1] 据段怀清推测，俞国林抄录的"书函文字中所阙佚处，或为原文难以辨认，或为原文残缺破损，遂空缺"（《徐志摩致中华书局函》，《史料与阐释》，复旦大学出版社2014年6月版，第116页）。此外，也有明显的错谬。如，1931年2月10日左右致舒新城信中所谓《马斑小姐》的译者应为林微音，不是林徽音。

[2] 参见陈子善：《梅川书舍札记》，《书城》2022年2月号。

这行到也就不简单不是。就是这样他们俩招摇过市,从前门车站出发,经由骡马市大街到丞相胡同晨报馆旧址去找徐志摩去!晨报早搬了家,他们又折回头绕到顺治门外晨报社问明了我的寓处,再招摇进城。顺着城墙在烂泥堆里一跌一撞的走,还亏他们的,居然找着了我的地方!看来还是两年前聪明些。这样下来他们足足走了三个钟头去了原来只消十分钟的路。

这回可更不成样了,分明他们到了已经三天,谁的住处都没有找着,我太太也急了。她逼着我去找他们,从大华饭店起一直到洋泾浜的花烟间,都得去找。因为上帝知道谁都不能推测哲学先生离奇的行踪!这我当然敬谢不敏,没办法的结果只得来请教你,借光《青光》的地位做做善事,替我们寻寻这一对荒谬绝伦的傻小子吧!他们自己能看到《青光》,当然是广东人说的"至好了",否则我也恳求仁人君子万一见到,或是听到这样一对怪东西,务请设法把他们扣住了,同时知照法界华龙路新月书店,拜托拜托!

徐志摩集外拾遗录[1]

相对而言，商务印书馆2019年10月版《徐志摩全集》（10卷本）是目前收录徐志摩作品最全的一种版本。其所收文类众多，除散文、诗歌、小说、戏剧、日记、书信、译作外，还有电报、演讲记录稿、翻译记录稿等。按照这一体例，以下三篇文字也应收入全集之中。

一、致《晨报》社

1924年4月，泰戈尔访华，12日抵上海，14日到杭州。15日，徐志摩给时在上海的张君劢发了一封电报。次日，这封电报刊载上海《申报》第14版，题为《泰戈尔到杭之电讯》；又载上海《民国日报》第3张第10版和上海《时报》第3张第5版。《徐志摩全集》

---

[1] 原载《书屋》2021年第8期。

所收电报，仅此一封[1]。

4月18日，泰戈尔一行由杭州返上海。20日，徐志摩随泰戈尔到南京，22日到济南，23日经天津到北京。5月21日，泰戈尔与徐志摩、恩厚之、鲍斯、沈谟汉、诺格等到太原。22日，北京《晨报》第6版刊登消息《泰戈尔行踪》，称"本社昨晚接到徐志摩君，由太原发来一电"，电文如下：

《晨报》：竺震旦安抵太原，星期五（二十三日）赴汉。

摩

这封电报是泰戈尔（竺震旦）到达太原的当晚，由徐志摩发给《晨报》社的。23日晚，泰戈尔一行离开太原，25日晨抵汉口。

二、在武昌公共体育场之演讲

泰戈尔甫一抵达汉口，即受熊佛西之邀请，于上午在辅德中学演讲。辅德中学是熊佛西的母校，当时他正在母校任教。从北京到汉口的这一段，徐志摩约他同行，故他"与泰翁朝夕相亲"[2]。

泰戈尔在辅德中学的演讲，由王鸿文记录，发表在北京《晨报·文学旬刊》1924年6月21日第39号，题为《泰戈尔在汉口辅德中学校之讲演》。泰戈尔所讲的主要是教育问题。他主张"自由启

---

[1] 即1924年4月15日徐志摩致张君劢的电报，见《徐志摩全集》第7卷，商务印书馆2019年10月版，第100页。

[2] 熊佛西：《山水人物印象记之二十一：忆印度诗圣泰戈尔》，桂林《扫荡报·星期版》1942年5月24日第100期。

发""接近自然"的教育,反对死板、无味的"机械式之教育"。在他看来,"现在西洋教育太物质化了!无论什么教育,什么文化,在西洋都是偏重物质之纪载。故欧洲已成一完全物质化之世界"。他极力赞成科学之发展,但又认为"科学非万能,安能以之统造人生幸福,而除尽罪恶?故人生一方面以科学维持物质之生活,一方面尚须精神文明补助之,使人生达于至善至美之境"。因此,他希望有志青年"不可以为西洋文化如何,我东方文化亦当如何"。

是日下午,泰戈尔又在武昌公共体育场作了一场露天演讲。关于这次演讲的具体情形,仲雯在《太戈尔在武昌之讲演》一文中略有记载:"昨日(廿五)下午三时在公共体育场露天讲演,于场中以松柱搭一讲台,四周围以本地出产之红棉布,观众均于场中青草上席地而坐。至二时半,听众已近千人。迟至三时半,太氏始偕徐志摩乘马车莅会,在体育场大门下车,缓步而行,眉眼表情上,显出一种十分懊丧失意之神气。是时赤日炎炽,热度极高,听众受上晒下蒸之痛苦,已历一小时之久。太氏登台后鹄立甚久,而招待演讲之主席,尚迟迟未到。太氏睹此情形,颇觉不安,遂先由徐志摩略为报告数语。次太氏起立,用英语演说约三十分钟之久。太氏讲毕,徐志摩起立口译其演说之大意……"[1]

徐志摩"口译"泰戈尔"演说之大意"是:

太戈尔先生这次到中国来,很不幸的有一部分人,对于他表示反对的意见。这是我们觉得十分遗憾的事。太戈尔先生刚才说过,在去年接着邀请他来中国讲学的电讯的时候,他曾十分踌躇过。他想,此时中国若需要物质的进步,我们尽可到西洋去请科学家、工

---

[1] 仲雯:《太戈尔在武昌之讲演》,上海《民国日报》1924年5月30日第2张第6版、第7版。

程师、经济学家等。请他们的帮助，不必去请他。后来，他想着，中国此时并不需要物质的进步，中国此时有一种更急的需要，便是精神的复兴。这却是他可以予以助力的，所以他毅然答应了邀请，今年如约而来了。

本来我们对于太戈尔先生，最重要的是瞻仰他的伟大的丰采，谨聆他的雷响的声音，至若讲演的内容，倒是不关重要的，所以我此时只花去三五分钟的工夫，把他讲演的大意，概括的说一下，详稿则将来是要出专书的。有人说太戈尔先生反对科学，这是极大的错误。太先生是深信科学的人。有人说太先生反对物质，这也是极谬妄的。因为世界上的一切物体，都是物质，无物质，便无物体了，所以反对物质文明的人，我们可以说他是疯子。不过，太先生的意见，以为我们人类不仅是一个物质的动物，亦且是一个有灵性的精神的动物。人类历史的初期，是洪水猛兽的野蛮时代，那时人类全靠体力来与洪水猛兽争生存。到了历史的第二期，人类的智力发达了，得着一种新的战斗力，遂运用智力以助体力而征服了一切。本来运用智力以助体力是有益于人类的，不过后来少数人为贪心所驱使，利用此种活动以图个人或少数人的利益，这样便有害了。欧人所谓个人主义、资本主义都是由这种贪心而起的。我们应该知道人类是有道德的价值的动物，人类应本相互的道德义务以谋全体的幸福。我们东方文明，便是以此种道德为基础的。这与西方游牧民族所有的文明不同，我们东方人不可为西方物质文明外表的美观所诱惑。这种外表的美观，好像一团炎炎的大火一样，趋之只是自毙而已。太先生是印度的人，印度是被征服的国。被征服的国民自是有无限的痛苦与耻辱，但是人类还有比这更大的耻辱，这耻辱便是忘记了自己的本来面目，就是灵性生活的价值。现在的世界，完全是外交的商业的毫不道德的世界，这是人类最大的危机。

太戈尔先生最后唱了一道梵歌，作我们中国人的警告。它的大意是："由不正当的道路，亦可达到任何种的目的。只是这种成功终久是必要归于毁灭的，因为他是走的不正当的道路。"

不难看出，上述文字固然含有对泰戈尔演讲大意的翻译，但更多的则是徐志摩申说自己的观点。所以如此，是因为徐志摩认为"我们对于太戈尔先生，最重要的是瞻仰他的伟大的丰采，谨聆他的雷响的声音，至若讲演的内容，倒是不关重要的"[1]。此前，即5月10日，泰戈尔在真光影戏场为北京青年作第二次演讲时，徐志摩曾声明他不愿意翻译的理由："吾人于泰氏之讲演，如吃甘蔗，吾之翻译，及报纸之纪载，将皆成为蔗粕。蔗粕无浓味，固不必画蛇添足，举蔗粕以饷人。"[2]因此，与其说仲雯是对徐志摩"口译"的记录，倒不如说是他对徐志摩演讲的记录。关于这一点，对照王亚銮在上海《时事新报·学灯》1924年9月9日第8卷第9册第9号上所发表的《译述泰戈尔先生在武昌公共体育场演讲的大意》，可以看得更加清楚。

5月25日晚，泰戈尔一行离开汉口，乘船东下了。

1　1924年6月3日，谭祥烈在上海《民国日报·觉悟》上发表《徐志摩的妙论》，对徐志摩的观点不以为然："我最奇怪的，是讲演的内容反不注重，却重在看个人的伟大的丰采，听个人的雷响的声音。哈哈！徐志摩新发明的妙论，真可算是精神学的大师了！"上海《向导》周刊1924年6月4日第68期特摘录徐志摩的这句话，与泰戈尔的"中国此时并不需要物质的进步，中国此时有一种更急的需要，便是精神的复兴"，合题为《什么话!》。

2　《泰戈尔第二次讲演》，北京《晨报》1924年5月11日第6版。徐志摩虽声称不再现场翻译，但泰戈尔1924年5月16日与北京佛教讲习会会员之谈话、5月21日在山西太原之演讲，都是由他翻译的（前者与邓高镜通译）。

三、在上海美术专门学校之演讲

1928年,上海美术专门学校自2月开学以后,设课外自由讲座,每周延请名人来校演讲一次[1]。3月30日晚,徐志摩受邀到该校演讲[2],讲题本来是"模特儿与哲学",后临时改为"艺术学生"。据灵郎《美专听讲记》,"在教务主任汪亚尘先生替同学介绍以后,台下欢迎的掌声,似春雷暴发,徐氏架着眼镜,穿着蓝缎的长袍,很从容的跨到台上";徐志摩所讲的话很多,"有时插入很滑稽的语调,以引人入胜"[3]。灵郎将徐志摩的演讲大意记录如下:

今天我讲的题目,本来是"模特儿与哲学",不过我临时变更,好像从前谭老板在北京,夜戏贴了《空城计》,到场却换了《乌盆记》,看戏的当然扫兴,但是我现在所要说的,对于诸位,更是重要,所以诸位要听模特儿,只请破工夫下回早些来罢。

现代的产物,有二种,"钱"和"机器",这二者能够支配一切人生的活动,在上海一出门去看,永安先施,这样高大富丽,巴黎饭店跳舞场,这样繁华热闹,是美吗?都不是美。而且都是恶化丑化的,还是几千年前,我们的老祖宗,和猴子做堂兄弟的时候好。我们为这个丑恶的环境所支配,一点也接触不到天然美。人生了一

---

[1] 参见《上海美专昨日演讲》,上海《中央日报》1928年2月25日第3张第3面。

[2] 1928年3月29日,徐志摩致信刘海粟:"今日又有事,即须回乡。美专的讲演可否移至清明以后?决不爽约。希即转致校内。"(《徐志摩全集》第7卷,商务印书馆2019年10月版,第53页)他想将演讲移到清明以后,结果告假不成。

[3] 灵郎:《美专听讲记》,上海《时事新报》1928年4月2日第4张第1版《青光》副刊。

世，不过是几十年，还不及一个乌龟，倒有千年之寿，在这丑恶的环境里面，应当拿美的精神，来改造社会。不过在中国现在的社会里，那里有一点可以安慰艺术家，艺术家所过的，多是讨饭的生活，学艺术干什么呢？至多像刘海粟、江小鹣一样，多少倒霉，但是诸位，不去学银行生意，学律师法政，去升官发财，而多诚心的来学这讨饭生活，这就是中国艺术前途的一线光明，希望诸位巩固自己的信仰心，努力的反抗一切恶魔，而向前进，而使将来的上海中国世界成了真美善化。

徐志摩认为，作为现代产物的"钱"和"机器"，"能够支配一切人生的活动"。人生在世，应当用"美的精神"去改造社会。他希望艺术学生"巩固自己的信仰心"，使将来的上海、中国乃至世界"真美善化"。

关于这次演讲，上海《民国日报》《时报》等报纸也有专门报道："上海美专本学期设有课外自由讲座，每周请名人演讲一次。昨晚请新文学家徐志摩演讲，题为'艺术学生'，全校出席听讲学生二百余人。"[1]

需要说明的是，商务印书馆2019年9月版《徐志摩全集》将电报归入书信类，当然没有问题[2]。但把演讲记录稿与徐志摩其他作品比量齐观并直接按分类编年方法排列，则值得商榷。演讲记录稿如未经徐志摩审阅，似不宜归入正编，可以作为附录收在散文卷或翻译卷里。本文所披露的两篇演讲记录稿，也应该这样处理。

---

1 《美专演讲》，上海《民国日报》1928年4月3日第2张第4版。文中所谓"昨晚"，非指4月2日。
2 中国社会科学院近代史研究所胡适档案内，藏有徐志摩致胡适电报三封，也可收入《徐志摩全集》。如1931年4月23日，徐志摩母亲病逝，次日他给胡适发了一封电报："我母已逝，丧中暂不能离，请为续假二星期，能得替最善。源元均此。"

新发现徐志摩佚信一通[1]

某位作家在某种报纸上所发表的作品,未必全载于其副刊。如徐志摩有篇《"罗素又来说话了"》,各种《徐志摩全集》都是根据上海《东方杂志》1923年12月10日第20卷第23号上的版本整理、排印的。编纂者都知道此非初刊,都知道是转自上海《时事新报》[2],并且都称在《时事新报》上没有找到。已知徐志摩在《时事新报》上所发表的诗文,均见于《学灯》《文艺周刊》《文学》《青光》等副刊,这或许无形中误导了全集编纂者。《"罗素又来说话了"》原载《时事新报》1923年10月10日第5张第1版"时论"栏,仅翻检《学灯》等副刊,当然找不到这篇文章。

近日,重新翻阅上海《时事新报》,又发现徐志摩的一封佚信。这封信写于1930年5月5日,也不是刊登在《学灯》等副刊上。

这封信与上海滩所发生的一起绑票案有关。

1930年4月14日上午8时许,国民政府财政部次长、光华大学校长张寿镛的两个儿子遭人绑架。长子张星联,28岁,时任光华大

---

[1] 原载《文学报》2021年9月9日第12版《往事》。

[2] 《东方杂志》本文末标有"——《时事新报》"。

学政治系教授。三子张华联，19岁，时为光华大学二年级学生。是日晨，兄弟俩自驾汽车，从公共租界慕尔鸣路（今茂名路）升平街（鸿远里）十号寓所前往光华大学，同车者尚有其堂嫂张杏晚（在光华大学大学部教德文）。汽车行至大西路（今延安西路）中法制药厂附近，被五六名假充测量员的绑匪阻拦。绑匪以手枪将张家三人逼上一辆灰色皮尔大汽车，沿哥伦比亚路（今番禺路）直驶。途中，推下张杏晚，转身朝东疾驰而去。张家闻讯，立即报案，并设法营救。

4月15日，上海《新闻报》《大陆报》等报纸均报道了这一惊天绑票案，北平《益世报》、南京《中央日报》、天津《大公报》等外埠报纸也刊登了由沪上发来的电讯。4月16日，上海《时事新报》第3张第2版所刊发的《张寿镛两子被绑》，其记载更为详细。在这则新闻中，有一段文字涉及徐志摩：

徐志摩君，亦因担任光华大学文学教授一席，昨晨继王颜两教授之后，驾六六七三号汽车赴校，风驰电掣。驶至大西路乡下总会略西之地，突被此假充测量之五六巨匪迎头拦阻。徐因车前有人，遂戛然将车停止。若辈乃向车内一瞥，仍各走散，让出路线。徐当时颇为惊异，见无恶意表现，亦未暇与之计较，立即开车前去，事后始悟若辈向车内一瞥，并非无因也。

事实上，绑票案发生时，徐志摩根本不在现场。当时，他除了在光华大学任教外，还在国立中央大学文学院兼任英文副教授，每周往返于上海与南京之间。星期四、星期五和星期六，他在光华大学上课，星期一的下午或晚上到南京，星期四返回上海。张家两个儿子被绑走的那天正好是星期一，上午8点，他尚未起床，10点左右才坐公共汽车赴外滩办事。看到新闻中的这段文字,他开始并不在意,只觉得"可乐"。后来,有光华大学的同学告诉他,张家车前确实有一辆车,是一个学生的。于是,徐志摩就想写信更正,但因故没有写成。再后来,有人说将来或许会根据报上新闻传他出庭作证,有的还说张家的亲属怪他既然看见了却连个电话也不打,太冷心了。为了使自己免受不白之冤,徐志摩最终还是写了一封更正信,发表在《时事新报》1930年5月8日第3张第2版"致《时事新报》函"栏,题名《没有那一回事》(当是编辑添加的)。全文如下(标点符号系笔者所加):

主笔先生:

我希望借重贵报的通信栏,更正前两三个星期贵报所载《张寿镛(两)子被绑》那段新闻涉及我的几句话。那段新闻(我所见的只此,但有人说《大陆报》及《新闻报》均有同样记载)里说,那天早上八时(星期一),我也坐车到光华大学去,我的车在张家车的前面,充作测量员的绑票先生们,先拦住我的车,并看不是他们所要的。承他们见弃,绳下留情,被我过去,但后面车里张家的票〔两〕位少爷他们却没有放过。这是那段消息说到我的大概。我的名姓,甚至我的车的牌号,都不错。更详尽的传言,甚至说我是在车里看书,被放过后,我还回头看来,所以张先生们的被绑是我多少目睹的。

我真是有些受宠而惊了。事实是简直压根儿甘脆没有那一回事。我星一是在上海不错,但我在光华的功课是星期四五六三天,星一是我一星期中惟一闲散无事的一天,下午或晚上我照例去南京。我从来不曾星期一到光华去过。我信那一个出事的星期一我也明明记得,早上八点钟时我还深深的在黑甜乡里留恋,难得有一天可以睡迟一点。我约摸到十时左右才出门，碰巧我车夫上天病了没有来，我也不曾去叫他。我到外滩有事，坐了公共汽车下去的。但不知怎的，中西各报的访事先生们偏要赏先派我那早上在光华道上参预到意外的机密。我到星期四回上海时，不好了，见面的人十有九个都慰问我的虚惊，连我的车夫也受了不少他的同志们的虚惊的慰问。我觉得消息胡缠的可乐，也不在意。后来光华的同学告诉我张家车的前面确是有一辆车，但是一个学生的，不是我的。当时本想，就写信更正，后来不知怎样一搁也就搁下了。到最近我听到了许多话，使我觉得这封信还是不躲搁的好，因为有人说你若是不更正，将来万一破案时公堂上许要根据日报传你做见证，但没有见的如何能证？另一朋友说，张家的亲属在怪我不管事，说既然眼见了怎的电话也不打一个，太冷心的。我都不打算来受这些不白的冤枉，所以我现在还得写这信去请求赏给我一个刊入通信栏的机会，省得一切可能发生的误会。耑此敬颂

撰安
　　　　　　　　　　　　　　　　　　　徐志摩上
　　　　　　　　　　　　　　　　　　　五月五日

　　《时事新报》以"珍贵之篇幅"设"致《时事新报》函"栏，旨在为"爱读《时事新报》诸君"提供"申述意见或评述事实"的机会[1]。徐志摩把这封信投给"致《时事新报》函"栏，大概因为关于张寿镛两个儿子被绑票的新闻，他是在《时事新报》上看到的，而这则新闻正好又与"致《时事新报》函"栏同在一个版面。

　　就在徐志摩更正信发表的前一天，即5月7日，张家兄弟用钱物买通看守，竟安然脱险，逃回上海[2]。

1　见"致《时事新报》函"栏目按语。
2　《张寿镛两子昨日出绑》，上海《新闻报》1930年5月8日第4张第15版。

徐志摩致胡适"千字信"写作时间及其他[1]

四川龚明德先生是著名的现代文学史料研究专家,我几乎拜读过他所发表的每篇文章,包括《随笔》2022年第2期上的《徐志摩致胡适的千字信》。

徐志摩写给胡适的"千字信",已收入浙江古籍出版社2017年4月版《徐志摩书信新编》(增补本)和商务印书馆2019年10月版《徐志摩全集》,但排印错误实在太多。这封信现藏中国社会科学院近代史研究所中国近代史档案馆胡适档案内,为方便行文,兹据原件过录如下(标点符号系笔者所加):

适兄:

　　自宁付一函谅到。青岛之游想必至快,翻译事已谈得具体办法不?我回沪即去硖侍奉三日,老太爷颇怪中道相弃,母亲尚健最慰。上海学潮越来越糟。我现在正处两难,请为兄约略言之。光华方面平社诸友均已辞职,我亦未便独留,此一事也。暨南聘书虽

---

[1] 原载《名作欣赏》2022年第7期。

来，而郑洪年闻徐志摩要去竟睡不安枕，滑稽之至，我亦决不向次长人等求讨饭吃。已函陈钟凡，说明不就。前昨见罗、潘、董诸位，皆劝我加入中公，并谓兄亦云然，但我颇不敢遽尔承诺。果然今日中公又演武剧（闻丁任指挥），任坚几乎挨打。下午开董事会，罗让学生去包围。杏佛未到。结果当场辞职者有五人之多（丁、刘、高、王、蔡）。君武气急败坏，此时（星一夜十时）在新新与罗、董、潘议事，尚不知究竟，恐急切亦无所谓究竟也。党部闻欲得马而甘心，君武则大笑当年在广西千军且不惧小子其奈余何。但情形僵坏至此，决难乐观，且俟明日得讯再报。凡此种种，仿佛都在逼我北去，因南方更无教书生计，且所闻见类皆不愉快事，竟不可一日居，然而迁家实不易也。老家方面，父因商业关系，不能久离，母病疲如此，出房已难，遑言出门远行。小家方面，小曼亦非不可商量者，但既言移，则有先决问题三：一为曼即须除习，二为安顿曼之母（须耀焜在沪有事，能独立门户乃能得所），三为移费得筹。而此数事皆非叱嗟所能立办者，为此踌躇，寝食不得安靖。兄关心我事，有甚骨肉，感怀何可言宣？我本意仅此半年，一方结束，一方准备，但先以为教书可无问题，如兼光华、暨南，再事翻译，则或可略有盈余。不意事变忽生，教书路绝，书生更无他技，如何为活？遥念北地友朋如火如荼，得毋羡煞？幸兄明断，有以教我。文伯想尚在平日常相见，盼彼日内能来，庶几有一人焉可与倾谈，否则闷亦闷死了俺也。（北平一月骄养坏了！）徽音已见否？此公事烦体弱，最以为忧。思成想来北平有希望否？至盼与徽切实一谈。《诗刊》已见否？顷先寄一册去。《新月》又生问题，萧、陆不相能，怎好？我辈颇有去外洋卖胰子希望。此念双福

摩星一

这封信末尾仅署"星一",《徐志摩书信新编》整理者根据胡适1930年10月31日涉及"中公学潮"的一则日记,推断其写作时间为"1930年10月27日"。而《徐志摩全集》则直接沿用了这一说法。

龚明德先生通过"细读",发现徐志摩信中所说的"中公又演武剧",与胡适日记中所记的"中公学潮事",不是指同一起"学潮"。他围绕"已函陈钟凡,说明不就"和"《诗刊》已见否?顷先寄一册去"两个关键点,同时结合其他相关材料,重新考定了这封信的写作时间。

徐志摩编的《诗刊》季刊创刊号出版于"二十年一月二十日"(见创刊号版权页),即1931年1月20日。龚明德先生说他所存用的影印件"不见出版时间",但他根据创刊号上徐志摩《序语》文末所署的写作时间——"十二月二十八日",认为徐志摩致胡适"千字信"的写作时间"只能在一九三一年一月中下旬,甚或其后"。这一判断是十分准确的。

1931年2月7日,徐志摩在写给胡适的一封信中说,陈钟凡力邀其到暨南大学执教,聘书已送给了他。他应允三天内答复陈钟凡,"今天已是第三天",但是否就聘"还是决定不下"[1]。2月8日,徐志摩致信陈钟凡,明确表示"无以应命","聘书容即检还"[2]。因徐志摩在致胡适"千字信"中有"已函陈钟凡,说明不就"的述说,故龚明德先生进一步认定此信是写于"二月九日,而不是此前或者此后的某个'星一'"。

按说,龚明德先生的考证如此之精密细致、丝丝入扣,其关于这封"千字信"写作时间的推定是毋庸置疑的。问题在于,2月9日

---

[1] 《徐志摩全集》第8卷,商务印书馆2019年版,第45—46页。
[2] 吴新雷等编纂:《清晖山馆友声集》,江苏古籍出版社2001年版,第326—328页。

是否就是徐志摩所说的"中公又演武剧"的"今日"？换言之，2月9日这一天，"中公"是否"又演武剧"了？这封信与徐志摩2月7日致胡适信、2月8日致陈钟凡信，是否可以形成相互印证的证据链？

"中公学潮"是备受社会广泛关注的一件大事，是当时沪上或外埠报纸跟踪报道的热点之一。经查，2月9日及其后，未见有报纸刊登"中公又演武剧"的消息[1]。

关于"中公又演武剧"及校董辞职事，1931年2月3日的上海《申报》《时事新报》《民国日报》《新闻报》《时报》等报纸均有报道。其中，《申报》上的一则题为《中公学潮昨有变化》的消息最为详细，不妨节录如下：

演凶剧激动公愤 马君武目睹近日情形，自知风势不佳，拟作孤注一掷，于昨晨使罗隆基等率领代表团学生，凶殴同学，大肆破坏，激动全体学生公愤，作自卫冲突以后，马君武仓皇离校。诸学生即将各办公室暂行封锁，静候校董会派员接收。校内秩序闻已由吴淞七区公安局及驻防营部共同派有军警维持。

又讯：中公公学自马君武校长于前日召集教职员聚会后，一切事务，本可按步进行，不意少数同盟会份子，见学校日趋安定，不能达到破坏中公目的，于昨日呼啸二三十人，携带武器，蜂拥至中公，打毁学校办公室一切公具，同时用种种方法向爱护学校学生方面挑衅，意欲引起纠纷，造成恐怖局面。据闻此事已早有布置，并

---

[1] 1931年3月2日，天津《庸报》据"上海一日专电"，在第1版刊发了一则题为《中公风潮恶化》的消息："中国公学学生一日拒绝中央接收委员入校，并击毁秘书长汽车。接收委员会决定严办。全校空气紧张，标语纷飞，风潮忽转趋恶化。"但此时的徐志摩早已离沪北上了。

闻由校董会秘书某从中指挥。幸该校多数同学,力持镇静,并有熊营长极力维持,故未肇祸。后该校马校长亲自到校晓谕,一场纠纷,即告平息。

又讯:二月二日下午六时,中国公学校董会在沧洲饭店开临时会,出席者九人,议决接收蔡董事长子民先生,及校董王云五、刘南陔、高一涵、杨杏佛、丁燮音辞职书。[1]

1931年2月4日,上海《申报》刊发消息《党政机关调查中公学潮》,称2月2日"校中发生剧变后,蔡董事长即召集校董会临时会议,以谋解决。本定下午六时假蔡宅开会,嗣见马君武唆使代表团学生三人到场捣乱,乃临时改变地点在沧洲旅馆。抵沧洲旅馆共计实到校董蔡元培、高一涵、王云五、刘秉麟、杨杏佛、丁燮音及马君武等七人。正拟开会,而该三名捣乱学生又赶至会场。全场校董均大不满,于是提出总辞职。"

1931年2月7日,南京《中央日报》刊发消息《中国公学事变真相》,内中抄录了马君武"向教部等报告二月二日事变真相之原电"。马君武在电文中提到,指挥学生捣毁学校者是校董兼校董会秘书丁燮音。

除校董辞职人数稍有出入外,徐志摩信中所讲的与报纸上所说的大体一致。可见,这封"千字信"应该是写于"中公又演武剧"的当天,即1931年2月2日。这一天,正好也是"星一"。

这封"千字信"中,所谓"已函"的"函",不能坐实为2月8日表示"无以应命"的函。2月2日之前,徐志摩大概已经致信陈钟凡,"说明不就"。从徐志摩2月7日致胡适信来看,他虽"没有答

---

[1] 《中公学潮昨有变化》,上海《申报》1931年2月3日第20773号第9版。

应",但仍留有余地,"只说看情形再说"。嗣后,由于陈钟凡"一再惠驾"、屡次三番邀请,致使徐志摩一度举棋不定、犹豫难决。经过"审度情形",徐志摩最终决意辞掉暨南大学之聘,应胡适之召北上。

考证书信的写作时间,需要尽可能地占有文献资料。文献之不足,往往会导致考证结果欠准确、不足信。

1963年8月15日,周作人写过一篇《几封信的回忆》,同年12月1日发表在香港《文艺世纪》第12期。周作人抄录了凌叔华写给他的三封信,其中一封(第三封)全文如下:

周先生尊鉴:寄来《晨报副刊》投稿一份已收到,至为感激。投稿人不知为谁,不知先生可为探出否?日前偶尔高兴,乃作此篇小说,一来说说中国女子的不平而已,想不到倒引起人胡猜乱想。家父名实是F.P.Ling,唐系在天津师范毕业,并曾担任《今报》著作,稿中前半事实一些不错,后半所说就有些胡造。最可恶者即言唐已出嫁又离婚一节,若论赵氏之事亦非如稿中所说者,唐幼年在日本时,家父与赵秉钧(他们二人是结拜兄弟)口头上曾说及此事,但他一死之后此事已如春风过耳,久不成问题,赵氏之母人实明慧,故亦不作此无谓之提议矣。那投稿显系有心坏人名誉,女子已否出嫁,在校中实有不同待遇,且瞒人之罪亦不少,关于唐现日之名誉及幸福亦不为小也。幸《晨报》记者明察,寄此投稿征求同意,否则此三篇字纸,断送一无辜女子也。唐日前因女子问题而作此小说,有人想不到竟为之画蛇添足,此种关于人名誉的事,幸报上尚不直接登出,先生便中乞代向副刊记者致我谢忱为荷。余不尽言,专此并谢,敬请时安。学生凌瑞唐上言。

再者学生在燕大二年多,非旁听生,那投稿人想是有意捏造。

此人想因在英文文学会中，被我证明其演说之错误，（因我为古人抱不平之故，）同学诽笑之，故作此龌龊之报复手段耳。又启。

信中所谓"此篇小说"，即《女儿身世太凄凉》。某人看过这篇小说，写了一篇批评，投给《晨报》副刊。《晨报》副刊记者为"征求同意"，托周作人将"投稿"转寄凌叔华。凌叔华认为，"那投稿显系有心坏人名誉"，"投稿人"之所以"作此龌龊之报复"，大概是因其在英文文学会演讲时，被她"证明其演说之错误"。

这封信未署写作时间，周作人说"看邮局消印是十三年一月二日"。

龚明德先生曾在《博览群书》1999年第5期上发表了一篇《凌叔华的四篇佚文》，对凌叔华这封信的写作时间进行了考辨。他说：

这封信没有写信日期，周作人特意注明"看邮局消印是十三年一月二日"，照理，该相信周作人的话：他是亲眼查验日戳。然而，这里知堂老人眼花，不足信。凌叔华《女儿身世太凄凉》1924年1月13日才发表，"十三年一月二日"前断无读者对小说发表意见的"投稿"寄给报社！查周作人日记，1924年1月21日项下有"得凌谢二女士函"。计算一下，小说发表，阅读小说的人读后写"投稿"，寄往报社，报社转周作人，周作人转凌叔华，最终由凌叔华写这被保存在周作人文中的第三封信，一周时间足矣。这样，再据周作人日记，凌叔华上录第三封信写于1924年1月20日。当年的邮局收信发信都很及时，从鲁迅日记可找出大量例证。经这一推测，可信周作人把邮戳上的日子少认了一个零。

凌叔华的短篇小说《女儿身世太凄凉》，曾经周作人推荐，发表在《晨报副镌》1924年1月13日1924年第7号，署名瑞唐。龚明德先生认为："凌叔华《女儿身世太凄凉》1924年1月13日才发表，'十三年一月二日'前断无读者对小说发表意见的'投稿'寄给报社！"因此，他怀疑周作人人老眼花，"把邮戳上的日子少认了一个零"，推测邮戳上的时间应该是"十三年一月二〇日"。据我所知，民国时期，邮戳上的日子似不用"二〇"，而作"二十"。不过，就算周作人"把邮戳上的日子"确实"少认了一个零"，也不可将邮戳上的时间径直视为这封信的写作时间。

其实，早在1923年12月9日，《女儿身世太凄凉》就已发表在《北京女子高等师范周刊》第47期，署名瑞唐女士。文末附"著者注"："这篇小说，事真不真读者当不着急问的，女人的解放与不解放，及社会法律，对女子有什么责任这是目下要紧的题目。"[1]那位"投稿人"所阅读的应该是《北京女子高等师范周刊》上的这一篇，而不是《晨报副镌》上的那一篇。如此看来，知堂老人并没有"眼花"，他的话是可信的。

以上关于徐志摩和凌叔华两封书信写作时间的辨正，不知龚明德先生以为然否？

补记：

此文发表后，扬州大学金传胜兄告知，他在《徐志摩史料考辨三则》（刊《新文学史料》2019年第4期）一文中也考订过"千字信"的写作时间。金文虽较为简略，但所得结论与我无异，可供识者参考。

---

1 这则"著者注"未收入《凌叔华文存》（四川文艺出版社1998年12月版）等各种凌叔华文集。

徐志摩译文《"现代的宗教"》[1]

1924年4月12日,泰戈尔应讲学社邀请访华。其间,他先后到过上海、杭州、南京、济南、北京、太原、武汉等地,作了十余场演讲。徐志摩一直陪侍泰戈尔左右,泰戈尔的演讲几乎都是由他现场口译的。当时,众多报刊对泰戈尔的行踪都作了及时报道,但对泰戈尔演讲的内容多是限于述其大意,鲜见刊载完整的译文。之所以如此,盖因讲学社已公开声明,请徐志摩译记、汇编泰戈尔演讲录,并委托商务印书馆一家印行:

本社为传布泰戈尔学说起见,将其在华讲演,请徐志摩君译记并汇编泰戈尔讲演录,分期刊布,委托上海商务印书馆一家印行,业已呈请注册。除各日报得片段登载外,无论何人不得转载或另印单行本。特此声明。[2]

已知徐志摩翻译的几篇泰戈尔在华演讲稿,都是于泰戈尔访华

---

[1] 原载《书屋》2022年第8期。
[2] 《讲学社启事》,上海《时事新报》1924年4月19日第5841号第1版。

之旅结束后发表的。具体如下：

《一个文学革命家的供状》，载《小说月报》1924年6月10日第15卷第6号。

《太戈尔讲演录》，载上海《时事新报·学灯》1924年7月1日第6卷第7册第1号，此篇为"第一讲"；又载《小说月报》1924年8月10日第15卷第8号，题为《第一次的谈话——四月十三日上海慕尔鸣路三十七号园会》。

《告别辞——五月二十二〔八〕，上海慕尔鸣路三十七号的园会。》，载《小说月报》1924年8月10日第15卷第8号。

《清华讲演——五月一日，一九二四。在清华学校。》，载《小说月报》1924年10月10日第15卷第10号。

《飞来峰——译泰戈尔在杭州讲演原稿》，载《京报副刊》1925年3月1日第75号。

1924年5月29日，徐志摩随泰戈尔离开上海，转赴日本访问。7月初，离开日本，并专程送泰戈尔至香港。归国后，到庐山小天池休养约一个半月，集中翻译泰戈尔的演讲稿。《告别辞》《清华讲演》《飞来峰》就是在这期间所翻译的。同时，他还翻译了四篇泰戈尔在日本的演讲稿：

《国际关系——太戈尔在东京讲演》，载《东方杂志》1924年8月10日第21卷第15号。

《大阪妇女欢迎会讲词》，载《晨报·文学旬刊》1925年3月5日第63号。

《大阪女子欢迎会》，载《晨报·文学旬刊》1925年3月15日第

64号。

《科学的位置——太戈尔在日本西京帝国大学讲演》,载《东方杂志》1924年9月25日第21卷第18号。

上述译文,商务印书馆2019年10月版《徐志摩全集》已悉数收录。不过,仍漏收了一篇《"现代的宗教"——四月十七,一九二四,泰戈尔在上海日本人欢迎会讲演》。这篇译文载《京报·文学周刊》1925年3月7日第11期,题下署"徐志摩译述"。

《文学周刊》是《京报》附设之第6种周刊,创刊于1924年12月13日,由星星文学社与绿波社共同编辑,每周六随《京报》附送(常因故脱期)。负责通信联络者始为张友鸾,第4期改为周灵均、焦菊隐,第14期改为张友鸾、焦菊隐。1925年8月15日出至第31期,改由文学周刊编辑处编辑,张友鸾、于成泽(毅夫)、姜公伟等负责编辑、发行事务。1925年11月28日出完第44期后停刊。星星文学社,1922年春由张友鸾与北京平民大学同学周灵均、黄近青等人组织[1]。绿波社,1923年2月成立于天津,社长赵景深,社员有于赓虞、焦菊隐等。嗣后,绿波社在北京、长沙、上海等地设立分社,张友鸾、周灵均等星星文学社社员也加入了绿波社。

徐志摩与星星文学社和绿波社社员多有交往。1922年10月,徐志摩回国后,一度兼任平民大学教授。他曾应张友鸾之邀写过一篇《茞茨的夜莺歌》,发表在《平民大学周刊》上[2]。1923年,"南开暑期学校请徐志摩讲英国近代文学,听讲者四十余人,绿波社社员大半都入了学,专听他讲演"[3]。星星文学社和绿波社创办《文学周

---

[1] 关于星星文学社成立的时间,说法不一。笔者所据为星星文学社致《文学旬刊》记者函,载《晨报·文学旬刊》1923年9月21日第12号。
[2] 后又载上海《小说月报》1925年2月10日第16卷第2号,题为《济慈的夜莺歌》。
[3] 赵景深:《天津的文学界》,上海《时事新报·文学》1924年4月21日第118期。

刊》，张友鸾等人自然会向徐志摩约稿，徐志摩自然也是支持的。

除《"现代的宗教"》之外，徐志摩还在《京报·文学周刊》上发表了4篇作品：

《为谁》，载1924年12月13日第1期。

《再说一说曼殊斐儿（乘便跑一跑野马）》，载1925年1月31日第6期。

《夜深时》，曼殊斐儿著，徐志摩译，载1925年1月31日第6期。

《恋爱到底是什么一回事？》，载1925年8月22日第32期"诗的专号"。

《为谁》初收中华书局1925年8月版《志摩的诗》，《恋爱到底是什么一回事？》初收新月书店1928年8月版《志摩的诗》，商务版《徐志摩全集》在其题注中均称"写作时间和发表报刊不详"，故将这两首诗分别系于1925年和1928年。《徐志摩全集》所收《再说一说曼殊斐儿》和《夜深时》，采自《小说月报》1925年3月10日第16卷第3号上的再刊本，其题注中也未著录这两篇作品在《京报·文学周刊》上的刊载信息。1925年3月，徐志摩赴欧洲漫游，答应给《文学周刊》寄一点"通讯"[1]，但未见刊载。

《"现代的宗教"》是泰戈尔1924年4月17日在上海日本人欢迎会上的演讲。关于这次演讲，4月19日的上海《时事新报》作了简要报道：

---

[1] 鸾：《我们的杂记》，北京《京报·文学周刊》1925年3月28日第14期。

此次印度诗人太戈尔氏来沪，国人竭诚欢迎情形，迭见前报。本埠日侨方面，亦于前晚七时在蓬路日人俱乐部设宴招待，欢迎太氏及其同来人士，主客共约三十人。席中主人方面由樱木氏起述欢迎辞，太氏逊谢，至八时二十分左右散会。太氏随赴北四川路日本小学校演讲，往听者约达千人，内印度男女亦有数十名。首由池田绍介太氏登坛演讲，太氏先表示谢意，次述前此游日时，对于日本并日人印象之一端，谓日本之文明，虽有西洋化之处，若据余所见，日本尚存有自昔传来之真文明，继对现代物质文明有所批评。约历一时许讲毕，即返沧洲别墅。[1]

泰戈尔是以"诗人"的身份，"用英语对大众讲演"。从《"现代的宗教"》来看，确如报道中所说的，泰戈尔"先表示谢意，次述前此游日时，对于日本并日人印象之一端，谓日本之文明，虽有西洋化之处，若据余所见，日本尚存有自昔传来之真文明，继对现代物质文明有所批评"。《"现代的宗教"》文末署"志摩，小天池，八月十九日"，可见这篇演讲稿也是徐志摩在庐山时翻译的。

1925年4月，郑振铎所编《太戈尔传》由商务印书馆出版。在序文中，郑振铎说："太戈尔在中国的讲演，俱由我的朋友徐志摩君为之记录，他现在正在整理这个讲演集，大约不久即可出现。"遗憾的是，徐志摩翻译、整理的泰戈尔演讲集始终不曾单独印行。

附：

"现代的宗教"

四月十七，一九二四，泰戈尔在上海日本人欢迎会讲演

---

[1] 《日侨欢宴》，上海《时事新报》1924年4月19日第3张第1版。

你们在上海的日本人要我到这里来,我是很欢喜趁这个机会来看见你们。我不是天生的演说家,我更不惯演说,英语又不是我自己的语言,所以每次有人请我用英语对大众讲演,我总觉得胆小,不自在,今天我敢来的缘故因为我猜想你们并不认真的盼望什么讲演——你们无非要见我的面,听我的声音。

今晚在座的大概不少曾经见过我的,我上次在日本的时候,或许竟有那天到东京车站上来欢迎我的也说不定,我总记得你们那回异常的荣宠,但这并不是最重要的事。我曾经有机会亲切的结识你们的人民。我住在他们的家里,做他们的家里人,我平常在书上念着说你们日本人是人生不很直爽的,但我那会来结识你们,亲近你们,却并没有什么困难。

我今天答应你们的约会,一半是为你们上回接待我的盛意永远在我心里留下了印迹,使我时常愿意有机会和你们亲近,但同时我也得声明我接受你们的邀请也为我做诗人的职业的尊严,你们致意欢迎我因为我是一个诗人。这我不看作是我个人的光荣,我知道在我们东方诗人依旧占有他受尊敬的地位,在我们优波尼沙陀经典里上帝自身的尊称就是至高的诗人。虽则在你们里面大多数人并不知道我的作品,少数知道的亦只凭借不完全的翻译,但我诗人的名誉却在你们的心里占住了一个尊荣的位置。这一点最使我自负,不为我自己的关系,却为这样的尊敬最是证见你们文明的本质。

但东方的人民亦正忙着借用西方的文化与方法,甚至于心想的境界亦沾受了他们的彩色,因此我对于你们今晚请我的意思不免有几分疑虑。你们知道我凭着运气好在西方得到了声名得到了诺贝尔的奖金。我却不预备你们这样过分的夸张我的财富,方才你们主席说我捐一千万金办我的学校,我听着了那话都觉得头眩。我不由的不忖度你们邀请我的意思,这类的消息能否曾经影响你们欢迎我的决定。但是我盼望，这只是我自己的多心。

在东方，诗人们曾经受人敬，受人爱，圣哲的先觉从不曾遭受非分的凌辱，那是分明的事迹，如其你们记得古代从印度来的大师带着他们真与爱的使命在你们人民的心窝里寻得他们的平安与乡土。你们不但不怪嫌他们的生疏，并且曾经容许他们传布他们带来的宗教。

为他们你们曾经广开你们的大门。你们不曾颁布限制他们进口的法令。他们终身住在你们国内，生时与身后有得享受的是灵魂的平安。在我们看来这优待远客的恩情即是文明。我知道在东方淳朴的民间到如今还保存着这种朴茂的精神，在现代毒性的种族仇恨与民族自大主义旁薄的时代，我们才知道优美的天性是怎样的难能与可贵。

上次到日本的时候我也逢着了矫揉过的现代的日本，受过西方学校训练的日本。我也曾隐约的辨认政治的日本与专鹜强力与金钱的日本，那是硬性的，唯我主义的，嫉忌的，缺乏人道的。我不来单独的责备日本。世界上得意的国家，那一处不是如此，他们甘心拿温和的人道，换来机械性的组织与习惯，到处只是这单调的样式压灭着活泼的生气。你们要知道政治的日本与商业的日本不是真的日本，不是活着的日本。因为假的面具是可以从同一的印模无限的复制，现代政治与商业的生活却只是面具。你们自己张眼来看，纽约，加尔各搭，上海，香港那些地方还不是从同一的印模里做成的东西，到处只是硬性的无生命的面具，涂画着贪淫与暴戾的骇人的丑态。

所以我并不是不准备遭受猜忌与排斥的，如其我曾经领略过你们日本政治的精神，或是任何势利民族的干涉，禁阻我领受你们人民的恩情，那也正是事理的当然。有势力与有钱的人们竟许当着我的面紧阖他们的门户，因为他们知道理想有的是炸裂与轰发的力量。假如我在英国或是美国或是别的西国受人的猜疑与反对我是决不诧异的。那本来是他们对待理想主义者的习惯的办法，他们岂不曾经请辩护自由与人道的哲士尝味牢狱的惨酷。要是耶稣基督在今日出现时他们定会得拿他生生的钉死在十字架上，因为耶稣如其眼见这人类互残的惨剧他难道忍得住不高声的呼吁和平？我们东方历史上有的是圣贤们，他们的训道是反抗时尚的信仰与惯习，但他们还不是一样的受当代人的尊敬？这种精神，我希望，依旧活着在东方，因此你们请我来我是最高兴不过的，你们并不怎样的深知我，你们只是慕我的名望。我在西方曾经看见他们发疯似的趋向某某胜利的拳击家或是电影的明星，要是有巨万万的富豪过路时他们争着来看他，即使扭断了颈骨都不会得反悔的。

我们东方人希望能幸免这猥浊的大难。这类体力的崇拜引起我们的盲从时，我们就泄露我们性情的一点，那是粗的野蛮的，纯粹原民的个人性的，那拳击家畸形的发展他的筋骨与巧捷，并没有什么道德的或是社会的价值。但诗人，或是先觉者，或是圣哲却是深深的住在男子与女子的生命里，他们的使命是在心与心间的沟通与连贯。这神奇的创作，这人类的文明，便是他们手造的成绩，他们的意境流传在人间便是一贯物质世界矛盾现象的美的象征，他们才是值得我们的崇仰，不是那棍球的队长或是出名的拳师。在原人时代自然界里怖人的与强有力的事物最是刺激，迷蛊他们的想像，为此我们的崇拜与宗教有人说是起原于长惧一切产生恐怖的事物。

权力的地位在现在世界上是极分明的，金钱的权力，机关枪与掷炸弹飞机的权力，为此我们本性里躲着的野蛮人就发生相当的畏惧，虽则这些权力的本质是绝对非精神的，非道德的。这权力的恶魔，在我们当首的上海就有他的龛座，像从前野蛮人用活人来谄媚他们的淫祀,现代的人们亦何尝不牺牲了生灵来奉承这贪淫的恶魔。但人类曾经发达他们精神的宗教,根据于道德的理想主义,已经放弃他们单纯破坏势力的迷信。我们今天就在等候着那道德的理想,等候着生活的精神的标准,来救护人道的尊严,超度人们信仰暴力的堕落。

所以我祈求你们,朋友们,不要献致我欢迎与敬意就为我是曾经成功的。那是不纯净的,并且假使你们是那样的存心,我也不来接受的。假如你们有理想的信仰,假如你们以为诗人的使命是在提倡这信仰,为他抵御一切摧残的势力,假如你们有诚意把你们的敬与爱献给一个相信人的精神性的诗人,那时我敢不谦卑的,同时也自傲的收受这样的情意?

　　　　　　　　　　志摩,小天池,八月十九日

郁达夫佚简两通考释[1]

一、致陈大齐（1929年9月30日）

1929年9月，国民政府任命蔡元培为北京大学校长，在其未到任前，以陈大齐（百年或伯年）代理[2]。陈大齐履新伊始，即电函郁达夫，聘其为北京大学国文系教授。9月30日，郁达夫在安庆安徽大学接到聘函后，给陈大齐写了一封信。全文如下：

百年先生：

　　顷接由上海转来沁电，敬悉先生招我去北平膺讲席，感激之至。但王星拱先生因安大接手过迟，找不到人教书，硬拉我来此相助。北平电报来时，已在我到安庆之后，所以今年年内，无论如何，是已经不能上北平来了。敢请给假半年，俾得在这半年之中稍事准备，一到明年春期始业，定当遵命北上，与先生等共处。此事

1　原载《现代中文学刊》2015年第6期。
2　在陈大齐代理期间，蔡元培一直未到任。1930年12月，国民政府任命蒋梦麟为北京大学校长。

前已与启明先生谈及，大约此信到日，启明先生总已将鄙意转达。好在北平教书者多，缺席半年，谅亦无大碍耳。匆此敬复，并祝康健，幼渔先生处乞代候。

达夫谨具 九月三十日

此信载《北大日刊》1929年10月14日第2254号"函电"栏，题名为《郁达夫先生致陈代校长函》，浙江大学出版社2007年11月版《郁达夫全集》失收。

据郁达夫日记记载，1929年9月17日，他"午后接安徽省立大学来电，聘为文学教授，月薪三百四十元。想了半天，终于答应去教半年试试，就复了他们一个电报"。9月27日乘船赴安庆，29日抵达安徽大学。30日晚"接北大来电，促我北行，除已令学校打电报去外，因又作书一封寄陈伯年"[1]。安徽大学校长王星拱遵郁达夫之"令"，于当晚给陈大齐发了一封电函，明确告知"郁达夫先生已来皖就安大教授，北大乞另设法"[2]。

早在1929年9月19日，郁达夫就曾致信周作人。信中说，外间谣传他"已经应了北京燕京大学之聘，去作什么文学系的主任了。并且薪水数目也有，到校的日期也已经过，弄得大家来问我究竟"。又："我打算丁一礼拜后，动身到安徽去。到了安庆以后，当再作书告知。以后的通信处，是安庆安徽大学了。"[3]郁达夫的这封信，周作人是9月22日收到的[4]。郁达夫在致陈大齐信中说："此事前已与启明先生谈及，大约此信到日，启明先生总已将鄙意转达。"

1　《郁达夫日记》，《新文学史料》1985年第3期。
2　《王星拱先生致陈校长电》，《北大日刊》1929年10月2日第2245号。
3　《郁达夫书信集》，浙江文艺出版社1987年10月版，第110—111页。
4　《周作人日记》中册，大象出版社1996年12月版，第708页。

北大方面或许正是从周作人那里了解到这一情况后，才赶紧以电报的形式给郁达夫发聘函的。

郁达夫原准备给安徽大学预科生每周讲授两个钟头的"文学概论"，却遭到安徽省教育厅厅长、安徽大学前校长程天放的攻击。程天放视他为"堕落文人"，并把他列入"赤化分子"名单，欲谋加害。郁达夫得友人邓仲纯事前通知，终幸免于难。10月6日，他在日记中写道："从安庆坐下水船赴沪，行李衣箱皆不带，真是一次仓皇的出走。"[1]郁达夫本想在安徽大学教半年书，结果从正式就任到仓皇出走，前后待了还不到十天。

对这次就聘安徽大学的不愉快的经历，郁达夫一直耿耿于怀，对安徽大学未按约定支付薪金尤为不满。1930年1月7日，他"发电报一，去安徽索薪水"。15日，"午膳后发快信一封去安庆催款"。18日，"知去安庆的屠孝䕫已回来到了上海。午后去看他，晓得了安徽大学的一切情形，气愤之至，我又被杨亮工卖了"；"晚上神州国光社请客，对许多安徽人发了一大篇牢骚"。29日，"去访一位新自安徽来的人，安徽大学只给了我一百元过年。气愤之至，但有口也说不出来。"31日，"想起安徽的事情，恼恨到了万分。傍晚发快信一封，大约明后日总有回信来，我可以决定再去不再去了。"2月1日，"午后有安徽大学的代理人来访，说明该大学之所以待我苛刻者，实在因为负责无人之故，并约我去吃了一餐晚饭，真感到了万分的不快"。18日，"早晨去北四川路，打听安徽的消息，即发电报一通，去问究竟"。19日，"傍晚接安庆来电，谓上期薪金照给"。21日，"早晨又去打了一个电报去安庆，系催发薪水者，大约三四日后，总有回电到来"。28日，"晚上命映霞去安庆搬取书籍，送她

---

1 《郁达夫日记》，《新文学史料》1985年第3期。

上船"[1]。经与安徽大学多次交涉后,王映霞代郁达夫总算要回了安徽大学应当支付给他的那笔薪金。

与此同时,北大方面始终未放弃邀请郁达夫北上任教。1930年2月24日,周作人来信催郁达夫北去,郁达夫"复了一个电报"并于次日给周作人发了一封快信[2]。2月27日,《北大日刊》第2349号刊出《国文学系通告》,称:"顷校长得郁达夫先生二十四日复电,已允本学期来校授课。其上课日期及时间,俟郁先生莅平后再行宣布。"3月7日,马幼渔来挂号信,促郁达夫速去北大,他复信说"于三月底一定到北平"[3]。但不久,郁达夫因患严重的结核性痔漏,只得暂时中止了北行计划。3月17日,郁达夫致信周作人,信中说:"前函发后,已决定北行。但于启行之前,忽又发了结核性痔漏。现在正在医治,北平是不能来了。已托李小峰及陶晶孙两兄写信通知,大约总已接到了罢?"3月27日,这封信被作为附录附在《北大日刊》第2372号所载《国文学系教授会通告》之后[4]。4月1日,郁达夫"接北平大学及北平师范大学聘书,系由周作人先生转寄来者,就写了一封复信"[5]。5月2日,"接北平周作人氏来信,马上复了他一封告知病状,预定北行日期的短柬"[6]。6月中旬,郁达夫的痔漏病完全好了,可是他又不想去北平了。6月23日,他在致周作人信中说:"下半年的事情,大约也很渺茫,因此我也想不再上北

---

1 《郁达夫日记》,《新文学史料》1985年第3期。
2 《郁达夫日记》,《新文学史料》1985年第3期。
3 《郁达夫日记》,《新文学史料》1985年第3期。
4 《国文学系教授会通告》称:"郁达夫先生原定本学期到校授课,三月七日由沪致马幼渔先生函,定由海道北上,约本月底抵平,不料临行之前,郁先生忽然患病,暂时中止来平。"浙江大学出版社2007年11月版《郁达夫全集》所收此信,系据《大地》1981年7月第4期所载编入,与《北大日刊》本在文字、标点上稍有出入。
5 《郁达夫日记》,《新文学史料》1985年第3期。
6 《郁达夫日记》,《新文学史料》1985年第3期。

平来了，横竖在南在北，要被打倒是一样的。"[1]郁达夫之所以做出这样的决定，恐怕是另有"苦衷"的。上半年，他因领衔加入中国自由运动大同盟，遂遭到国民党浙江省党部警告并呈请南京政府通缉。北方的《骆驼草》创刊号刊发署名文章，声称郁达夫、鲁迅等人发表《中国自由运动大同盟宣言》是"丧心病狂"之举，是为了引起当局重视，以求"文士立功"[2]。郁达夫虽加入了中国左翼作家联盟，但对"左联"的某些理论纲领和具体做法表示不满，"左联"内部也对其小资产阶级的个人主义倾向很不满意。基于这样的环境和压力，难怪郁达夫发出"横竖在南在北，要被打倒是一样的"的感叹，而这大概也是他"不再上北平"的主要原因。

尽管如此，北大方面仍然力邀并期待郁达夫北往。1931年3月29日上午，北大国文学会在第一院第一教室召开全体大会，讨论通过了"郁达夫先生是否能来，请函询本系主任"的临时动议[3]。4月2日，周作人看到《北大日刊》第2597号上的《国文学会全体大会纪录》后，给翟永坤（资生）写了一封信，说："上星期五"（即3月28日）王映霞来电问郁达夫已到北平否，他因以前对此事毫无所知，于是在复电中据实相告。第二天，他又给王映霞去信询问详情。"唯截至今日不见达夫到来，不知何故。大约达夫已离沪，或声言来北平，至于何以未到则是疑问，亦稍令人忧虑也。"[4]4月5日，周作人再次致信翟永坤，称收到郁达夫来信，得知其曾暂离上

---

1 《郁达夫书信集》，浙江文艺出版社1987年10月版，第115页。
2 丁武（废名）:《"中国自由运动大同盟宣言"》，北平《骆驼草》周刊1930年5月12日创刊号。从郁达夫日记可知，他是见过《骆驼草》周刊的。
3 《国文学会全体大会记录》，《北大日刊》1931年4月2日第2597号。
4 《翟永坤启事》，《北大日刊》1931年4月4日第2599号。《翟永坤启事》："昨日接周先生来信，关于郁达夫先生事，有所叙说。特将该信发表于此，以当转告关心郁先生者。至于以后消息如何，仍待周先生报告。"

海,现已回去。关于功课事,郁达夫是这样讲的:"暑假之后决计北上,以教书为活,大约暑假前后当有详信奉告。"[1]7月6日,郁达夫致信周作人,信中云:"溯自两三年来,因无业而累及先生者,不知几多次。心里头的感激,真没有言语可以形容。这一回的北来,恐也终不能成为事实,所以幼渔先生处,并不发信去问,怕又要踏去年之迹,再失一次信,负一次约也。"[2]郁达夫非常感激周作人两三年来对他的关心和帮助,同时说明"这一回"恐怕又要失信、负约了。至此,郁达夫三年前就在致陈大齐信中许下的"一到明年春期始业,定当遵命北上,与先生等共处"的诺言,终因种种原因而未能兑现。

二、致赵龙文(1938年4月2日)

……(上略)临沂临城台儿庄等处大捷,此间上下欢跃,正在开盛大之祝捷筹备会。属为《大风》撰稿,极愿。现因初到,诸事未接洽就绪,所以要等一下,才能为写。抗战已入二期,中央对财政,对军事,绝有把握。国共的合作,各党派系的精诚团结,也日见巩固。三月廿七日,我在武昌珞珈山友人处,下午三时,兽机大批来炸,投弹百余枚,在徐家棚车站附近。我民众死伤者虽众,但连小学生,老百姓,都拼了死命,替政府所贮藏在附近之货物,给养品搬运。结果,只死了些老弱妇孺,而弹械粮食,油煤等件,损

---

[1] 《翟永坤启事》,《北大日刊》1931年4月10日第2601期。《翟永坤启事》:"迳启者,关于郁达夫先生事,已得周岂明先生来信,今把原信抄录在下面,给大家看看——"

[2] 《郁达夫书信集》,浙江文艺出版社1987年10月版,第117页。

失极微,这岂不是我们民族复兴的好现象么?

近作两首,另纸抄奉,或可在《大风》上作补白之用。……(下略)

弟郁达夫上 四月二日

此信作于1938年4月2日,载同年4月13日《大风》第17期。《大风》系三日刊,1938年2月创刊于浙江金华,大风三日刊社编行。始为小型报纸形式,自1938年3月10日第7期起改为十六开本。其社址原在金华八泳门外紫岩路一号,后因战乱迁往萧山楼家塔。在《大风》上,郭沫若、茅盾、冯雪峰、邵荃麟、田汉、臧克家、聂绀弩、马蜂、陶行知、黄药眠、孙用等名家均有作品见载。与郁达夫的这封信同期刊发的就有林语堂的《中日战争的我见》、赵景深的《三勇士》(大鼓)等。

在郁达夫信前,有"编者"一段按语:"郁达夫先生近由福州赴武汉,已于日前到达,曾致函赵龙文先生,略述武汉最近敌机轰炸之情形,并附寄近作诗二首。兹经征求赵先生同意,将该函暨其新作一并刊载于此。"可见,郁达夫的这封信是写给赵龙文的。

赵龙文(1902—1968),字华煦,号遯庵,浙江义乌人。南京东南大学毕业后,做过厦门集美师范学校、杭州省立第一中学教员。1930年,经胡宗南介绍,任汉口市政府秘书兼第一科科长。1934年,由戴笠推荐,任浙江警官学校校长,兼任浙江省警察局局长。后历任浙江四区(金华)行政督察专员兼浙江抗卫总部第一支队司令、甘肃省政府委员兼民政厅厅长、南京国民政府粮食部次长、贵州省政府委员兼民政厅厅长等。1950年去台湾。1968年,在台北逝世。著有《论语今释》《孟子今释》《火焰的人生》等。他曾在《大风》上发表《桐庐道中》《如何使用新战术》《予打击者以打击》《抗战期中之发动民众问题》《情报人员应有的特性》等近十篇文章。

郁达夫与赵龙文交往比较密切,在其遗留下来的日记、书信中多次提到他。如,1935年6月30日,下午"二时后,赵龙文氏夫妇来,与谈天喝酒到傍晚;出去同吃夜饭,直至十点方回"[1]。1937年3月15日,在致日人小田嶽夫信中称"警察局局长赵龙文"是他的"朋友"[2]。此外,郁赵之间也偶有诗词唱和。1935年,赵龙文在赠郁达夫扇面上题了两首诗,一为于右任《读史》,一为赵氏自己所作。11月2日,这两首诗以《题赠郁达夫》为题,发表在《越风》半月刊第2期。郁达夫和了两首诗,发表在《越风》半月刊11月16日第3期,题为《卜筑和龙文》[3]。11月28日,郁达夫在日记中说他所和之作,"倒好做我的四十言志诗看"[4]。因郁达夫诗中有"苟活人间再十年"之句,而恰巧十年后,他被日本宪兵暗杀于苏门答腊岛,故有不少人将其和作称之为"诗谶"。

1938年3月9日,郁达夫应国民政府军事委员会政治部第三厅厅长郭沫若邀请,辞去福建省政府公报室主任职务,转道浙江,于3月下旬抵武汉,被任命为第三厅少将级设计委员。3月27日,到汉口总商会礼堂参加中华全国文艺界抗敌协会成立大会,被选为理事。下午,返回武昌,上珞珈山访武汉大学友人。3时许,日机开

---

1 《梅雨日记》,《郁达夫全集》第5卷,浙江大学出版社2007年11月版,第377页。

2 《致小田嶽夫》,《郁达夫全集》第6卷,浙江大学出版社2007年11月版,第267—268页。

3 此诗又题《赵龙文录于右任并己作诗题扇面贻余,姑就原诗和之,亦可作余之四十言志诗》。

4 《冬余日记》,《郁达夫全集》第5卷,浙江大学出版社2007年11月版,第395页。

始轰炸徐家棚机车场、材料厂、工人宿舍区及附近地区。据中国第二历史档案馆所藏1937—1939年《湖北省境内敌机空袭调查表》（档号六—639—4），这次空袭，日机"投大型炸弹8枚，小型炸弹83枚，共91枚，炸死87人，炸伤110人，炸毁民房150栋，炸毁铁路局房屋6间，炸毁车皮4辆"。空袭所造成的人员伤亡和财产损失，不可谓不惨重。但政府贮藏在附近的弹械、粮食、油煤等货物和给养品，由于民众拼死搬运而"损失极微"。郁达夫把广大民众的这种为了国家利益而将生死置之度外的行为，看作是"我们民族复兴的好现象"。

在武汉期间，郁达夫怀着满腔的爱国热情，积极投身于抗日救亡宣传活动。写完致赵龙文信的第二天，他在冯玉祥宅参加"文协"第一次理事会，被推选为常务理事、研究部主任和《抗战文艺》编辑委员。4月中旬，他以政治部代表兼"文协"代表的身份，与盛成等人深入台儿庄等前线慰劳将士，走访鲁苏豫三省，视察陇海津浦线各地防务。5月初，返武汉。6月下旬，又奉命去浙东、皖南视察。7月初，回武汉。郁达夫根据自己的所经所历所见所闻，撰成《平汉陇海津浦的一带》《黄河南岸》《我们只有一条路》《抗战周年》等战地报告、政论和杂感，表达了抗战到底的决心和抗战必胜的信念。

郁达夫"抄奉"的两首近作，在《大风》上刊载时，附在致赵龙文信后，总题为《近作二首》，署名郁达夫。这两首诗是：

闻鲁南捷报晋边浙东亦各有收获而南京傀儡登场

大战临城捷讯（报）驰，

倭夷一蹶竟难支，

拼成焦土非无策，

痛饮黄龙自有期。
晋陕河山连朔漠,
东南旗鼓奋编师,
笑他优孟登场日,
正是斜阳欲坠时。

廿七年黄花岗烈士纪念日作
年年风雨黄花节,
热血齐倾烈士坟;
今日不弹闲涕泪,
挥戈先草册倭文。

  这两首诗名为"近作",但并非"新作",亦非初刊。在《大风》刊出前,已在报纸上发表过。第一首原载1938年4月7日《武汉日报》"武汉各界第二期抗战扩大宣传周特刊",题为《闻鲁南捷报晋边浙北迭有收获而南京傀儡登场》[1];第二首原载1938年4月6日广州《救亡日报·文化岗位》,题为《黄花节》[2]。

  郁达夫在致赵龙文信中说:"属为《大风》撰稿,极愿。现因初到,诸事未接洽就绪,所以要等一下,才能为写。"但除以上两首诗外,《大风》上再未见刊载郁达夫的其他作品。

---

1 《武汉日报》本与《大风》本在文字上略有出入,其第2句为"倭夷一蹶势难支",第6句为"东南旗鼓壮偏师",第7句为"怜他傀儡登场日"。
2 此诗又题《廿七年黄花岗烈士纪念节》或《廿七年黄花岗烈士纪念有感》。

俞平伯《槐屋梦寻》拾零记[1]

1935年3月5日,俞平伯致叶圣陶信中云:"弟本有编成'三槐'之意,即《古槐梦遇》,《槐屋梦寻》,《槐痕》是也。但彼'二槐'差得尚多,不知何时始可成书,是以拟先以《古槐》问世,俟'二槐'成后,合出一书,曰《三槐》,而分为三辑。"[2]1936年1月,《古槐梦遇》由上海世界书局出版,其扉页和版权页均标明"三槐之一"。全书共收随笔小品100则,书末"后记"被列为第"一○一"则;书首有周作人《序》、废名《小引》和俞平伯1935年1月31日所作《三槐序》[3]。《槐痕》今存8则,第1则至第5则、第6则至第8则分别载天津《益世报·文学副刊》1935年4月3日第5期、5月8日第10期,已收入花山文艺出版社1997年11月版《俞平伯全集》第2卷。

1934年11月9日,俞平伯"写完《古槐梦遇》时"即开始写作

---

1 原载《现代中文学刊》2016年第2期。
2 孙玉蓉编:《俞平伯书信集》,河南教育出版社1991年8月版,第325页。
3 俞平伯:《三槐序》,上海《文饭小品》月刊1935年4月5日第3期。

《槐屋梦寻》[1]。1936年10月18日,"写《梦寻》跋以寄静希"[2]。1937年7月24日,"补写《梦寻》一则"[3]。7月26日,"以《梦寻》寄沪上"[4]。1938年4月4日,"得上海世界书局退回《槐屋梦寻》全稿"[5]。由于战乱,上海世界书局未能出版《槐屋梦寻》,其原稿今已散佚。据俞平伯晚年回忆,《槐屋梦寻》也有100则[6]。《俞平伯全集》(第2卷)所辑录的《槐屋梦寻》仅有42则:

第1—12则,载上海《人间世》半月刊1935年6月5日第29期,前有1934年11月9日所作小引。

第13—21则,载上海《人间世》半月刊1935年10月20日第38期。

第22—29则,载上海《人间世》半月刊1935年11月5日第39期。

第30—39则,载天津《大公报 文艺》1936年1月5日第72期。

第40—42则,载天津《大公报 文艺》1936年3月9日第107期。

---

[1] 俞平伯:《槐屋梦寻》,《俞平伯全集》第2卷,花山文艺出版社1997年11月版,第607页。
[2] 俞平伯:《秋荔亭日记(二)》,《俞平伯全集》第10卷,花山文艺出版社1997年11月版,第235页。
[3] 俞平伯:《秋荔亭日记(三)》,《俞平伯全集》第10卷,花山文艺出版社1997年11月版,第274页。
[4] 俞平伯:《秋荔亭日记(三)》,《俞平伯全集》第10卷,花山文艺出版社1997年11月版,第274页。
[5] 俞平伯:《秋荔亭日记(三)》,《俞平伯全集》第10卷,花山文艺出版社1997年11月版,第312页。
[6] 孙玉蓉编纂:《俞平伯年谱》,天津人民出版社2001年1月版,第190页。

其实，俞平伯发表在民国时期报刊上的《槐屋梦寻》并不止这42则。1936年11月28日，俞平伯在日记中写道："寄《梦寻》四八至五九与沪'谈风社'。"[1]查上海谈风社发行的《谈风》，实刊载《槐屋梦寻》11则，即第48则至第58则：

第48—52则，载1936年12月25日第5期。
第53则，载1937年1月10日第6期。
第54—56则，载1937年2月10日第8期。
第57、58则，题为《鬼（槐屋梦寻）》，载1937年2月25日第9期。

《谈风》，半月刊，1936年10月25日创刊，浑介（何文介）、海戈（张海平）和周黎庵编辑，1937年8月10日出完第20期后废刊。《谈风》并非属于稀见期刊，《俞平伯全集》漏收这些篇什，未免有遗珠之憾。顺便一提的是，天津人民出版社2001年1月版《俞平伯年谱》，也不见著录俞平伯在《谈风》上的发文信息。

除上述53则之外，《武汉日报》副刊《现代文艺》也刊发了《槐屋梦寻》中的一则。

《现代文艺》创刊于1935年2月15日，由凌叔华主编。1936年12月29日终刊，共出95期。俞平伯在《现代文艺》上发表过两篇作品，一是《古槐梦遇》之第47则，载1936年7月31日第75期；一是《槐屋梦寻》之第44则，作于1935年1月19日，载1936年5月1日第62期，全文如下：

---

[1] 俞平伯：《秋荔亭日记（二）》，《俞平伯全集》第10卷，花山文艺出版社1997年11月版，第242页。

一小车肥城桃歇任灯市口,从山东捎来的。每一纸包,缴落地捐一大枚,须临时贴一种特制的印花,甚粗劣。我们正要上公共汽车往清华,顺便买了一包,本拟带给两个女儿吃的,后来想想,还是自己吃了算。大约是一毛钱一个,给了两毛钱,他找回一张四吊的票。洋价合四吊二,这一大枚是印花,然而并不曾贴,他揩了油罢。

肥桃最容易烂,妻挑了一个半熟的。担夫说了许多关于桃子的话,受了热又怎么样,着了凉又怎么样,皆不可忆。我们趁午车回清华,而预备晚上吃。但不知怎的人没有吃。我埋怨她为什么昨儿晚上忘了给我吃。她说,本来是留给你晚上吃的,不知怎么一来就忘了。忘了就忘了罢。后来一想,不对,吃桃子是明儿的事,不是昨儿个。今天当然吃不着明天的桃子,明天的桃子请明天吃,然而明天吃桃子这回事已被今天误认为昨天的,而给耽误了。欲补吃而无从,终于没得吃,而醒,青青的桃子犹若在眼,颇怪妻太小心了,挑选得这样生。桃熟易烂,岂必都烂。假如是个熟透的,不知多甜呢。醒后直可惜桃子的不曾吃到嘴,又细辨其生熟之得失与夫余甜带酸之味,毋乃太痴乎。而明天的事以误认为昨天,致招今日之悔。这又算怎么一回事,真真痴人说梦,在痴人前不得说梦矣。起而记之,时二十四年一月十九日晨六时也。

《槐屋梦寻》尚未竟稿,俞平伯就请废名写了一篇序。1936年1月3日,俞平伯在致周作人信中云:"《梦寻》亦已及七十。闻废名之序亦将于乙亥送灶前写毕,此可告慰者也。"[1]废名之序写于1935年"腊八"节,即1936年1月2日,亦即俞平伯36周岁生日那天。

---

[1] 孙玉蓉编注:《周作人俞平伯往来通信集》,上海译文出版社2013年1月版,第238页。

1936年10月4日，废名在《志学》一文中说："去年'腊八'我为我的朋友俞平伯先生所著《槐屋梦寻》作序，《梦寻》的文章我最所佩服，不但佩服这样的奇文，更爱好如此奇文乃是《周南》《召南》。我的序文里有一句话，'若乱世而有《周南》《召南》，怎不令人感到奇事，是人伦之美，亦民族之诗也。'"[1]废名对《槐屋梦寻》评价很高，不仅称之为"奇文"，而且将它比作《诗经》之《国风》里的《周南》《召南》，以为二者都具有"人伦之美"，都是"民族之诗"。可惜的是，现在所能见到的废名序就只有这一句话，其全文大概也随《槐屋梦寻》原稿而一同亡佚了。

1936年10月18日，俞平伯曾写过一篇《槐屋梦寻补小引》，亦未见收入《俞平伯全集》。全文如下：

梦寻已完，却不想成书，且其中数则，亦伤于过醒，爰为补之。畴昔之梦忘者实多，纵在彼时犹惧其失而记之，然记之于昔而复失之于今者亦多也。即此区区，亦稍酬吾友之惠爱耳，其他复何可言耶。昔有五柳先生者，含和而没，历世而风流弥远，余受书以来，幸从诸长老之后得申景行之思，先生门前不过五柳，而小庭之柳取四倍之，僭矣。先生忘怀得失，今以梦中蕉鹿而睠恋犹纡，及其太半遗忘，则亦如追逋子，追之而不得，遂偶去怀耳，夫连宵着魇，想之已非，况乃非想，忆之何由，况不可忆。及其不可忆则亦已耳，已而遂置之，洵常情也。然若因之而颇有得色，岂亦常情之所许乎。殆不然也。夫情非得已。略如西土寓言之狐狸与蒲桃，而言忘者即未忘之证也。忘则不言矣。故居常窃悔其少作。若非吾友屡屡假借之，则三槐之为三槐犹未可知也。他日成书，请以之跋，

---

[1] 冯文炳：《志学》，北平《世界日报·明珠》1936年10月4日。

吾书，庶来者共知吾之愚也。

二十五年十月十八日

这篇短文载北平《世界日报·明珠》1936年10月31日第31期，署名平伯。从"他日成书，请以之跋"一语来看，此篇很可能就是俞平伯在同年10月18日日记中所说的寄给《明珠》副刊主编静希（林庚）的那篇"《梦寻》跋"。

"霜庐"是张爱玲的笔名吗?[1]

根据笔名判定作品归属,是一种冒险的行为,也最见考证的功夫。因此,我对于《中国现代文学作者笔名录》《中国现代作家笔名索引》等专书的编著者是至为佩服的。

2018年,《江西师范大学学报》第2期有一篇文章,题为《"霜庐"张爱玲及几篇佚文的考证》[2]。作者通过考证,将1947年至1949年署名"霜庐"的8篇作品,都归在张爱玲名下,认为"霜庐"是张爱玲的另一个笔名。这8篇作品是:

《红》,毛姆著,载上海《春秋》1948年10月10日、12月1日第5年第5期、第6期。

《牌九司务》,毛姆作,载上海《幸福》1948年10月30日第22期。

《蚂蚁和蚱蜢》,W.S.毛姆作,载《春秋》1949年2月20日第6

---

[1] 原载《现代中文学刊》2020年第4期。
[2] 高丽、张瑞英:《"霜庐"张爱玲及几篇佚文的考证》,《江西师范大学学报(哲学社会科学版)》2018年第2期。

年第2期。

《风景爱》,载上海《申报》1947年12月12日第25082号第9版《自由谈》。

《中年况味》,载上海《申报》1948年4月3日第25189号第7版《自由谈》。

《作品的厄运》,载上海《申报》1948年7月3日第25280号第8版《自由谈》。

《契可夫的笔记》,载上海《申报》1948年7月11日第25288号第8版《自由谈》。

《一本好的刊物》,载上海《申报》1948年7月23日第25300号第8版《自由谈》。

藏书家韦泱曾采访《春秋》《幸福》的编者沈寂,写了一篇《沈寂眼中的张爱玲——张爱玲辞世20周年祭》,载《传记文学》2015年第11期。文中说:

1945年8月,抗战胜利。沈寂……应环球出版社冯葆善先生之邀,应聘主编《幸福》月刊。又于1948年5月,接编《春秋》月刊。1948年,沈寂主编《幸福》。在任上海沦陷时期《杂志》(共产党地下党员袁殊负责)主编的吴江枫,寄来英国著名作家毛姆的短篇小说译稿《牌九司务》,署名"霜庐",沈寂编入10月出版的《幸福》第22期。……时至1948年底,沈寂正在革新《春秋》杂志,想办得更纯文学一些,在一时稿源匮乏之下,他想到了张爱玲,不宜用真名发表创作作品,就请她翻译一些外国作品。……沈寂写信约张爱玲寄稿,很快,张爱玲寄来了一篇题目为《红》的文稿,约4000余字,未署名。沈寂看后,觉得是对毛姆原著的改写,文字风格则是张式的。张爱玲说明道：因在创作剧本，没有全部完稿，很是抱歉云云，同时把英国"企鹅版"毛姆小说原著附来。沈寂读的是复旦大学西洋文学系，对外国文学自然烂熟于胸。他很快根据原文，译完余下的三分之一文字，文末还写上"本篇完"，编入《春秋》1948年第6期"小说"栏目，在内页《红》的题目处，沈寂请人配了题头画，中间留了空白，用何笔名，一时难定。后将曾译过毛姆作品的吴江枫笔名"霜庐"代用在目录上。却因发稿时紧，疏漏了在正文标题中写上此名。这样，不看前面目录，不知作者为谁，只是此文与鲁彦的《家具出兑》、田青的《恶夜》等排在一起，给读者造成这是一篇原创小说的感觉。刊物印出，吴江枫看到并不介意，之后继续用他的"霜庐"笔名，再寄所译毛姆的短篇《蚂蚁和蚱蜢》，沈寂将此刊于《幸福》1949年第2期。张爱玲收到《春秋》样刊后，自然喜出望外，内心感激着谷先生。张爱玲改写毛姆作品未完，沈寂曾予续译救场。作者与编者的默契合作，这实在是一则文坛轶闻。

《"霜庐"张爱玲及几篇佚文的考证》的作者依据沈寂的说法，在肯定"霜庐"为张爱玲笔名的前提下，进一步推断《牌九司务》也是张爱玲翻译的，还将张爱玲的《自己的文章》《私语》《童言无忌》《重访边城》《我看苏青》《中国的日夜》《谈画》《太太万岁题记》《四十而不惑》等相关散文与《申报·自由谈》上《风景爱》《中年况味》两篇散文中的只言片语相对照，认为它们在习用语汇、基本思想、个人经历等方面高度契合，进而认定这两篇文章及《申报·自由谈》上其他3篇散文也是张爱玲写的。她们对张爱玲何以用"霜庐"笔名也作了考释，认为张爱玲化用这个笔名，是符合其当时的心情、心境的，是其身处"蒙寒霜之庐"的现实处境的写照。作者确实花了大功夫,但恕我直言,这篇考证文章看似很细密,实则有牵强附会之嫌,所得出的结论难以令人信服。

需要说明的是,《春秋》创刊于1943年8月15日,1949年3月25日终刊,共出30期。创刊号版权页编辑者署名陈蝶衣;1946年4月1日第3年第1期复刊号起,编辑者为陈滁夷(陈蝶衣)、文宗山;1947年4月1日第4年第1期起,编辑者为徐慧棠;1948年4月14日第5年第1期起,编辑者为冯葆善;1948年8月1日第5年第3期起,编辑者为编辑委员会[1]。1949年3月10日第6年第3期起,由月刊改为半月刊,编辑者为沈寂、余扬。《幸福》创刊于1946年4月25日,刊名一度易为《幸福世界》,共出26期。第1期版权页编辑人项下署名汪波、汪本朴,1946年11月10日第4期起,改为汪波;1948年12月5日第23期"革新号"起,署名沈寂。沈寂原名汪崇刚,又叫汪波,笔名谷正櫆等。

2015年7月31日,韦泱在上海《文汇报》副刊《笔会》上发表《听沈寂忆海上文坛往事》。文中说:

时至1948年底,沈寂正在革新《春秋》杂志,想办得更纯文学一些,在一时稿源匮乏之下,他想到了张爱玲,不能用真名发表创作作品,就请她化名发表翻译作品吧。沈寂写信约张爱玲译稿,很快,张爱玲寄来了一篇题目为《红》的译作,约四千余字,署名霜庐。沈寂看后,觉得是对毛姆原著的改写,文字风格则是张式的。张爱玲说明道:因在创作小说,没有全部译完,很是抱歉云云。同时,把美国"企鹅版"毛姆小说原著附来。沈寂读的是复旦大学西

---

[1] 《春秋》1948年8月1日第5年第3期目录页刊名下所列"编辑者"依次为刘以鬯、沈寂、徐慧棠、钟子芒和蓝依,"插图者"为乐汉英,"摄影者"为康正平。

洋文学系,对外国文学自然烂熟于胸。他很快根据原文,译完余下的三分之一文字,文末还写上"本篇完",编入《春秋》1948年第六期"小说"栏目。在内页《红》的题目处,沈寂请人配了题头画,中间留了空白,署名是用翻译还是改编,沈寂颇费踌躇。却因发排时间紧,最后疏漏了填写。这样,不看前面目录,不知作者为谁,只是此文与鲁彦的《家具出兑》,田青的《恶夜》等排在一起,给读者造成这是一篇原创小说的感觉。刊物印出,张爱玲收到样刊后,自然喜出望外,为了这份情谊,张爱玲又赶紧续译毛姆一篇稍短的小说《蚂蚁和蚱蜢》,寄给沈寂。沈寂标上"W.S.毛姆作,霜庐译",同样请人在页面上端配了相关插图,编入《春秋》1949年第二期。张爱玲译毛姆作品,沈寂曾予救场。这实在是张爱玲的一则文坛轶闻哪。

这段文字与《沈寂眼中的张爱玲——张爱玲辞世20周年祭》相比,有一定出入。如:一说张爱玲寄来《红》译稿,"署名霜庐";一说"未署名",发表时是"将曾译过毛姆作品的吴江枫笔名'霜庐'代用在目录上"。按第一种说法,"霜庐"当是张爱玲自己取的笔名;按第二种说法,"霜庐"不是张爱玲自己取的,是代用了吴江枫的笔名。一说《红》"因在创作小说,没有全部译完",一说"因在创作剧本,没有全部完稿"。同时,按沈寂的说法,《红》有三分之一的篇幅是他翻译的,这篇译作是他和张爱玲共同完成的。发表在《幸福》上的《牌九司务》,并不是张爱玲的译作,而是吴江枫翻译的。

记忆往往是靠不住的。《红》连载《春秋》第5期、第6期,不是在第6期上一次性登完的;第6期目录页题下署"霜庐",内页的确未署名，但第5期题下署有"毛姆著，霜庐译"，文末标注"未完"；整篇译文约15000字，不是约4000字。沈寂的追忆或可聊备一说，但不能视为铁证，其可靠与否，容有怀疑的余地。退一步讲，就算他的记忆准确无误，也只能说明《红》和《蚂蚁和蚱蜢》是张爱玲翻译的，并不意味着凡署名"霜庐"的作品都出自张爱玲之手。

据我所知，《风景爱》，后又载《新疆日报·天池》1948年2月20日第804期，署名"霜庐"。而《蚂蚁和蚱蜢》在《春秋》上刊载之前，1947年7月28日就在《新疆日报·天池》第724期上发表过，署名也是"霜庐"；两个文本，内容几乎完全相同。可见，所谓《红》发表后，"张爱玲又赶紧续译毛姆一篇稍短的小说《蚂蚁和蚱蜢》"云云，也是靠不住的。如果说《风景爱》属于转载，那么《蚂蚁和蚱蜢》则是初刊。《新疆日报》副刊《天池》的主编是新疆奇台人王奇。问题是，既然认定"霜庐"即张爱玲，那她的作品怎么会发表在《新疆日报》上呢？她和《天池》副刊的主编王奇有什么关系呢？她为什么把一篇旧译寄给革新后的《春秋》呢？这些都需要一一加以考证。

《风景爱》中写道："有一次，在朋友家赌罢回来，东方已露出最初的曙色。"《中年况味》中说，人到中年，"逢到一二个可亲的少女，你满以为可以交朋友的，她们却已把你看成上一辈，叔叔伯伯的乱叫了，你还有跟她们做朋友的勇气吗？"这些分明是男性的视角、口吻和做派，与张爱玲实在有点风马牛不相及[1]。

民国时期，署名"霜庐"的作品远远不止以上8篇。上海《和

---

[1] 《中年况味》中说："像我们这样三十多岁的人……"这也与张爱玲不符。张爱玲生于1920年，此时尚不到30岁。

平日报》（原名《扫荡报》）和《金融日报》上署名"霜庐"的作品，至少有9篇，具体如下：

《卧而读之》，载《和平日报》1947年3月14日第6版"和平副刊"。

《逃》，毛姆作，载《金融日报》1947年2月17日、18日第8版"墨屑"（"墨屑"主编是徐訏）。

《论二三流》，载《金融日报》1947年2月21日第8版"墨屑"。

《影评礼赞》，载《金融日报》1947年3月3日第8版"墨屑"。

《论"我爱你"之害》，载《金融日报》1947年3月9日第8版"墨屑"。

《论现代人的悲哀》，载《金融日报》1947年3月14日第8版"墨屑"。

《我是怎样知道春天来了的》，载《金融日报》1947年3月15日第8版"墨屑"。

《诺》，毛姆作，载《和平日报》1947年3月16日第6版、17日第5版、18日第6版"和平副刊"。

《奇人奇事》，毛姆作，载《和平日报》1947年3月24日、25日第6版"和平副刊"。

这些作品密集发表在《金融日报》和《和平日报》上，其作者应该是同一个人。在《我是怎样知道春天来了的》一文中，作者说他"吃了午饭以后，妻子从街上回来"，又说"不多一回，孩子们放学回来了"，可知"霜庐"是一个已经结婚且有几个小孩的男性。这个人是否就是吴江枫呢？因史料阙如，故不敢肯定。不过，从吴江枫于1945年12月28日在西安《西京日报·南山》新第35期上所发表的一篇散文《鸽子的生活》来看，其文笔也是不输"霜庐"的。

因此，"霜庐"是否是张爱玲除"世民""梁京""范思平"等之外的又一笔名？署名"霜庐"的作品是否是张爱玲所作？我是倾向于否定的。

附录

《上海画报》中的徐志摩、陆小曼史料[1]

前　　言

一、《上海画报》由毕倚虹创办于1925年6月6日，社址设在上海天津路贵州路口320号。1926年5月15日毕氏病逝，周瘦鹃接任主编。自1929年1月12日第431期起，由钱芥尘主编。始为三日刊，1932年2月改为五日刊。据书目文献出版社1981年8月版《全国中文期刊联合目录（1833—1949）》（增订本），该报终刊于1932年12月26日，共出847期。1996年，嘉德拍卖公司"古籍善本拍卖会"曾拍卖一套《上海画报》，共858期，最末一期出版时间为1933年2月26日。因格于条件，惜无缘得见。

二、本编所辑录有关徐志摩、陆小曼史料信息，皆出自《上海画报》1926年7月27日第135期至1932年2月20日第786期。

三、本编中所有史料，均按发表时间先后排列。凡图片（包括照片、画作、书法作品等）和易见之史料，仅著录出处。其他史

---

[1] 原载《太阳花》2018年第2期、2019年第1期。

料,除交代具体出处外,或摘录部分内容,或全文过录。

四、除繁体改为简体,异体改为正体,明显误植酌予改正外,其余文字一仍其旧。原刊文均为句读形式,标点符号系笔者所加。

1926年

7月27日（第135期）

第2版刊瀛一自北京寄《北京最近一百名人表》,陆小曼列名其上。

10月21日（第165期）

第2版刊金人自京寄《徐志摩再婚记》:

鼎鼎大名自命诗圣的徐志摩先生,是无人不知的,就是没有见着他的人,也应该读过他的诗。所以印度太戈尔先生来华,徐先生忙得不亦乐乎,忙到北京,做了《晨报副镌》的编辑,每日和一班大学教授做做朋友,好不快乐。只是有一桩,美中不足,就是他家庭之中,忽然闹起离婚问题来,他的夫人一怒跑到德国。有人说还没有经过正当离婚手续,可是徐先生在京已经有了恋人。你道是谁?也是大名鼎鼎声震京津的陆小曼女士。陆女士系出名门,是财政部司长陆定先生的小姐,生得玉葱似的容貌,管谢般的才情,跳舞、英文,全是当行出色,可惜婚姻未曾称心,嫁了一位无锡军人王赓（可不是王揖唐先生）。王先生在美国西点（West Point）陆军大学毕业,学问人品也还不错,只是性情上和陆女士合不拢来。这其间陆女士便打定别缔良缘的念头,正好有一位青年军人,也是西点大学毕业,也是姓王,几乎成为事实。这位王先生的"芳吞攀恩"（即自来水笔）上,如今还嵌着女士的肖象,情谊也就不用说了。可惜这位王先生奔走四方,把这件事淡了下来。想不到本月

（十月）四日，忽然听见说陆女士要嫁徐志摩先生了，喜期就是这天。我想陆女士是因为军人的性格，多少总不免粗豪一点，没有文学家来得风怀旖旎，更没有新诗人的澹雅胸襟（什么皎皎的月光呀，依依的小鸟呀，多么有趣），所以便和徐先生重新结合新家庭，改换改换生活趣味。从此徐先生无妻而有妻，陆女士离夫却有夫，真是一时佳话，多么可喜，所以我写这篇记。

11月3日（第169期）

第2版刊天丝自京寄《徐志摩再婚记补遗》：

徐志摩先生与陆小曼女士结婚，已详金人君通信。今徐陆新婚旅行，业经抵沪。祝兰舫出丧之日，有人于大庆里沿街之窗檐见其俪影焉。或谓行将远游，或谓未确。今得前辈天丝先生为金人前记补遗，尤为详尽，不避明日黄花，亟录于次。（记者）

徐志摩与陆小曼在北京北海公园董事会结婚，请梁启超为证婚人。行礼时，梁演说大略谓男女自由离婚，为社会所厌恶，但遇有不得已时，经双方父母许可，犹可稍为原谅，以后希望永久合作，不可轻易脱离。并对徐志摩说，应负丈夫责任。又对陆小曼说，应遵守妇道，帮助丈夫。最后言婚姻之事不可一而再再而三，视同儿戏，各人应知此种道理。梁之演词，原拟印刷分送，因徐婉求，遂作罢论。

徐之原配夫人，为北京中行副总裁张公权之女弟，在硖石徐家生有一子一女，大者已六龄，不肯归于徐氏。而志摩亦要此子女，闻有一信函致张，谓虽已脱离夫妇关系，尚有相当友谊，故此问题至今尚未解决。又闻志摩之父母，亦争夺此张氏所生之小孩，谓余子能不认张氏为妻，但余等仍认为媳，故归还子女问题，因此益增纠纷。至陆小曼与王赓离婚，确在去年秋间。当时陆要求归还查费，王赓曾写一字据，允拨还洋一万元。因陆定无子，财产约有三四万元与女。惟王赓今年任五省联军总司令部参谋，近因购买军械关系，为孙传芳饬押杭州陆军监狱，迄未释出，故一万元之离婚费，亦未履约归还。谚有之云：赔了夫人又折兵。其王氏子之谓乎？嘻！

11月15日（第173期）

第3版刊杨清磬作徐志摩、陆小曼肖像漫画各一帧。徐志摩漫画像，右书"志摩先生象"，左下署"清磬"。

第3版刊瘦鹃（即周瘦鹃）《花间雅宴记（上）》。文中记曰："月之十日，老友杨清磬画师见过，欢然语予曰，今夕天马会同人设嵩山路韵籁家，欢迎日本大画家桥本关雪先生……中座一美少年，与一丽人并坐，似夫也妇者，则新诗人徐志摩先生与其新夫人陆小曼女士也。"

11月18日（第174期）

第3版刊瘦鹃《花间雅宴记（下）》：

桥本先生虽日人，而与吾国人士至为浃洽，绝无虚伪之气。席间走笔书示吾辈云："前身为中国人，自称东海谪仙，恨今生不生贵国。"时徐志摩先生与先生接席，先生因相徐先生面，谓与彼邦名伶守田勘弥氏绝肖。徐先生则自谓肖马面，闻者皆笑。先生因又书曰："山人饶舌。"有进先生以酒者，先生一饮而尽，拈笔书纸上云："酒场驰驱已久。"其吐属雅隽如此。前数日，尝游虞山，谓虞山之美，令人消化不了。又言虞山赵氏家，有红豆树，绝美，云系由钱牧斋拂水山庄旧址分栽者。先生赋诗云："风流换世癖为因，千里寻花亦比邻。无恙一株红豆树，于今幽赏属词人。"宴罢，合摄一影，即鱼贯登楼。楼心已陈素纸与画具以待，韵籁词史丐先生画。先生时已半醉，戴中国瓜皮之帽，泼墨画一马，骏骨开张，有行空之致，题字作狂草，自署关雪酒徒。继又为陆小曼女士绘一渔翁，亦苍老可喜。而彼式歌且舞之老妓竹香，此时已卧于壁座间矣。已而先生倦，遂醒竹香，偕夫人兴辞去。徐志摩先生为印度诗圣太谷儿氏诗弟子，有才名。此次携其新夫人南来度蜜月，暂寓静安寺路吴博士家。夫人御绣花之袄与粉霞堆绒半臂，以银鼠为缘，美乃无艺。夫人语予："闻君亦能画，有诸？"予逊谢，谓尝从潘天授先生游者一月，涂鸦而已。徐先生时与夫人喁喁作软语，情意如蜜。予问徐先生："将以何日北上？"徐志摩曰："尚拟小作勾留，先返硖石故里一行，仍当来沪。顾海上尘嚣，君虱处其间，何能为文？"予笑曰："惟其如此，故吾文卒亦不能工也。"韵籁词史，年逾三十，而风致娟好，仍如二十许人，性喜风雅，特备一精祾手册，倩在座诸子题字题画，以为纪念。海粟首题四字，曰"神韵天籁"，并画一兰，并皆佳妙。予不能书，而为小鹣所趱，漫涂"雅韵欲流"四字，掷笔而遁。夜将午，群谓南市戒严，不能归。予不信，亟驱车行，抵家走笔记之。

11月24日（第176期）

第3版刊漱六山房主人（即张春帆）《陆小曼母夫人曼华女士小史》：

女士姓吴氏，字曼华，小名梅寿，苏之武进人，为见楼中丞之曾孙女，吾常世族也。生而韶秀曼丽，且聪慧绝伦，妙解音律，笙笛皆其所长，兼工围棋。诗词清丽可诵，犹忆其二十岁时所作五律一章，中有一联曰："云蒸江树白，霞涌海波红。"人皆激赏之，谓其神似工部。惜记者记忆力甚薄弱，不能背诵其全首矣。当庚子辛丑之交，记者乃与女士同居一宅。吴氏与记者原有戚谊，而女士之行辈甚尊，盖记者之祖娣也。顾吾家女兄弟四人，皆与女士姊妹有金兰之谊。同时异性姊妹六人，皆以华为字，女士则六人中之第二，故记者始称祖娣，继乃呼女士为二姊矣。女士诗稿，记者尝改易其一二字，而女士绝世聪明，亦能点窜记者之诗词也。女士庄重守礼，美名播于戚里之间，旋归同邑陆氏。陆字静安（后始易为见山），亦邑中名秀才。女士于归而后，与静安倡和甚欢，而为之冰人者，则书家汪太史洵也。

女士出阁之际，记者曾赋诗以饯其行。原稿今已散佚，不可追忆，仅记第二第四之末两语曰："陆郎艳福真无偶，珍重琼枝莫浪猜。"又曰："班姬才调南阳貌，说与东皇好护持。"亦想见女士之才貌矣。

女士妹名倩华（记者所拟也），甚秀慧，通文字，而不能诗。适无锡嵇氏，嵇文恭之后也。

记者与曼姊之不见者几二十年矣。民六民七之间，似于中央公园匆匆一见。身后尚随一幼女，似即今日之陆小曼也。

12月12日（第182期）

第2版刊照片《徐志摩新夫人陆小曼女士》。

1927年

1月10日（第191期）

第2版刊潜龙自京寄《陆小曼婚史又一页》：

徐陆订婚，大受任公教训，早已传遍京沪。兹悉当日尚有赵椿年氏为小曼婚事，大受其夫人之申斥。外间绝鲜知者，特再录之，当不致有明日黄花之诮。陆定（字建三，小曼之父）微时，曾以小曼拜椿年为义父。时赵任财部司长，陆借此联络，意在猎官。小曼聪明伶俐，颇得赵氏夫妇欢。赵膝下犹虚，爱之不啻亲女。前年小曼与王赓结婚，赵夫人帮忙最力。此次小曼续嫁，夫人事前并无所闻。椿年则亲赴北海，参观婚礼，因此归家略晚。夫人诘问何往（按：夫人监视綦严，赵之行动，曾无片刻自由。如赵欲闲游，则将马车停止于劝业场或青云阁之后门，嘱其守候，己乃出前门，了其私事，归则以市场搪塞。夫人尚须详讯车夫，是否确实。赵之苦况有如是者），赵对以今日小曼结婚，前往道贺。夫人严询小曼与谁结婚，赵一一告之。夫人大怒，谓王赓也是小曼自己看中的，现又另婚徐姓，似此不识羞耻，何喜可贺？赵犹强辩他们新人物，离婚视为平常之事。夫人愈怒，甚至击桌，谓你认她干女儿，我却不要，立即吩咐家下人等，嗣后陆小姐来，与我挡驾，不准通报。椿年乃谓吾们望六之人，决不致于离婚，不要因别家之事，伤了吾们夫妇和气。夫人转复莞尔，一场风波，遂告结束云。赵夫人精翰墨，工诗词，亦属闺阁名秀。此次反对小曼续嫁，殆与任公有同慨也（龙注：篇中白话句，系引用原语，因文言难达也）。

1月21日（第195期）

第2版刊怀怡《美玉婚姻记》。文中说，邵洵美"日前（即阳历元宵）与盛泽盛氏之女公子佩玉女士行婚礼于卡尔登饭店，一时往贺者冠盖如云，其中尤以文艺家居多数。婚后三朝，由新郎之友江小鹣、徐志摩、陆小曼、丁悚、滕固、刘海粟、钱瘦铁、常玉、王济远等发起公份，在静安寺邵宅欢宴"。

6月6日（第240期，"两周纪念号"）

第1版报头刊照片《陆小曼女士（徐志摩君之夫人）》。

6月9日（第241期）

第2版刊吕弓（即鄂吕弓）《陆小曼女士的青衣》：

我在上期的本报，看见陆小曼女士一张倩影，我想起她两件轩渠的故事，写下来供诸君一粲。女士倜傥风流，有周郎癖，天赋珠喉，学艳秋有酷似处。一天在吴经熊博士家相遇，吴翩余为女士操琴，歌《玉堂春》，自摇板起至原板止。女士将"十六岁……"两句截去，余初则疑女士忘词，既乃思女士未便启齿耳。又某夕，为吴博士生日，女史与夏禹飓君对唱《武家坡》，至（旦白）"哎呀苦命的夫吓"一句，女史说至"苦"字忽中断，乃立于门首探视徐志摩先生的动静如何。时徐适在外间，众观女史之形态，莫不捧腹大笑。徐志摩先生，仿小楼的白口，斯晚歌《连环套》，颇得个中三昧，嗓亦洪亮自然。此一对玉人，同好，又同志，其伉俪间的乐趣，必较常人高胜一筹也。

6月21日（第245期）

第2版刊行云《名流习歌记：陆小曼女士与江小鹣先生》：

旧剧音节感人之深，不在新剧白话电影表演之下。吾侪陈腐，酷嗜旧剧业已入迷，对于杨小楼、余叔岩、荀慧生之剧，可谓百观不厌。不谓今之名流、新派人物，若陆小曼女士、江小鹣先生，亦与吾侪有同嗜。旧剧之不能磨灭，其在斯乎！

陆小曼女士旅京之时素喜京剧，近将有"素人演剧"（注一）之举，乃习歌于王芸芳，闻《武家坡》《汾河湾》均能应付裕如矣。

陆女士既习王宝川、柳迎春，不可无薛平贵、薛仁贵以为配，于是江先生乃拈其"羊须"（注二）而起曰："予其承斯乏乎？"乃问字于老伶工陈秀华之门。异日红氍毹上，以女文学家与男艺术家掀帘而出，吾侪嗜旧剧者，将不顾手掌之痛，为之狂拍也已。（此事闻诸吕弓先生，吕弓先生事冗，愚乃记之如右。）

注一："素人演剧"，日本名词，有客串之意。

注二：江先生蓄新式之须，于威廉燕尾、卓别林小髭之外，别创一格，名曰"羊须"。

7月12日（第252期）

第2版刊吕弓《妇女慰劳北伐军之又一幕》：

妇女慰劳北伐军之游艺会，定本月十六、十七、十八三日，假南洋大学举行。其中主要节目，各报咸有披露。月之下旬，尚有京剧表演。斯议倡于陆小曼女士，唐瑛和之。地点在中央影戏院，日期为本月念九日。斯日节目欧阳予倩唱开锣，闻已得其同意。唐瑛女士将歌昆剧《拾画叫画》，现方延一老曲师正误，扮小生，将来易钗为弁，必能一显好身手也。小曼女士演双出，一为昆曲《思凡》，一为与江小鹣先生合演之《汾河湾》。小曼请王芸芳教练，特新制行头两袭。此两日昕夕模腔拍调，牺牲精神实非浅也。

7月15日（第253期，"妇女慰劳会游艺会特刊"）

第1版报头刊照片《北方交际界名媛领袖陆小曼女士》，梅生（即黄梅生）摄并配文："小曼女士为徐志摩君之夫人，芳姿秀美，执都门交际界名媛牛耳。擅长中西文学，兼善京剧昆曲。清歌一曲，令人神往。顷任妇女慰劳兵士会委员，并于本月三十在中央大戏院该会开游艺会时，表演昆曲《思凡》及与名画家江小鹣君合演《汾河湾》云。"

第3版刊瘦鹃《艺苑新谈》。文中说："吾友江子小鹣，自法兰西习美术归，名动江国。近与胡适之、徐志摩、张宇九、邵洵美诸君，唐瑛、陆小曼二女士，创立一妇女新装束之公司于静安寺路愚斋里口。锡以嘉名，曰云裳。……公司之西名，拟定为'杨贵妃'，以西方人皆习知之。……唐女士与陆小曼女士现皆任公司董事。"

7月21日（第255期）

第3版刊瘦鹃《狂欢别记》。文中记曰：7月17日（星期天）下午，"是日愚应新诗人徐志摩、陆小曼伉俪之邀，饭于其家，醉酒饱德，乐乃无艺"。

7月24日（第256期，"中华歌舞大会特刊"）

第2版"小报告"栏中称："江小鹣君与陆小曼女士合演《汾河湾》，原定本月三十一日出演。现因天气关系，改为下月四、五、六三日云。"

7月27日（原刊误作"第256期"，应为第257期）

第2版刊梅生《清歌曼舞说中华》。文中说："中华歌舞学校念三日假百星戏院开第二次歌舞大会。愚于晚间十时余偕徐志摩、陆小曼伉俪及江小鹣君同往。至则坐无隙地，幸遇黎锦晖君，方为小曼女士觅得一椅。""李璎女士为观众最注意之一人……小曼女士亦盛赞李女士，谓如专习舞蹈，将来必大有造就。""十二时演毕，愚与志摩伉俪、小鹣、瘦鹃诸公同往化装室，为黎女士介绍。小曼女士与黎女士相见甚欢，盖黎女士久耳小曼女士盛名，小曼女士亦数于银幕上得见黎女士之艺术，彼此钦羡已久。宜其一经把晤，即欢若生平也。"

第2版"小报告"栏中称："妇女慰劳会于下月四、五日演剧二日，四日为《少奶奶的扇子》，五日为昆曲京剧。并由徐志摩、江小鹣及本报黄梅生合编特刊一巨册，内刊各夫人、名媛便装、戏装照片数十帧，附以美丽之画及戏辞。用铜版纸彩色印，精雅绝伦。"

第3版刊瘦鹃《诗人之家》：

愚之识诗人徐志摩先生与其夫人陆小曼女士也，乃在去春江小鹣、刘海粟诸名画家欢迎日本画伯桥本关雪氏席上。席设于名倡韵籁之家，花枝照眼，逸兴湍飞。酒半酣，有歌呜呜而婆娑起舞者。当时情景，至今忆之。而徐家伉俪之和易可亲，犹耿耿不能忘焉。别后倏忽经年，牵于人事，迄未握晤。妇女慰劳会开幕之前一日，老友黄子梅生来，谓"徐先生颇念君，明午邀君饭于其家"。愚以久阔思殷，闻讯欣然。翌午，遂往访之于环龙路花园别墅十一号。繁花入户，好风在闼，书卷纵横几席间，真诗人之家也。

徐夫人御碎花绛纱之衣，倚坐门次一安乐椅中。徐先生坐其侧，方与梅生檠谈，见愚入，起而相迓，和易之态，如春风之风人也。

徐先生呼夫人曰曼，夫人则呼徐先生曰大大。坐起每相共，若不忍须臾离者。连理之枝，比翼之鸟，同功之茧，盖仿佛似之矣。

徐先生出其诗集《志摩的诗》一帙见贻，亲题其端曰："瘦鹃先生指正 徐志摩。"集以白连史纸聚珍版印，古雅绝伦，愚谢而受之。诗凡五十五首，俱清逸可诵，而悲天悯人之意，亦时复流露于行墨间。兹录其《月下雷峰影片》一首云："我送你一个雷峰塔影，满天稠密的黑云与白云；我送你一个雷峰塔顶，明月泻影在眠熟的波心。深深的黑夜，依依的塔影，团团的月彩，纤纤的波鳞——假如你我荡一支无遮的小艇，假如你我创一个完全的梦境！"愚于月下雷峰，固尝作一度之欣赏者，觉此诗颇能曲写其妙，而亦可为雷峰圮后之一纪念也。徐先生尝留学于英国之剑桥大学，又尝与英国大小说家哈苕氏、印度诗圣太谷儿氏相往还，于文学深有根柢，诗特其绪余而已。夫人工英法语言，亦能文章，新译《海市蜃楼》剧本，将由新月书店出版。自谓在女学生时代即喜读愚小说，颇欲一读愚所编之《紫罗兰》半月刊云。室中一圆桌，为吾辈啜饭之所。桌低而椅略高，徐先生因以方凳侧置于地，而加以锦垫，坐之良适。菜六七簋，皆自制，清洁可口。饭以黄米煮，亦绝糯。饭之前，徐先生出樱桃酒相饷，盛以高脚晶杯。三杯三色，一红，一碧，一紫。知愚之笃好紫罗兰也，因以紫杯进。酒至猩红如樱实，味之甚甘。尽两杯，无难色。徐夫人不能饮，亦不进饭，第啖馒首二，继以粥一瓯。会吴我尊君来，因同饭焉。

饭罢，复出冰瓜相饷，凉沁心脾。徐先生出示故林宗孟（长民）先生书扇及遗墨多种。书法高雅，脱尽烟火气。又某女士画梅小手卷一，亦道逸可喜。卷末有梁任公先生题诗及当代诸名流书画小品，弥足珍贵。又古笺一合，凡数十种，古色古香，骊彪手眼间。摩挲一过，爱不忍释焉。

梅生偶言闻人某先生，惧内如陈季常，夫人有所面命，辄为发抖。徐先生曰："此不足异，吾固亦时时发抖者。"语次，目夫人，夫人微笑。已而徐先生有友人某君来，徐先生欲作竹林游，拟与某君偕去，请之夫人，谓请假三小时足矣。夫人立曰："不可！子敢往者，吾将使子发抖。"徐先生笑应之，卒不往。

月之五夕，徐夫人将为妇女慰劳会一尽义务，登台串昆曲《思凡》，并与江子小鹣合演《汾河湾》。想仙韶法曲，偶落人间，必能令吾人一娱视听也。

闲谈至三时许，愚乃起谢主人主妇，与梅生偕出。此诗人之家，遂又留一深刻之印象于吾心坎中矣。

8月3日（第259期，"妇女慰劳前敌兵士会特刊"）

第1版报头刊照片《妇女慰劳会剧艺主干陆小曼女士》，光艺摄。

第1版刊上海妇女慰劳会剧艺大会节目单，其中8月5日，陆小曼演《思凡》，江小鹣、陆小曼、李小虞合串《汾河湾》。

第2版刊照片《呼出画中人 唐瑛、陆小曼二女士之滑稽〈叫画〉》，梅生摄。

第2版刊吕弓《说〈汾河湾〉》：

轰传已久之三小《汾河湾》，定于月之五日出演中央戏院矣。兹将串演之三小略述如下。

陆小曼女士以名媛闺秀，扮幽娴贞静之柳迎春，可谓体合材符。按女士之昆乱，咸得名师之指正。前在京演《闹学》，活泼玲珑，大得观众赞赏。今次因慰劳北伐，不避溽暑，演《汾河湾》，唱作身段，靡不研究精到，想开演时定博得热烈之欢迎也。

江小鹣君饰薛仁贵。江本美术家，处处从艺术上琢磨。日前周梓章君操琴为之吊嗓。聆其行腔，循守大路，嗓音亦玲玲动听。日昨在光艺摄取戏装小影数桢，扮相潇洒不群。与小曼女士搭配，谓其相得益彰，谁曰不宜？

第3版刊戏装照《〈思凡〉表演者陆小曼女士》。

第3版刊戏装照《陆小曼女士、江小鹣先生合演之〈汾河湾〉》。

第4版刊炯炯《〈汾河湾〉之舞台趣史》。文中说："《汾河湾》这出戏，本来并不红。从前北京往往排在开台前三出戏，后来被谭鑫培唱红了，便成了时髦戏，和刘鸿声唱红了《斩黄袍》差不多。

现在得小曼女士、小鹣先生一唱，要格外红了。从此上海士女，无人不知'儿的父投军无音信'，和'家住绛州县龙门'了。""小曼女士是士女班头，小鹣先生是艺林魁首。我们不敢拿珠联璧合一类评戏的老调来恭维他，我们希望他有一二趣事，传为佳话。"

第4版刊《记唐陆钱三女士》。文中记曰："陆女士是诗人的夫人，所以也做得很好的诗。平日最爱研究文学和戏剧，曾译一部《海市蜃楼》（不日由新月书店印行）。在译著余暇，喜欢唱京戏，学青衣，宗程艳秋，歌喉很好。近来更专习昆曲，能戏已不少。本月五日表演《思凡》和《汾河湾》，在妇女慰劳会中。"

8月6日（第260期）

第3版刊照片《陆小曼女士新装》，署"云裳公司制"。

第3版刊瘦鹃《唐瑛女士访问记》。文中记曰：7月30日下午，唐瑛电约黄梅生拍戏装照。"是时女士之昆剧教师殷震贤君来，因指示身段，连摄数桢。既毕，则与小曼女士合摄一游戏之影。女士去其蓝袍，着古装之衬衣，立于几次。小曼女士中坐，冠柳梦梅之蓝冠，而仍衣其浅湖色旗衫。此不伦不类之半古装，弥觉滑稽可笑也。""摄影既罢，复入客室。愚出檀香素筐，请二女士签名其上。小曼女士仿作隶书，颇工整。""六时，小曼女士欲归。愚与梅生亦兴辞。小曼女士邀过其家，因与同车而去。"

8月9日（第261期）

第3版刊《陆小曼女士之法书》，所书为宋代朱敦儒《卜算子（古涧一枝梅）》："古涧一枝梅，免被园林锁。路远山深不怕寒，似共春相赸。幽思有谁知，托契都难可。独自风流独自香，明月来寻我。"落款为"梅生先生 小曼学书"。

第3版刊瘦鹃《红氍三夕记》，其中有两节专记陆小曼和徐志摩：

力疾从公之陆小曼 陆小曼女士近颇多病，五日复病喉，顾仍力疾登台，表演昆剧《思凡》，与京剧《汾河湾》。其勇毅之气，殆不在北伐诸将士下。《思凡》戏装，由江子小鹣绘图特制，以澹雅胜。身段活泼泼地，真有珠走玉盘之妙。唱白亦殊动听，授之者，盖昆剧名家徐太夫人也。《汾河湾》与小鹣、小虞合演，工力悉敌。小虞年十三，颖慧可喜，为名律师李祖虞君令子，串薛丁山，不负丁山矣。小鹣唱白，颇可玩味。髯口尝一度脱落，其固有之羊髯，乃脱颖而出，殊令人忍俊不禁焉。

《玉堂春》中之诗人 《玉堂春》中未尝有诗人也。所谓诗人者，盖指戏串解差之徐志摩君耳。君粉抹其鼻，御瑷褴如故，跣花紫足跋鞋，衣一布之衣，厥状绝滑稽。小曼女士见之大笑，几不复识其所爱之大大矣（按：愚曾倩志摩释大大，大者，英语大灵。亲爱者，Darling也。叠呼大大者，以示亲爱之至也。附志于此，以报林屋先生）。登台跪公案前，诉其连日筹备剧事主持前台之苦，累累如贯珠，闻者鼓掌不绝。欧阳予倩君自宁来，丰腴胜昔，与愚道宁事甚详。是夕串苏三，游刃有余，不愧斫轮老手也。

第4版刊吕弓《慰劳会之趣见闻》，其中有两节涉及徐志摩、陆小曼：

玉堂春之临时的法院 予倩于斯日之早车始由宁赶到，所有配角，咸未及预备。除蓝袍为自己带来外，其余如红袍、小生及院子皆临时现抓，徐志摩君且为配饰崇公道。其法庭组织，既无大帐，又无龙套半个，故予倩歌至"两旁的刀斧手"时，余与舍予适立台下沿口，遂为之来一呼喝，以壮声势。又某君谓如此公堂，实太简单。红焦曰："是亦临时的法院也。"

陆小曼之否认戴眼镜 《汾河湾》未上场前，小鹣在后台与小曼曰，剧中有柳氏问："你问这穿鞋的人儿么？"仁贵应答："我不问这穿鞋的，难道问穿靴子的么？"小鹣拟改为"……难道问戴眼镜子的么？"（指志摩）小曼极力反对，故在场上并未更改，只有余在后台得悉耳。

第4版刊炯炯《妇女慰劳会剧艺拾零》。文中说，唐瑛主演《少奶奶的扇子》，"小曼女士尊人陆见山先生，为老民党，曾以是获罪于袁项城。愚于北京朱炎之、福开森二先生座间，数度游谦遇之。是夕偕夫人莅止，气宇雍容。愚以不敢扰其观剧雅兴，未趋谈也。"

8月12日（第262期）

第2版刊林屋山人（即步翔棻）《女客串诗》：

七月八日，徐夫人（徐纫荪母）、唐女士（瑛）、陆女士（小曼）串歌于大戏院，因集唐句为诗云。

楼前百戏竞争新，愿得乘槎一问津。
此曲只应天上有，两头娘子拜夫人。

第2版刊《王济远先生之速写画》，画面左上方书"志摩与予倩合串玉堂春时速写"。

第3版刊丹翁《如梦令·题陆小曼女士新装小象》：

云裳尔许丽都，花容月下谁如。晚装楼十里，甚帘敢卷真珠。仙乎？仙乎？一时瑜亮唐家（读若姑）。

第3版刊《云裳公司发起人徐志摩陆小曼伉俪合影》，梅生摄。

第3版刊陆小曼与江小鹣等人合影，梅生摄并配文："立桌上者朱彩苹女士，举杯而笑者陆小曼女士，立朱女士后举杯者江小鹣君，臂旁即唐瑛女士。"

8月15日（第263期）

第3版刊瘦鹃《云裳碎锦录》：

云裳公司者，唐瑛、陆小曼、徐志摩、宋春舫、江小鹣、张宇九诸君创办之新式女衣肆也。开幕情形，愚已记之《申报》。兹复摭拾连日见闻所得，琐记如下。

（中略）

名妇人之光顾 张啸林夫人、杜月笙夫人、范回春夫人、王茂亭夫人，皆上海名妇人也。日者光顾云裳，参观一切新装束，颇加称许。时唐瑛、陆小曼二女士适在公司中，因亲出招待，各订购一衣而去。他日苟有人见诸夫人新妆灿灿，现身于交际场中者，须知为云裳出品也。

（中略）

不懂事之董事 开幕后三日，曾开一股东会于花园咖啡店，推定董事。唐瑛女士兼二职，除任董事外，又与徐志摩君同任常务董事，与陆小曼女士同任特别顾问。宋春舫君任董事长，谭雅声夫人则以董事而兼艺术顾问。愚与陈子小蝶，亦被推为董事。固辞不获，顾愚实不懂事，殊无以董其事也。艺术顾问凡十余人，胡适之博士、郑毓秀博士均与其列云。

8月18日（第264期）

第2版"介绍新书"栏对詹姆士·司芬士原著、徐志摩与沈性仁合译《玛丽·玛丽》作了介绍："《玛丽·玛丽》，长篇小说，为徐志摩、沈性仁女士合译,约八万余言,并有徐君序文一篇。实价六角。"

8月24日（第266期）

第3版刊《云裳股东周信芳（麒麟童）、王芸芳合影》,署"徐志摩先生摄"。

10月3日（第279期）

第3版刊瘦鹃《记李唐之婚》。文中记曰,10月1日,李祖法与唐棣华（瑛）在上海苏州路天安堂举行婚礼,来宾有徐志摩、陆小曼、胡适、江小鹣等。

10月10日（第281期,"国庆纪念美术号"）

第3版刊陆小曼便装照《光华大学教授徐志摩先生之夫人》,梅生摄。

10月30日（第288期）

第3版刊瘦鹃《曼华小志》：

曼华者,谓名媛陆小曼女士与唐棣华（瑛）女士也。日前晤两女士,得谂近况,有可记者,因并志之。

二十五日午后,自卡尔登观《美女如云》新片出,将赴雪园参与云裳公司董事会茶会。忽见一姝行于前,背影婀娜,似曾相识。而姝已瞥见愚,遽展笑相招呼,则赫然唐瑛女士也。问得毋往雪园,应曰然,因偕行。愚曰："此次蜜月旅行,曾至北京否？"曰："否,但小住大连与青岛而已。兼旬未见,君相吾貌,亦较丰腴乎？"愚笑曰："丰腴多矣！想见蜜月中于飞之乐。"女士嫣然无语。愚又进而问旅中情形。曰："此行以神户丸往,以大连丸归。两舟并皆阔丽,而以大连丸为胜,坐之良适。游迹所及,则于大连青岛外,又尝一至旅顺。以风景言,端推大连。所居逆旅,为日人所设，幽雅绝伦。门临碧海，风帆沙鸥，皆可入画焉。"愚曰："女士此游，似皆作舟行，亦尝以车否？"女士曰："尝一度登南满铁道之火车，路政之佳，得未曾有。惟头等车中，别无乘客，稍苦寂寞耳。"愚笑曰："女士有侍从武官在，跬步不离，岂复有寂寞之苦哉？"女士笑而不答。是日与会者有谭甘金翠女士、宋春舫、徐志摩、张禹九、江小鹣、张学文、陈小蝶诸子。相与调谑，女士不以为忤。已而讨论及于称呼问题，多以骤呼太太为不便。女士笑顾愚曰："顷在街中见君，曾两呼周先生，而君不吾应，何也？"愚曰："无他，徒以呼唐小姐则不称，呼李太太则不惯耳。"女士曰："然则仍唐小姐呼吾可矣。"众皆不谓然，大约两称将并用云。

是夕，与小鹣、小蝶饭于志摩家。肴核俱自制，腴美可口。久不见小曼女士矣。容姿似少清癯，盖以体弱，常为二竖所侵也。女士不善饭，独嗜米面，和以菌油，食之而甘。愚与鹣蝶，亦各尽一小瓯。座有翁瑞午君，为昆剧中名旦，兼擅推拿之术。女士每病发，辄就治焉。餐罢，小鹣就壁间出一油画巨幅相示，则女士画像也。面目宛然，栩栩欲活，虽未完工，神形已颇逼肖。连日方在赶画中，闻将作天马展览会出品云。已而唐瑛女士来，盖践小曼之约，谈天马会表演剧艺事，拟与小曼、小鹣、梅生合串《贩马记》。小鹣请小蝶亦加入，或将一串剧中之县官，于红氍毹上，现宰官身焉。小曼意独未餍，坚翢棣华合串昆剧《游园惊梦》。曼生而华旦，脱成事实，诚可谓珠联璧合矣。居顷之，俞振飞君至，为小曼、小鹣说《贩马记》，唱白均宛转动听。二小得此名师，造诣可知。闻袁抱存、丁慕琴二兄，亦将表演京剧，同襄盛举。他日天马会开，人才荟萃，度必有以餍吾人之观听也。

11月3日（第289期）

第3版"小报告"栏中称："陆小曼女士因病，唐瑛女士因忙，对于各处来请串戏者，皆婉辞，且有在天马剧艺会演剧后，不再在他处出演之表示（因天马会在数月前预请）。报载陆女士将在某处演剧云云，实无此事云。"

11月24日（第296期）

第2版刊吉孚（即杨吉孚）《天马会演剧预记》。文中记曰："天马会八届美术展览凡七日，观众数千，莫不赞赏。近拟演剧筹款，经营基本会所……陆小曼、翁瑞午《玉堂春》……陆小曼、江小鹣《贩马记》……程君[1]系戏剧家余上沅先生得意高足之一……此次小鹣慕其能，经余上沅、徐志摩二先生之介，得程为助，诚天马会之幸也。"

12月3日（第299期）

第2版页眉刊《天马会剧艺会节目》。"第一日剧目"中有杨清磬、翁瑞午、陆小曼、江小鹣、徐志摩、丁慕琴合演《玉堂春》。

12月6日（第300期）

第1版报头便装照《天马剧艺会中之陆小曼女士》，光艺摄。

第2版刊杨清磬《想像》，系其为苏少卿、张光宇、徐志摩和江小鹣所作戏装漫画像。画上方依次书"少卿之寄子""光宇之虹霓关""志摩之玉堂春"和"小鹣之贩马记"，右侧署"清磬戏作"。

12月9日（第301期）

第2版刊空我（即余空我）《天马观剧记（上）》。文中记曰："次为《玉堂春》，蓝袍江小鹣，红袍徐志摩，巡按翁瑞午，共审一陆小曼。二司举动，令人发噱。翁之巡按，念做俱佳。陆之玉堂

---

1 指程义坤。

春,歌喉甚耐听,唱能兼纳梅荀程尚诸家之长,似芜而不觉其蔓,无怪采声不辍也。惟梳妆照镜流水,转得太快,板槽似未能圆匀耳。"

12月15日(第303期,"海粟画展特刊")

第2版刊瘦鹃《天马剧艺会琐记(下)》。文中记曰:"是夕司法界名人如王宠惠、魏道明二博士与郑毓秀女博士俱戾止。郑女博士与陆小曼女士为素识,特探之后台。会玉堂春将登场,因亲为化装,涂脂抹粉,有若内家,小曼称谢不已。化装既毕,款款登场,一声'苦呀',已博得彩声不少。衣饰镣枷之属,均极精丽。长跪公案前时,承以云裳锦垫。此女罪犯,可谓大阔特阔矣。唱白之佳,亦不亚于老斫轮手。独鹤小蝶,称赏不已。医生本定丁慕琴,而慕琴面嫩,不敢登台,卒由光宇承乏。为王公子诊脉时,谓此病不必吃药,应施以推拿之术。盖扮演王公子之翁瑞午君,为推拿名医,故调之也。凡识翁者,佥为失笑。"

第3版刊徐志摩文《海粟的画》。

12月24日(第306期,"妇女慰劳伤病军士会特刊")

第3版刊《陆小曼女士之画》。画中题句"叶乱裁笺绿,花宜插鬓红。蜡珠攒作蒂,缃彩剪成丛",录自唐温庭筠五律诗《海榴》。

第3版刊照片《陆小曼女士》,梅生摄并配文:"小曼女士昆乱俱精,曾观女士表演者,无不倾倒备至。各界举行剧艺会时,必来相邀。惟女士身弱多病,不能时时登台,现其色相,可谓憾事。自天马会一度表演后,即受医生之嘱,须静养年余,故有不再演剧之意。此次因郑毓秀、蔡子民二博士再三邀请。蔡先生并亲访徐志摩君尊人,以陆女士加入表演相要求。小曼女士因不得已,只得允诺,但自此次后,决不再演矣。仰慕女士丰采剧艺者,不可失此最后瞻仰女士之好机会。女士雅擅绘事,惟不肯轻易挥毫。刻因愚之请，为本期特刊绘一帧，殊可珍贵也。"

第4版刊《中华妇女慰劳伤病军士会假座共舞台演剧节目》，其中《玉堂春》由江小鹣、陆小曼、六桂室主和海谷先生合演。"六桂室主"即翁瑞午。"海谷先生"即徐志摩，徐志摩曾以"海谷"或"海谷子"为笔名发表过好几首诗作。

12月27日（第307期）

第2版刊杨吉孚《妇女慰劳会观剧记》。文中记曰："陆小曼女士演玉堂春，较上次又有进步，开场即预留嗓音，从六桂室主之忠告也。"

第2版刊名画师黄文农速写《翁瑞午、江小鹣、徐志摩、陆小曼之〈玉堂春〉》，画面右下角署"文农"。

第2版刊台生《文农速写记》："念三日之夕，妇女慰劳伤病军士会假座于共舞台演剧筹款。一时名人萃集，济济一堂。女界到者尤夥，钗光鬓影，殊为会场生色不少。京剧节目中最著者，有王得天（晓籁）君之《二进宫》，卢小嘉君之《宝莲灯》及曾出演于天马会中翁瑞午、江小鹣、徐志摩三君及陆小曼女士合串之《玉堂春》。陆女士该夕尤为卖力，唱做俱佳，博得彩声不少。时讽刺画家黄文农君亦在座中，愚因请为画数帧（如右图），以刊本报焉。"

1928年

1月1日（第309期）

第2版刊《陆小曼女士为本报记者黄梅生先生绘贺年柬及题词》。贺年柬左边画中有"恭贺新禧黄梅生"字样，右边题词录自宋代朱敦儒《减字木兰花》："无人请我，我自铺氍松下坐。酌酒裁诗，调弄梅花作侍儿。 心欢易醉，明月飞来花下睡。醉舞谁知？花满纱巾月满杯。"题词下署"小曼"。

第3版"小报告"栏中称:"陆小曼女士今日下午四时在城内女职游艺会中表演《春香闹学》。此剧为女士杰作之一。曩客串都门时,曾得时誉者也。"

1月6日（第310期）

第3版刊丹翁（即张丹斧）《戏咏诗人徐志摩先生鼻》：

其一

英国道人牛（牛鼻道人英国公余徐绩），相攸象亦忧。拥吟安石谢，打倒嚣公刘。守宅充门钥，登床代帐钩。准开新月好，并不触眉头。

其二

既在心为"志"，真成鬃是"摩"。远尝舌味少，近浥口香多。涌塔嫌当路，撑桥反隔波。并无别障碍，前面一鹦哥。

第3版刊《张丹翁赠陆小曼女士联，附小启》：

昨晚元旦，忽然高兴，撰书一联，赠陆小曼女士。释文云："小词不俗休怀宝，仙画无师已动人。"自谓精绝，可以制版。惟边跋"为"字，非徐先生尊鼻象形也。呵呵，芥兄。弟丹翁顿首。

1月15日（第313期）

第2版刊照片《徐志摩先生女兄雅君女士》，梅生摄。

2月27日（第327期）

第2版刊吕弓《粉墨杂谈·马艳云姊妹之近况》。文中说："蜚声京津之坤伶马艳云姊妹，芳年投身伶界，家赤贫，无力延师，幸亲友扶助,始得问业途径。初出演北京,陆小曼及张某二女士捧之最力。其行头等,泰半由二女士集资置办。"

第2版刊戏装照《陆小曼女士之〈思凡〉》,梅生摄并识:"小曼女士擅演昆剧,扮相尤曼妙绝伦。其所戴道冠及袈裟,乃参照旧式,加以改良者。"

3月3日(第328期)

第3版刊丹翁《我所欢迎之二徐》:

五代出风头,大小有二徐。今代出风头,岂曰二徐无?小徐大在鼻,大徐大在胡。胡徐作名父,鼻徐称贤夫。

鼻徐家有班大姑,胡徐寄女人人倾国倾城妹。所惜丹翁患河鱼,暂时不能女光图啜铺。否则,左手把鼻右抓胡,吃个不亦君子乎!

第4版"剧讯"栏中称:"坤伶马艳云艳秋姊妹,下月有来沪说。预备欢迎者,有陆小曼女士及袁抱存、梅花馆主二君。"

3月9日(第330期)

第1版报头刊照片《名坤伶小兰芬》,梅生摄,江小鹅设计,陆小曼题"兰芬双影"。

3月21日(第334期)

第2版刊梅生《六日杂记》。文中记曰:"十一日 偕小兰芬往谒陆小曼女士,畅谈都门剧界琐事,颇有趣。约四时左右,复同往徐朗西先生处。盖愚介兰芬为朗西先生寄女,是日往行礼也。来宾伫候观礼者有张雨霖、王彬彦、郑子褒、江红蕉诸君,但行礼时,仅小曼女士与愚得见也。行礼后,小曼女士、小兰芬及愚往天蟾观雪艳琴之《送酒》。唱做俱佳,为之击节不置。晚间峪云先生设宴会宾楼,到者小曼女士、雪艳琴、小兰芬、海粟、亚尘诸君,而许久不晤之张辰伯君亦来,尤令愚喜出望外也。""十二日下午与小曼女士、徐志摩、徐朗西、张慰慈诸君在天蟾观雪艳琴之头本《虹霓关》,均觉雪之唱做与武功俱好,为坤角中之有数人材。晚间往上海舞台拟观小兰芬、言菊朋之《四郎探母》,因时已迟,兰芬已下场,因与小曼、朗西、志摩携其往第一台听新艳秋之《骊珠梦》。""十三日……晚间愚宴朗西、子英、志摩、小曼、瘦鹃诸君及雪艳琴、新艳秋、小兰芬于会宾楼,畅叙甚乐。又往第一台观《玉堂春》。""十四日……往观小兰芬、言菊朋之《御碑亭》。珠联璧合,佳剧也。小兰芬为都门名坤伶之一,来沪后,颇郁郁不得志。迩来因得多数观众欢迎,文艺界评剧界中知名之士如峪云、梅花馆主、郑正秋、步林屋、周瘦鹃、徐志摩诸君,陆小曼女士均有赞语,他日不难一跃而执坤角之牛耳也。"

3月24日(第335期)

第3版刊正秋《新解放的小兰芬(一)》。文中说:"陆小曼女士,就是新文学家徐志摩先生的夫人,又是个学贯中西的新人物,更是个爱好艺术的新人物,而且是一个很有戏剧天才的新人物,尤其是自求解放而希望妇女们都解放的新人物。当然啰,她对小兰芬,决不摆贵夫人的架子,决不眼高于顶看轻女戏子,凭着平等的观念,互助的精神,对小兰芬常表十二分的同情心,所以常相来往。后来女士要回南,分别时节,兰芬正病得要死。女士既到上海,老没有得到兰芬消息,总以为伤心一枝兰,已经谢世了,那里知道小兰芬犹在,还在上海来搭班呐!"

3月30日(第337期)

第2版刊正秋《新解放的小兰芬(二)》。文中说:"今年阴历元旦,小曼女士看见戏单上有小兰芬名字,不知道是她不是,到上海舞台看她戏，那知道一遭不见再一遭，夜夜来看，夜夜赶不到，实在她的戏码太前了。幸亏梅生先生问了林屋山人，才知道确是这个小兰芬。于是把她找了来，从此替她想法子，天天定座，夜夜捧场，居然引动了观众的注意，居然同言菊朋配戏，居然常常有人叫她的好了。"

4月3日（第338期）

第2版"剧讯"栏中称："此次北来女伶中，上海舞台之小兰芬色艺均佳。海上闻人如徐朗西、步林屋、郑正秋、苏少卿、梅花馆主及陆小曼女士等，俱赞赏之。自今日起烦其演剧三日，第一日《玉堂春》，第二日《南天门》，第三日《六月雪》。喜聆歌者，不可失此机会也。"

第3版刊陆小曼文《请看小兰芬的三天好戏》。

4月6日（第339期）

第3版刊丹翁《捧小兰芬》：

小兰芬果然好，倒第二的戏码子真无愧了。单说她那副水玲玲的歌喉儿，老实要把座客的魂灵唱跑。揭帘就是满堂彩，孙老元的胡琴都压不倒。《南天门》与《六月雪》，两夜好戏永永印在人脑。但若不遇知音而又知疼知爱美貌无双的小曼徐夫人，和徐步两位干头子老，又怎能这们一捧就捧到第一等的瓜瓜叫。啊呀，你们可知完全亏了一位火炉上所插那枝黄梅兄（其实红桃聊尔借用），才能将一根草立地变成个宝。你们莫笑火炉典故太希奇，请到徐鼻兄的楼下一看实地写生就知道。我说到这里可算把点颜色你看看，只梅兄肯"鞠躬尽瘁"，你那"红而后已"我敢保。呵呵！徐鼻兄虽然会瞎学我扬州话，我也会他的新诗，学成一种这们不知云何的圣人（胡也）调。说到这里又回头，凡想听小兰芬的快快买份《上海画报》。

4月9日（第340期）

第2版刊正秋《新解放的小兰芬（三）》。文中说："旧戏馆里的旧惯习，仿佛筑的铜墙铁壁，简直的牢不可破。排戏论包银多少，讲角儿大小，来分戏码的高低。假使要改革这老例，可是难上加难。也不知有多少好材料，为着这旧惯习，永远得不到好机会，而自己灰心，不图上进，不求名师，不再下本，从此自暴自弃自甘堕落，老做三四路脚色，一直埋没到底。这一遭，小兰芬终于靠小曼女士长时间的谋画和号召，居然把他们的旧惯习改革了。""大角儿的阶级观念，非常之深，不愿意同小角儿配戏，和瞧不起坤角，十八倒有十人是一样的心理。这种观念，也不知埋没了多少好人材。小兰芬和言菊朋，包银大小相差很远，牌子高低又相差很远。此番得陆小曼女士的力量，居然把大角儿的阶级观念打破了，替女优提高地位，替小角开辟解放的生路。这是何等可喜的事！""小曼女士肯下本钱邀朋友，不（停）地捧她，一半为友谊，一半也是培植人才。"

第2版刊吉孚《美酒名剧并记（上）》：

十三日午后往访徐志摩先生、陆小曼女士，叩门而入，张丹老及黄梅生兄已先在。时近黄昏，室中光线殊暗，只见小曼女士坐于沙发上，匆促问曰："徐先生安在？"小曼笑指一隅曰："徐先生方练功夫，君不见耶？"因随其所指而视，果见志摩先生端立一角，擎拳伸臂，作骑马式。一北方老者在旁指导。未几，小曼亦一试之。丹老欲往访友，志摩、小曼坚留，谓有美酒款客。言毕，志摩取六巨瓶置几上，启其二，以饮诸人。先试于丹老，丹老连称至美。志摩曰:"此中国美酒也,方由捷足自徐州送来。"小曼则取西洋酒两瓶来,亦请丹老尝之。丹老饮毕,曰真正至美,于是彼此连饮数盏,复佐以佳肴。兴益高,酒乃益美。小曼数数称小兰芬,并述其家境。余慨然曰:"环境恶劣,如小兰芬者,固大有人在,兰芬何幸而得君青眼?"梅生笑曰:"君所言者,意固在韩艳芳也。"余曰:"何以知之?"梅生曰:"君有一文谈韩艳芳,登之《自由谈》,余独不见耶?"

4月12日(第341期)

第2版刊吉孚《美酒名剧并记(下)》:

乃益信《自由谈》效力之大。饮毕,兴辞而出,相约晚间往大新舞台观小兰芬之《南天门》。八钟余赴长者新半斋之宴,未终席,即驱车至大新,陆小曼女士、峪云山人、林屋山人、郑正秋、徐志摩、黄梅生、沈恒一、梅堂主人早先在。志摩先生为余留一座,否则恐将向隅矣。时刘艳琴演《馒头庵》,未几下场,而轰动一时之小兰芬之《南天门》,乃出演。合演者为客串郭少华君。兰芬年十八,郭君年十三。苟以年龄测之,其成绩必平平。孰意帘幕启时,彩声已如春雷暴发。相将而出,作倾跌者再,颇能合雪深那知路高低之意。始不敢轻视,及唱至西皮一段,彩声又作。郭君嗓音颇似小余,兰芬则极似小云,喉音虽不宽,而能使腔运嗓,纯出乎自然,亦颇不易。尤可贵者,兰芬知座中皆为知音,颇肯认真唱做。即此一端,亦可以谢来宾矣。台上满置花篮匾对,小曼赠曰"南北峥嵘",影梅堂主人赠曰"有声有色",峪云山人、林屋山人合赠一匾,惜余忘其辞。所赠郭君之花篮等,亦颇多。《南天门》演完,遂各驱车归。临行小曼嘱为之记,因志数语以勖兰芬。兰芬勉乎哉!

4月15日（第342期）

第2版刊吉孚《答丹老》：

梅生赴杭，丹老、我同访志摩先生，因凑四十字答丹老。

黄梅如黄鹤，有什么奇怪？丹老来约我，函登上海画。礼拜六下午，同到法租界。哈哈志摩呀，学学扬州话。（丹老说扬州话，志摩喜效之。）

5月9日（第350期）

第3版刊丹翁《为慰劳会勉吉孚》：

调寄唐多令

快快吉孚兄，帮忙劳北征。仲尼云、不让当仁。见义勇为君子也，为各界、树先声。

上次算梅生，风头万众称。尽招邀、小姐夫人。艺术尤须求领袖，陆小曼、与唐瑛。

5月12日（第351期）

第1版报头刊照片《风流儒雅（陆小曼女士之戏装）》。

第3版刊照片《名坤伶小兰芬之〈探母〉旗装》，记者配文："右为小兰芬之《探母》戏装小影，富丽堂皇极矣。兰芬自经陆小曼女士大捧，徐朗西、步林屋、王晓籁诸君时加誉扬，海上诸评剧家复时于报端为文张之，声誉日盛。"

5月24日（第355期）

第3版"小报告"栏中称："各界慰劳会由冯有真、程义坤二君主持，进行甚力。程君广交游，闻人如王晓籁、徐志摩、江小鹣、田汉、孙师毅诸君，均由程君邀请，任该会顾问。"

5月30日（第357期）

第1版报头刊照片《陆小曼女士之旗装》。

6月21日（第364期）

第3版刊照片《陆小曼女士之化装》。

8月6日（第379期）

第3版刊舍予《徐园孙寿一夜记》。文中说：六月十七（阳历8月2日），孙慕韩（宝琦）母六十寿庆，在徐园设寿堂，晚间有堂会戏。"当袁氏双云演《汾河湾》时，忽台前女宾席间哗笑。有某君（或谓盛萍荪君）向陆小曼女士下跪三次，坚请其串演一剧，有不达允诺誓不立起之势。赞同者群呼拥护客串口号。小曼窘极，遂允补演《打雁》一场。因袁演系自窑门，故补头场，借以讨巧。记者晤翁瑞午，翁拟操琴，后以未及携来，乃不果。有人谓设为翁琴，当不致在'付儿拿定'腔上，与琴相碰而板欠准确云。"

8月21日（第384期）

第1版报头刊照片《幽人芳躅印东篱（陆小曼女士最近影）》，梅生摄。

9月9日（第390期）

第2版"菊讯"栏中称："大世界新乐府昆班，前日演全本《牡丹亭》。顾传玠、朱传茗诸名角，唱做俱佳，观客无不赞美。闻此剧系黄梅生君所烦演，盖黄有北来友人欲一观也。陆小曼女士亦携其义女筱兰芬往聆。"

9月18日（第393期）

第1版报头刊照片《陆小曼女士近影》，梅生摄。

第3版"菊讯"栏中称："马秀英于十四日登场，共舞台营业一振。沪上闻人峪云山人、罗曲缘、王晓籁、余子英、秦通理诸君,徐朗西夫人、余子英夫人、陆小曼、秦丽贞女士等,及中华公记海曙兰衣律和正谊诸社名票友,均往观剧,且赠绸匾、对联、花篮、银盾。是日天蟾、丹桂均演新本戏,天又大雨,而共舞台能上座九成,秀英之力也。所演《女起解》,唱做俱佳,彩声如雷。"

10月10日(第400期,"国庆及四百期两大纪念特刊")

第3版刊照片《陆小曼女士》。

第3版刊陆小曼画作一幅,署"陆小曼女士作"。此画实为陆小曼与翁瑞午合作。

10月12日(第401期)

第2版刊丹翁《小兰芬》:

绝妙小兰芬,新收女学生。无双惊蝶影,第一嫩莺声。陆曼缠绵意,黄梅荐举情。最须公瑾捧,尽赖瘦鹃兄。

10月15日(第402期)

第2版刊丹翁《歌呈徐夫人陆小曼女士》:

我有两好友,梅生与瑞午。三人同一车,昨诣小曼夫人所。夫人饷以美国之蒲桃,饮以欧西五色之仙醪,并令绝色雏鬟为我摘蟹螯。酒罢,夫人有仙意,倚床低唱人间戏。翁兄操弦夸妙手,黄兄拍板擅殊致。翁兄本为当代第一流名票,故能节节言其曲之妙。酒间忽来一贵客,夫人呼曰穆伯伯,政治大家,字藕初,中外闻人谁不识?伯伯事忙坐片刻,我辈直闹到二鼓以后才扶醉出。

第3版"小报告"栏中称:"程艳秋登台,上座极盛。愚[1]与小曼女士等十一时至大舞台,走道中人均坐满,并有坐台上者。幸座早预定,否则将牺牲眼福矣。"

第3版"菊讯"栏中称:"蒋丽霞武工卓绝一时,愚昨日特烦其演三本《铁公鸡》。友人徐朗西、张丹翁、陆小曼诸君往观后,无不赞美备至。"

11月12日(第411期)

第3版刊徐志摩与小兰芬合影,梅生摄并识:"上为诗人徐志摩先生与其义女筱兰芬合影。徐先生今日自欧返沪,而筱兰芬将于今日赴北平,'奇谈'也。因刊此影,以志欢迎与欢送。"

11月21日(第414期)

第2版刊瘦鹃《樽畔一夕记》:

徐志摩先生自海外归,友朋多为欣慰。畴昔之夕,陆费伯鸿、刘海粟二先生设宴为之洗尘,愚亦忝陪末座。是夕嘉宾无多,除主人陆刘伉俪四人外,惟徐志摩先生、胡适之先生、顾荫亭夫人与一陈先生伉俪而已。入席之前,胡徐刘陈四先生方作方城之戏,兴采弥烈,四圈既罢,相将入席。肴核为南园酒家所治,清洁可口。中有脍三蛇一器,诸夫人多不敢尝试。群以女性畏怯为讽,顾夫人不屈,连进三数匙,意盖为女性吐气也。愚平昔虽畏蛇,而斯时亦鼓勇进食。厥状略如鸡丝,味之特鲜。陆费先生劝进甚殷,谓子体夙不甚健,多食此物,足资滋补。愚笑领之。席间谑浪笑傲,无所箝束。初,互问年事,则陆费先生四十三,居长。胡先生三十八,愚三十四,徐刘各三十三。顾荫亭夫人亦三十八,因与胡先生争长,

---

[1] 指黄梅生。

二人同为十一月生,而胡先生卒获胜利,盖早生一星期也。已而及于子女之多寡,则陆费先生本四而折其一,胡刘各三,愚得半打。众以凑满一打为言,愚笑谢不遑。陆费先生因言友朋中之多子女者,以王晓籁先生为冠,得二十余人。居恒不复忆名字,每编号为之。而王先生余勇可贾,谓须凑足半百之数。张刚夫先生(即名医张近枢先生)得十四人,折其一,亦云不弱。众闻之,咸为咋舌不已。徐先生为愚略述此行历五阅月,经欧美诸大国,采风问俗,颇多见闻。在英居一月,在德居一星期,而在法居四日夜,尤如身入众香之国,为之魂销魄荡焉。归途过印度,访诗哲太谷儿于蒲尔柏,握手话旧,欢若平生。印度多毒蛇猛兽,其在荒僻之区,在在可见。惟民气激越,大非昔比,会见他日必有一飞冲天、一鸣惊人时也。愚问此行亦尝草一详细之游记否,君谓五阅月中尝致书九十九通与其夫人小曼女士,述行踪甚详,不啻一部游记也。愚曰,何不付之梨枣,必可纸贵一时。君谓九十九书均以英文为之,迻译不易,且间有闺房亲昵之言,未可示人也。席散,徐胡刘等重整旗鼓,再事雀战。愚作壁上观。不三圈,胡刘皆小挫,去五六十金。志摩较善战,略有所获,然终不如陈先生之暗□叱咤,纵横无敌也。时已十时,愚以事兴辞出。

第3版刊怀兰《菊部新语》。文中说:"筱兰芬于前日乘华山丸北返。上海舞台经理赵如泉留之不获,乃许其告假一月,期满复入该台,并送礼物四事。陆小曼女士除送程仪外,又制冬衣数袭赠之。沪上喜聆兰芬歌者,闻其北上,皆为惆怅不已。故兰芬将行之前三日,上海舞台每夕售十金外,足见其叫座能力之一斑。"

11月24日(第415期)

第3版刊《诗人徐志摩先生(立)与画家刘海粟先生合影》,

梅摄。

11月27日（第416期，"名女优号（上）"）

第2版刊陆小曼文《马艳云》，署"陆小曼女士"。

12月3日（第418期）

第2版刊瘦鹃《红氍毹上之姊妹花枝》。文中说："今年北平的许多名女优，连袂的南来，其中色艺出众的很是不少，于是捧角之风大盛。兴致最豪的，要数徐步二山人和徐夫人陆小曼女士以及本报丹翁、梅生、空我诸位了。那些以浅笑轻颦清歌妙舞颠倒海上众生的妙女儿，几无一不经他们一捧而成名的。"

1929年

2月21日（第440期）

第2版刊《印度大诗哲泰谷尔先生及诗人徐志摩先生合影》，附"梅生志"："此影为客冬徐先生游印度时所摄，故亦着印人之服，且在泰谷尔先生家中所摄，故弥足珍贵也。"

2月27日（第442期）

第1版报头刊照片《陆小曼女士近影》，梅生摄。

第3版刊丹翁《戏题诗哲泰谷尔诗人徐志摩合影》：

印度泰谷尔，中国徐志摩。诗哲与诗人，诗才差不多。志摩夫人美，能诗且能歌。诗哲被打倒，因无诗老婆。

3月3日（第443期）

第2版刊《徐志摩章行严两大文学家在英京伦敦合影》，附"梅生识"："章行严氏去年侨去英伦，居家课其子女，经济状况至不佳，每月生活费仅三十镑。其夫人亲自操作，然家庭之乐固融融也。志摩先生过伦敦时,摄此影以留纪念。"

第3版刊徐志摩摄剑桥大学附近风景,附"梅生志":"英国剑桥大学为诗人徐志摩先生之母校。此其附近风景也,乃客岁志摩先生重游该地时所摄。"

3月18日(第448期)

第3版刊照片《牛群》,署"徐志摩先生摄于埃及"。

第3版刊丹翁《捧圣》:

多年不捧圣人胡,老友宁真怪我无。大道微闻到东北,贤豪那个不欢呼?梅生见面常谈你,小曼开筵懒请吾。考据发明用科学,他们白白费功夫。

4月20日(第462期)

第3版刊照片《全国美展中之文艺友》,徐志摩与周瘦鹃、江小鹣、张珍侯、胡万里、胡伯翔等人合影,黄警顽赠。

6月24日(第480期)

第2版刊照片《埃及风景》,署"徐志摩先生摄"。

7月30日(第492期,"南国戏剧特刊")

第2版刊徐志摩文《南国的精神》,误署"徐志靡"。文后"附注"作于"七月二十七日"。

第2版刊陆小曼题字"南国光明",上款为"敬祝南国无疆",下款署名"陆小曼"。

第2版刊杨吉孚《三言两语》。文中说:"这张南国戏剧特刊,完全是徐志摩先生的热心爱护戏剧才编成的,在下不过赞助罢了。"

8月3日(第493期)

第2版"第四九一期本报"栏中称:"上期徐志摩先生文,署名摩误靡,印□[1]未改,并此勘正。"

9月30日(第512期)

第4版刊徐志摩短篇小说《倪三小姐(一名《轮盘》)(一)》。

10月3日(第513期,"陕赈游艺特刊")

第2版刊梅生《谈陕灾游艺会》。文中说:"惜陆小曼女士以病未先加入,令人不能一饱耳福为憾耳。"

第2版刊俞俞《陕赈游艺特刊赘言》,文中说:10月2日、3日,陕西赈灾会假座中央大戏院举行游艺会,表演旧剧话剧。"徐志摩、陆小曼,梁孟,翁瑞午、黄梅生二先生原拟合演全本《玉堂春》。小曼夫人忽染小恙,太夫人不欲其力疾登台。大好佳剧,遂尔作罢。"

第4版刊徐志摩《倪三小姐(二)》。

10月6日(第514期)

第2版刊徐志摩《倪三小姐(三)》(原刊误作"四")。

10月9日(第515期)

第4版刊徐志摩《倪三小姐(四)》。

10月12日(第516期)

第3版刊徐志摩《倪三小姐(五)》。

10月15日(第517期)

第4版刊徐志摩《倪三小姐(六)》。

10月18日(第518期)

第4版刊徐志摩《倪三小姐(七)》。

10月21日(第519期)

第2版刊徐志摩《倪三小姐(八)》。

---

1 原刊此字不清,疑为"时"字。

10月24日（第520期）

第2版刊徐志摩《倪三小姐（九）》。

10月27日（第521期）

第2版刊徐志摩《倪三小姐（十）》。文末署"二月三日完"。

1930年

2月6日（第554期）

第1版报头刊照片《陆小曼女士》，怀芝室（即黄梅生斋名）藏。

3月18日（第567期）

第2版刊照片《陆小曼女士之旗装》，怀芝室藏。

7月24日（第609期）

第2版刊王者香《艺社得演〈卞昆冈〉〈夜店〉》：

虹口艺社演剧部自今春公演《寄生草》及《美媚》两剧后，对于舞台装置、配景、光影、化装、服饰等等，俱有新的贡献。且演员技巧方面，尤驾乎其他一般话剧团体之上。故观众能深印其美于脑海中，至今不忘。闻该社于暑假期中，社员之就宿该院者，大都休歇，特排练有徐志摩与陆小曼合作之《卞昆冈》、高尔基氏之《夜店》。两剧俱系当代上选杰作。前者完全以描写东方乡村空气，哀感顽艳；后者系一张到民间去的写真，慷慨热烈，性格伟大。演员方面除上次表演之曾善仁、赖麟书、张士工、罗翠莲之外，更加上徐心波、黄英、李悦仙等。排演仍由朱沁担负。出演地点，闻正在接洽中，大约非爱普庐即新中央云。此项消息该社极守秘密。记者与该社排演朱君友善，蒙彼见示，因预告于上画诸读者之前。

1931年

1月27日（第669期）

第3版刊记者《珍闻识小录》。文中说："徐志摩先生近任光华大学、中央大学文学教授，顷已接受大东书局之聘为编辑长，惟不能每日到局治事云。"

5月20日（第702期）

第3版刊阿难《徐志摩来去匆匆》：

新诗人徐志摩先生，前传其有长大东书局编译所之说，嗣以徐不惯刻板生涯，迄未实现。本年光华、中央各大学，虽曾聘其为文学教授，徐亦不愿就职，乃于月前北上，先赴青岛，继往平津，数日前又复匆匆南下，则云往硖石省亲。友有与徐稔者，谋于徐回沪后，设宴为之洗尘，讵知徐到沪不满二日，又匆匆趁车赴北平。徐夫人陆小曼女士，则未随往，仍偕其母同居于大中里。闻徐北上之原因，系就北大学术讲座之职。徐在京沪各大学教书，每月所入，不过四五百元，抑且仆仆道途，迄无宁息，而北大学术讲座，则钟点甚少，而每月所入，可八百金。且此款系出于庚子赔款之一部份〔分〕，保无拖欠，故胡适等人均将就职。外间盛传新月书店总店将移北平，未始非无因也。

5月30日（第708期）

第2版刊灵《徐志摩北上还债》：

新诗人徐志摩先生日前来沪，小住数日，即匆匆北行。不慧君已为文纪之本报，并谓徐先生北归，系就北大文化基金讲座之聘。以余所知，则尚不在此。此次北上，尚有更重要之债务，亟待清偿。先生虽以挥霍著名，然尚不至被逼还债之地步。然则此之所谓债，当非钱债，而为诗债，无疑矣。盖文化基金委员会内，设编译馆，将以庚子赔款之一部份〔分〕，广征名人著作。徐先生为当代唯一诗人，其所译曼殊斐儿之诗，早已脍炙人口。故在平时，已允为该馆翻译英国大诗人拜伦之全部著作。拜伦之诗，深情流露，悱恻缠绵，苏曼殊早为介绍国人。第其重要而整个之著作，尚少逸译。先生特发愿为全文，亦翻译界伟大之贡献也。颇闻此项稿费，亦以字计，每千十五元，在国内不可谓非优厚。然以各处文稿，堆积如山，故自应允以来，数月未曾动笔。该馆时来催索，无可再推。此番北上，其第一要务，即清偿此笔诗债。愚以兹事颇趣，特为纪之，倘亦文坛逸话欤！

8月6日（第730期）

第3版"小报告"栏中称："新诗人徐志摩君自上月由平回沪后，至今仍居沪上。某某数报，传徐已北上，实误。惟徐旧寓大中里则已迁移，现寓同孚路成和邨。又某报谓徐与其夫人陆小曼女士失和，亦未确。盖偶尔龃龉则有之，失和则未也。"

8月9日（第731期）

第2版刊《徐志摩先生来书》，系8月6日徐志摩致钱芥尘函。

11月12日（第760期）

第2版刊芬公《现代名画展览》。文中说："薛保伦君与海上名画家情感素洽，每次展览会，皆由薛君襄助其事。近发起一现代名画家近作展览会，于十三四五日在宁波同乡会举行三天。除孙雪泥、钱瘦铁、陈小蝶、贺天健、马万里、阎甘园诸君各以精品陈列外，尚有徐夫人陆小曼女士，亦有出品，是不翅艺术界新放一朵娇艳之花，足令鉴家大饱眼福者也。闻各画标价特廉，在此国难声中，殊可调剂吾人烦苦愁闷之生活已。"

11月24日（第764期）

第2版刊阿灵《悼诗人徐志摩先生》：

新诗人徐志摩先生，于十九日乘中国航空公司之济南号飞机由沪飞平，不幸在济南党家庄附近失事，机师二人及先生同时遇难。此讯传来后，知友同声叹惜，不谓此才华盖世之诗人，竟罹此莫可挽救之惨劫也。

先生为浙之硖石人，留学英国剑桥大学。归国后，历任平沪各大学教授。所作诗文，散见报章杂志。其杰作如《志摩的诗》《翡冷翠的一夜》《自剖》等俱脍炙人口。两年前，为本报撰《轮盘》小说一篇，其清新之作风，美丽之词句，读者靡不称赏焉。

先生虽为文学家，然性甚活泼，交友多至不可胜数。又喜京戏，曩年上海举行慰劳北伐将士游艺会时，徐夫人陆小曼女士，曾客串《玉堂春》，自饰崇公道。当时本报曾载其剧照，并为文记之。今一转瞬间，已惨遭非命，能毋令人兴人琴之感欤！

先生年仅三十六岁。嗟呼！三十六岁，固一不祥名词也。英诗人拜伦（Byron）没年亦三十六。先生生平所行，殆与拜伦仿佛。其风流跌宕，亦不让拜伦专美。独拜伦以援希腊而投笔从军，享盛名于千古。而今国难方殷，正志士奋身救国之秋。奈何不假以年，而令其负枪杀敌，高唱大中华民族之雄歌耶！悲已！

先生自与陆小曼女士结婚后，爱情弥笃，而妒之者辄造作谣言以中伤之，大不怿。两月前，某报误以先生夫人为唐瑛女士，并谓与先生反目云云。愚见报后，即于本报为之更正。其时适在上海，曾以亲笔长函致本报芥公（已见本报）。实则先生独居北平，仍为经济问题。近虽膺中华文化基金委员会聘为委员，兼北大文学讲座,然性喜挥霍,所入仍不敷所出,故尝语人:"不写点东西,生活仍不够维持。"是则此次遇难,殆亦可谓为受经济压迫也。

先生于话剧,亦颇醉心。曩南国社在沪公演《莎乐美》时,主角俞姗,表演深刻,吐白流利,一时有莎乐美之称。先生曾至后台向之慰问。迨后先生任中大教授,俞亦在该校读书。师生之间,亦时以戏剧学艺相讨论。俞在京曾卧疾一次,日往探视。友戒其稍疏,则谓我光明磊落,奚惧为?其率直有如此者。

数年前,郭沫若、郁达夫、成仿吾等在沪创创造社,曾恳先生为之撰文。迨后徐氏北上,为《现代评论》作稿。有署名攻击郭沫若者,以郭诗"泪浪滔滔"一句,斥郭为虚伪。盖谓流泪纵多,亦不能成为泪浪,而况浪而成滔滔耶?于是成仿吾等疑此文为徐所作,即于《创造周刊》上对徐大肆谩骂,并引"泪如泉涌""出了象牙之塔"等譬喻词以反证之。实则此文或非先生所作。今先生已故,将永远成一疑案,然自此即与创造社脱离关系矣。

先生寓所中,陈设至雅。茶杯器皿,小巧绝伦。不知者将疑为儿童动用之物。壁间悬印度诗人太戈尔像,及徐悲鸿所作油画,幽雅深远,令人意兴悠然。

11月27日(第765期)

第2版刊章行严(即章士钊)《挽徐志摩》:

器利国滋昏,事同无定河边。虾种横行,壮志奈何斎粉化。
文神交有道,忆到南皮宴上。龙头先去,新诗至竟结缘难。

附注:愚两年前,寓伦敦西郊。志摩携《新月》杂志来访,旋又索去。愚戏赠一绝云:"诗人访我海西偏,慨解腰围赠一编。展卷未遑还索去,新诗至竟我无缘。"故末句然云。

12月15日（第771期）

第3版刊胡适之《追悼志摩》。

第3版刊姚虞琴、王长春《挽徐志摩先生》：

其一
姚虞琴

高处不胜寒，碧落御风酬壮志。
迷途其未远，青山钼月葬诗魂。

其二
王长春

四大竟皆空，下瞰尘寰尽刍狗。
浮生真若梦，上穷碧落即黄泉。

12月18日（第772期）

第2版刊胡适之《追悼志摩（续）》。

12月21日（第773期）

第3版刊胡适之《追悼志摩（续）》。文末署"二十年、十二月、三夜"。

12月24日（第774期）

第2版刊吊徐志摩纪念品照片并配文："已故新诗人徐志摩先生，于十二月二十日在静安寺设奠，吊客各赠以纪念品，佩之胸前。上为小影，下为诗谶。"

1932年

1月15日（第780期）

第2版刊看云楼主人（即曹靖陶）《章孤桐先生挽徐志摩联有新诗于我竟无缘之句感赋却寄》：

新诗较易得时名，珠玉思将砾石成。
结习竟侔长庆陋，词华终让子山清。
纵眸白苇黄茅地，侧耳瑶琴玉轸声。
一样高吟写怀抱，此中门户最分明。

2月15日（第785期）

第3版刊《梁任公致徐志摩书遗迹》。

2月20日（第786期）

第3版刊《梁任公致徐志摩书遗迹（二）》。

民国时期武汉大学"作文"教学研究[1]

武汉大学向来重视写作教学,有着极其深厚的写作教学传统。仅民国时期,就设置了众多与写作(作文)相关的课程。全面、系统地梳理民国时期武汉大学写作(作文)教学的历史,对于当下的写作学科建设具有重要的参考价值和启示意义。

上篇:"作文"课程概要

1928年,武汉大学成立,其下辖三个学院,即社会科学院、理工学院和文学院。1929年,社会科学院改为法学院,理工学院分为理学院和工学院。1936年设农学院,1947年设医学院。民国时期,武汉大学共有文、法、理、工、农、医六大学院。文学院始有中国文学和外国文学二系,1929年添设哲学系,1930年改哲学系为哲学教育系,同时增设史学系。1938年,哲学教育系又改为哲学系。

---

[1] 原载《写作》2019年第6期,与戚慧合署。

(一)"作文"课程开设情况

武汉大学文学院始终坚持两大"培养目标":一是造成专门的学者,同时又是受过高等教育的通人;一是养成学生自动读书研究的能力与习惯[1]。围绕这两大目标,中国文学系、外国文学系、哲学教育系和史学系都设置了各自的课程体系。在课程设置上,一方面,每个系、每个年级都有各自的专门科(课)目;另一方面,每个年级均有机会选修其他相关的科目,一二年级还设有不少共同的科目。其中,四个系都曾开设过一门必修课程"作文"[2]。

1929年度起,中国文学系开设了必修课程"国文讲读及作文"。1931年度起,中国文学系设必修课程"作文",分"作文(一)"和"作文(二)"两个阶段,一年级讲授"作文(一)",二年级讲授"作文(二)"。1935年度起,"作文(一)"改为文学院各系共同必修课程。1937年度起,文学院将"作文"课程分为"作文(一)""作文(二)"和"作文(三)",并规定一年级讲授"作文(一)",二年级讲授"作文(二)",三年级讲授"作文(三)"。1939年度至1944年度,应教育部要求,将"作文"课程改为"各体文习作"。1945年度至1947年度,"各体文习作"与"历代文选"合并,定名为"历代文选及作文"。1948年度至1949年度,中国文学系开设了"写作实习""现代散文选读与习作""现代小说选读与习作""现代诗歌选读与习作"等众多与作文教学相关的课程。

---

[1] 参见国立武汉大学:《中华民国十八年度 国立武汉大学一览》,国立武汉大学1929年12月印行,第7-8页。本文所谓"武汉大学",不包括其前身自强学堂、方言学堂、国立武昌高等师范学校、国立武昌师范大学、国立武昌大学、国立武昌中山大学等。

[2] 本文所谓"作文"仅指中文写作,不涉及外国文学系开设的英语、法语等作文课程。

自1938年度起，武汉大学文学院还为全校各院系开设了共同必修课程"国文"，"作文"教学在其中占有很重要的地位。

民国时期，在武汉大学担任过"作文"课程或与作文教学相关的课程的教员主要有：

谭戒甫（1887—1974），湖南湘乡人，上海南洋大学毕业，1928年9月到武汉大学。

朱世溱（1896—1988），即朱东润，江苏泰兴人，历任广西省立第二中学、江苏省立第七中学教员，1929年4月到武汉大学。

周贞亮（1876—1933），湖北汉阳人，前清进士，日本法政大学毕业，历任天津南开大学、北平第一师范院教授，1929年9月到武汉大学。

徐天闵（1888—1957），安徽怀宁人，曾任国立中央大学讲师、副教授，1929年8月到武汉大学。

苏雪林（1897—1999），安徽太平人，曾任上海沪江大学、苏州东吴大学国文教员和安徽大学教授，1931年8月到武汉大学。

刘异（1883—1943），湖南衡阳人，曾任辽宁东北大学、北平民国学院教授，1933年8月到武汉大学。

汪诒荪（1904—1972），安徽怀宁人，国立北平大学法学士，日本九州帝国大学法文学部历史研究所毕业，1936年9月到武汉大学。

叶绍钧（1894—1988），即叶圣陶，江苏吴县人，中学毕业，曾任北京大学讲师和福建协和大学教授、复旦大学讲师、商务印书馆和开明书店编辑，1938年9月到武汉大学。

高亨（1900—1986），吉林双阳人，清华大学国学研究院毕业，曾任东北大学、河南大学教授，1938年9月到武汉大学。

朱人瑞（1908—？），江西浮梁人，武汉大学中国文学系毕业，曾任江西省立南菁中学、安徽省立宣城师范教员，1938年10月到武汉大学。

黄焯（1902—1984），湖北蕲春人，曾任国立中央大学国文系讲师，1939年9月到武汉大学。

周大璞（1909—1993），河南固始人，武汉大学中国文学系毕业，曾任武昌东湖中学教员，1939年9月到武汉大学。

程会昌（1913—2000），即程千帆，湖南宁乡人，金陵大学毕业，曾任金陵大学、四川大学副教授，1941年到武汉大学。

叶瑛（1896—1950），安徽桐城人，国立武昌高等师范学校毕业，曾任吴淞中国公学、桐城中学、南开中学等校教员，1942年到武汉大学。

民国时期，武汉大学文学院教员中向有"旧派"与"新派"之分，"旧派"主要从事古代文学教学与研究，"新派"主要从事新文学教学与研究。担任"作文"课程的教员中，属于"旧派"的有周贞亮、谭戒甫、刘异、徐天闵、黄焯等人，而朱世溱、苏雪林、叶绍钧等人则属于"新派"。

（二）学程内容及课程指导

从1929年至1939年，武汉大学均编印了一册年度《国立武汉大学一览》，内收全校各院系"学程内容"和"课程指导书"。1940年至1949年，虽未编印《国立武汉大学一览》，但各院系每年度都有"课程指导书"或"课目表"。"学程内容"主要介绍每门课程的性质、教学目标、基本内容、基本要求等，"课程指导书"则对每门课程的类别、学分、周学时、年级、学期、任课教员等进行了详细说明。

1929年度和1930年度，中国文学系一年级设必修课程"国文讲

读及作文",其"学程内容"如下:

本学程取秦汉以来至近代各体甲选之文,用为模范,详加讲解。随即于授各体文时,讲明为各体文之方法,并试令作各体文,为之详加评改,使学者明于各体文之程式,且能操笔为之。[1]

这门课程由周贞亮讲授,每周二小时,一年授完(即讲授两个学期)。从周贞亮编写的课程讲义《各体文选》来看,他所讲授的"国文讲读及作文"是偏重于文言文教学。

1931年度起,"国文讲读及作文"课程停开,中国文学系一年级设必修课程"作文(一)"、二年级设必修课程"作文(二)",均每周二小时,一年授完。其"学程内容"如下:

作文(一)

练习普通应用之描写,记叙,议论各种文体。或翻译,或笔录,或就教员提出之参考材料作为综合,分析,批评之工作。每次皆当堂交卷以期练习敏捷之思考力。

作文(二)

练习普通应用文体,均当堂交卷。其由教员供给参考材料作长篇有系统之学术论文;或自由命题练习诗歌戏剧小说各种文艺者,不在此限。[2]

---

[1] 国立武汉大学:《中华民国十九年度 国立武汉大学一览》,国立武汉大学1931年1月版,第10页。

[2] 国立武汉大学:《中华民国二十年度 国立武汉大学一览》,国立武汉大学1932年5月版,第5页。

"作文（一）"注重对描写、记叙、议论三种普通应用文体的练习，"作文（二）"则重视"作长篇有系统之学术论文"的训练和自由命题之诗歌、戏剧、小说等文艺文练习。普通应用文体练习，均要求当堂交卷，旨在养成学生的思考力与敏捷度。自1935年度起，"作文（一）""作文（二）"的"学程内容"略有变化，即"作文（一）"中的练习文体增加了"抒情"一项；"作文（二）"中的"自由命题练习诗歌戏剧小说各种文艺者"改为"自由命题练习其他文艺作品者"。同时，"作文（一）"成为"文学院各系公同课程"[1]。

据文学院课程指导书，1931年度，中国文学系一年级"作文（一）"和二年级"作文（二）"，均由苏雪林讲授。1932年度，中国文学系一年级"作文（一）"，苏雪林讲授；二年级"作文（二）"，谭戒甫讲授。1933年度，中国文学系一年级"作文（一）"，刘异讲授；二年级"作文（二）"，谭戒甫讲授。1934年度，中国文学系一年级"作文（一）"，朱世溱讲授；二年级"作文（二）"，刘异讲授。外国文学系一年级选修课程"作文（一）"，苏雪林讲授。本年度起，哲学教育系实行主辅修制，将课程分为哲学教育组、哲学组和教育组。选哲学组或教育组的学生，应以哲学或教育为主科，另选中国文学、外国文学或史学为辅科，辅科课程亦为必修课。一年级哲学教育组"作文"，与外国文学系一年级合班，苏雪林讲授；二年级 "作文（二）"（辅科必修课程），每周三小时，刘异讲授。1935年度，中国文学系一年级"作文（一）"，刘异讲授；二年级"作文（二）"，朱世溱讲授。外国文学系一年级"作文"，苏雪林讲授；史学系一年级"作文"，朱世

---

[1] 国立武汉大学：《中华民国廿四年度 国立武汉大学一览》，国立武汉大学1935年12月版，第20页。

溱讲授；哲学教育系一年级"作文"，与外国文学系一年级合班，苏雪林讲授。1936年度，中国文学系一年级"作文（一）"，朱世溱讲授；二年级"作文（二）"，刘异讲授。外国文学系一年级"作文"，苏雪林讲授。史学系一年级"作文"，朱世溱讲授。哲学教育系一年级"作文"，与外国文学系一年级合班，苏雪林讲授；二年级"作文（二）"（辅科必修课程），每周三小时，刘异讲授。1937年度，中国文学系一年级"作文（一）"和二年级"作文（二）"，均由朱世溱讲授；外国文学系一年级"作文"，苏雪林讲授。史学系一年级"作文"，汪诒荪讲授。哲学教育系哲学教育组一年级"作文"，汪诒荪讲授；哲学组、教育组一年级选中文为辅科者，"作文"与中国文学系一年级合班，朱世溱讲授；二年级"作文（二）"（辅科必修课程），朱世溱讲授。1938年度，中国文学系二年级"作文（二）"，叶绍钧讲授。哲学教育系"作文（二）"（辅科必修课程），朱世溱讲授。

1937年度，中国文学系还为三年级设必修课程"作文（三）"，每周二小时，一年授完。其"学程内容"如下：

讲习积极修辞学，辨析骈散文之异同，及骈文之历史，体性，技术，使知文笔二者之特点与功用。再就时代性，讲习公牍，书扎，及其他应世之文，以完成文学上应用之技能。[1]

这门课程由刘异讲授，仅开了一学年。

从1938年度起，文学院为全校各院系一年级开设共同必修课程"国文"，或每周二小时，或每周三小时，或每周四小时，由叶绍

---

[1] 国立武汉大学：《中华民国廿六七年度 国立武汉大学一览》，国立武汉大学1939年12月版，第24页。

钧、朱世溱、苏雪林、高亨、朱人瑞、叶瑛、程会昌、周大璞等人讲授。其"学程内容"如下:

本学程为全校各院系公同功课。
一、读文　选授文字七十余篇,计分以下诸目:1.近人文;2.杂文(包括抒情文,写景文,议论文,说明文);3.史文;4.诗;5.批评文;6.骈文;7.词;8.曲;9.小说;10.诸子文。
二、作文　每二星期作文一次。命题或切近学生之实际生活,或与所读文字有关,务使善达其所蕴蓄。
三、专书阅读　选定书籍八种,令学生于课外阅读,而笔记其心得。[1]

"国文"内容主要包括"读文""作文"和"专书阅读",其中"作文"占有重要地位。在一定程度上,此前中国文学系的"作文(一)"或外国文学系、史学系、哲学教育系的"作文"被纳入"国文"范围。学程规定每两周作文一次,作文命题要求切近学生的实际生活或与所读的文字(大概指选文)有关,对题材、文体并无明确的限制,更具灵活性。"国文"中选文比较广泛,涉及包括文学作品在内的各种文体。同时,要求学生课外专书阅读并养成写读书笔记的习惯。

1939年度,武汉大学文学院根据教育部颁布的《各学院分系必修选修科目表》,将必修课程"作文"改为"各体文习作"。叶绍钧、朱世溱分别为中国文学系二年级、三年级讲授此课程,每周一

---

[1] 国立武汉大学:《中华民国廿六七年度 国立武汉大学一览》,国立武汉大学1939年12月版,第24页。

小时[1]。1941年度至1944年度，徐天闵、胡守仁等人为中国文学系二年级讲授"各体文习作"，每周二小时；朱世溁、黄焯等人为三年级讲授"各体文习作"，每周一小时[2]。1945年度至1947年度，文学院将"各体文习作"与"历代文选"两门课合并为必修课程"历代文选及作文"，由黄焯为中国文学系二年级讲授，每周三小时[3]。1948年度，中国文学系一年级设必修课程"写作实习"，每周二小时，一年授完；同时设有选修课程"国文选读与习作"。二年级第一学期设必修课程"现代散文选读与习作"，每周三小时；二年级第二学期设必修课程"现代小说选读与习作"，每周三小时；三年级第一学期设必修课程"现代散文选读与习作"，每周三小时；三年级第二学期设必修课程"现代小说选读与习作"和"现代诗歌选读与习作"，均每周三小时；四年级第一学期设选修课程"现代散文选读与习作"，每周三小时。本年度，与"作文"相关的课程明显增多，并细化为不同文体，既有必修，也有选修，为学生提供了更多的学习机会。值得注意的是，小说、散文、诗歌都冠以"现代"之名，显然指的是"新文学"，而"习作"当然是指语体文写作。1949年度，文学院课程大大精简，中国文学系一年级设必修课程"写作实习"，每周二小时，一年授完；二年级第二学期设必修课程"现代小说选读与习作"，每周三小时；三年级第二学期设选修课程"现代诗歌选读与习作"，每周二小时[4]。

1　参见武汉大学档案馆所藏《国立武汉大学二十八年度各院系课目表》。
2　参见武汉大学档案馆所藏《国立武汉大学文学院课程指导书（三十年度）》。
3　参见武汉大学档案馆所藏《国立武汉大学文学院课程指导书（三十四年度）》《国立武汉大学三十五学年度各院系必修及选修科目表》《国立武汉大学文学院课程指导书（中华民国三十六年度）》《国立武汉大学文学院现任教授名册（三十六年二月）》等。
4　参见武汉大学档案馆所藏《国立武汉大学一九四九年度课程精简对照表》。

下篇:"作文"教学举隅

武汉大学图书馆藏有苏雪林1934年和1936年两本日记手稿,其中1936年日记对其教授"作文"情况多有记载。叶绍钧的《西行日记(上)》《嘉沪通信》对他在武汉大学期间所授"作文""国文"情况也有详细记录。通过苏雪林、叶绍钧两人的日记或书信,可以大体了解民国时期武汉大学的"作文"教学情况。

(一)苏雪林的"作文"教学

1936年上半年,苏雪林除担任"中国文学史""新文学研究"课外,自3月3日起,还为外国文学系、哲学教育系一年级合班讲授必修课程"作文",每周四下午二节。其日记记载:

3月3日 余今日添作文课后比较忙碌,整理旧作亦须参考许多材料。

3月5日 下午睡了一觉,预备作文课之讲演,所讲系沈约、谢灵运传论及陆厥传。

3月6日 下午动手改作文。

3月7日 今日拟以一日之力批改作文,幸而进行尚不甚慢,自上午十时后改起,到下午五时前,居然大致毕事。

4月8日 上午将作文课本看完,并批了分数。

4月9日 下午作文二堂,题为(一)哀阿比西尼亚,(二)我于非常时期之准备,(三)特写。

4月30日 今日为余上文学史及作文之最后一日,故心甚高兴。

5月8日　下午一时赴文学院考书,今日所出国文题为:(一)张骞论,(二)"自力更生"之评判。学生多不解第二题之义,岂不看报耶?奇哉!

每次上作文课之前,苏雪林都预备了讲义、参考材料或作文题目。课堂上,她将一部分时间用于讲授写作技巧,一部分时间用于写作实践;学生当堂作文,作文簿由她带回批改,待誊缮分数后再发还给学生。这一学期,她为学生提供的多为传论类材料,如李广传、张骞传、沈约传、谢灵运传论、陆厥传、司马迁《〈史记〉自序》等。她对所选材料进行讲解、分析之后,有时会当堂提供作文题目,如《张骞论》。不难发现,苏雪林所出的作文题目,大多具有很强的现实针对性。当时,埃塞俄比亚因意大利法西斯的入侵而沦陷,《哀阿比西尼亚》一题就是针对这一事件所出的。由埃塞俄比亚的沦陷,苏雪林联想到中华民族的前途,"恐国家形势之迫切,恐不免做亡国奴,故心绪尤为郁郁"[1]。有感于此,她又出了一道作文题——《我于非常时期之准备》,希望青年学生对国家命运有所关切。之所以出《"自力更生"之评判》一题,是因为当时各种报纸上正热烈讨论民族复兴与自力更生的话题[2],苏雪林期待学生对此能有自己的认识和评判。"特写"属于新闻报道的一种体裁,苏雪林以此为题,意在训练学生对真人真事的描写能力。

---

[1] 苏雪林1936年日记手稿本。
[2] 参见张肇融:《大战前夕中国之自力更生运动》,南京《国衡》半月刊1935年5月25日第1卷第2期;云汉:《自力更生为中国唯一出路》,上海《礼拜六》周刊1935年8月17日第603期;王震鹏:《自力更生与今日之中国》,武汉《江汉思潮》月刊1935年12月10日第3卷第6期;胡汉民:《民族主义与自力更生》,香港《三民主义月刊》1936年3月15日第7卷第3期;孤鸿:《由阿国的败亡说到自力更生》,广州《出路》半月刊1936年5月16日第1卷第5期。

下半年，苏雪林继续为外国文学系和哲学教育系讲授"作文"，每周二下午三节。其日记记载：

9月22日　下午小觉，一时三刻赴文学院上课三小时，第一小时精神不振，以后即转佳。作文班学生约十余人，较去年略少。

9月29日　饭后小睡，睡起看了一刻钟的报，赴校上课，精神更坏。作文出题二：（一）夸大狂与自信力，（二）外郊漫步。

10月6日　下午欲睡，而心悬悬然，起而改作文。完毕，赴校上课。

10月13日　午餐后小睡，一时三刻赴文学院上课一堂，又上作文课二堂，出题二：（一）天助自助者论，（二）非常时期吾人之准备。

11月24日　下午……接上作文，出题二：（一）慰劳绥远将士书；（二）过去生活漫谭。

12月1日　第二堂上作文课，将柳宗元八记讲完，发还作文簿。

这一学期，上"作文"课的学生不多，仅有十余人。苏雪林共出了六道作文题，其中，《外郊漫步》和《过去生活漫谭》均属于随笔一类，其他题目也是有很强的现实针对性且多来源于其所阅读的报章杂志[1]。1935年6月，梁实秋针对当时南京、上海、北平等地十位教授联名发表的《中国本位的文化建设宣言》，撰写了一篇《自信力与夸大狂》[2]。此文在天津《大公报》上发表后，被北平

---

[1] 据苏雪林日记，1936年，她订阅的报刊有《武汉日报》《大公报》《大晚报》《独立评论》《宇宙风》《人间世》《我存杂志》等。

[2] 梁实秋：《自信力与夸大狂》，天津《大公报·星期论文》1935年6月9日第2、3版。

《独立评论》、上海《兴华》等多家报刊转载。苏雪林直接将梁实秋的文章标题作为作文题目，是想让学生也能参与讨论并发表自己的看法。《天助自助者论》，仍是当时报刊上讨论的热点话题。《非常时期吾人之准备》与上学期的《我于非常时期之准备》相似，也是强调在国家危急之际应有救亡图存意识，但由个体"我"扩大到了全体"吾人"。1936年11月至12月间，日军入侵绥远，在国民政府的领导下，前方战士奋力抵抗。11月19日，苏雪林"看报绥远战争紧急，恐中日战争即将爆发"[1]。她出作文题《慰劳绥远将士书》，意在让学生关心国事、支援前线抗敌将士，培养学生的责任感。

1949年，苏雪林在上海《神职月刊》上发表了一篇《教授国文经验谈》，对其二十多年来的国文教学经验特别是作文教学经验进行了总结。她认为，教师出题目"要学生写文章，总该使学生有话说。使学生有话可说，题目宽易是一法，题目与讲授过的教材发生联系也是一法"。最理想的做法是每周作文一次，至少每两周作文一次。"作文宜在课堂之上，必须二小时内交卷，所以养成学生敏捷确切之思考力。不得已乃可作于课外，但一学期中仅可一次。"她还认为，对学生的作文，教师宜亲自批阅，"阅时先注意其思想之条理，次注意其文句之构造，遇有警策的意思，隽美的文采，亦不妨略加圈点及好评，借以鼓励其兴趣。但浓圈密点和阿谀过当的评语，徒然煽动学生的虚荣心，则在所切忌"。此外，她建议学生于正课之外，多阅读各种书籍报章杂志，并撰写读后札记[2]。

多少年以后，吴鲁芹[3]仍记得苏雪林当时的授课情形："她教外文系的大一国文，到了学校内迁四川乐山，大约是人手不够，这一

---

1 苏雪林1936年日记手稿本。
2 苏雪林：《教授国文经验谈》，上海《神职月刊》1949年5月第1卷第2期。
3 吴鲁芹，原名吴鸿藻，1937年秋考入武汉大学外国文学系，1942年毕业。

班国文就扩大为文学院全院的大一国文,可能不包括中文系,至少外文系、哲学系、历史系的大一学生,共济一堂。每隔一两星期还要作文一次,而她对作文的批改是十分认真的。"[1]

(二)叶绍钧的"作文"教学

1938年9月,叶绍钧由文学院院长陈源推荐到武汉大学,任中国文学系教授,讲授了四个学期的"国文""作文"等课程。

武汉大学拟于1938年11月1日开学,但因时局不靖,上课日期一再被延迟,直到12月1日才正式上课。11月4日,叶绍钧致函上海友人:"武大于十日上课。但弟所教系新生,新生从他处来不易,大约须至廿日始上课。同任国文者为苏雪林女士。杨今甫君闻亦要来担任此课,还有一二位尚未遇见。昨与苏商谈,她推弟拟一目录,供一年教授之用。以前大学教国文唯凭教师主观嗜好,今新有课程标准,或可渐入轨道。"[2]叶绍钧为甲组和癸组讲授"国文",每周三小时,还为中国文学系二年级讲授"作文(二)",每周二小时。叶绍钧初到武汉大学时,很受重视,被推为同行领导并主持"国文"选文工作。他在致友人信中说:"三班人数,合计不出八十人,作文两星期一次,则每星期改作文本四十本可矣。同行尚有三位,陈通伯君以为弟有什么卓识,推弟为之领导,选文由弟主持。实则弟亦庸碌得很,所选与陈所不满之老先生(旧时多黄季刚门人,今因学校搬家,他们未随来,现在老先生无一个矣)无甚差异。"[3]讲了一个月之后,他又在致友人信中写道:"上课已一月,兴趣尚佳,不致感厌恶。学生程度不好,只嫌上课时间太少,不能多

---

[1] 吴鲁芹:《记珞珈三杰》,《传记文学》1979年第35卷第4期。
[2] 叶圣陶:《叶圣陶集》第24卷,江苏教育出版社2004年第2版,第173页。
[3] 叶圣陶:《叶圣陶集》第24卷,江苏教育出版社2004年第2版,第175—176页。

为讲解。作文三班共有一百廿本，两星期改一次，天天还不清的债，未免感苦。然学生似颇有领会弟改削之苦心者，则亦足以自慰。"[1]尽管学生程度不好，工作量又大，但叶绍钧"兴趣尚佳"，虽苦犹乐。

1939年3月16日，第一学期结束。一周后，即3月23日，第二学期开始。本学期，叶绍钧周一、周四上午为甲组讲授"国文"，周三、周六上午为癸组讲授"国文"，周六下午为中国文学系二年级讲授"作文（二）"。同第一学期一样，叶绍钧每天忙于备课、上课、批阅作文等，鲜有空暇时间。其《西行日记（上）》对此做了十分详细的记载，计有五十余条，兹择其要者过录如下：

5月2日　晨起，改癸组作文。

5月3日　晨上癸组一课，归来将甲组之文课改毕。

5月4日　上午上甲组二课，不令作文，怕改削也；归来改癸组作文三本。

5月5日　上午改癸组作文，饭后预备功课。

5月8日　午后……癸组杨伦来请改文，即为指点终篇。

5月10日　晨上癸组一课，归来倦甚，入睡一时。饭后改二年级作文四本……

5月11日　晨令甲组作文，出题二，为《乐山闻警》及《重庆惨劫》，限作抒情文。

5月13日　上午令癸组作文，题与甲组同。归来改甲组文数本。下午三时到校，上二年级两课。

5月14日　竟日改一年（级）甲组作文本。

---

[1] 叶圣陶：《叶圣陶集》第24卷，江苏教育出版社2004年第2版，第181页。

5月15日　晨上甲组一课,归来改癸组文,计得十本。

5月16日　雨竟日。改癸组文,及晚得十三本,全部改毕。

5月20日　上午上癸组两课;并出题与二年级,以免下午再走一次,题为《作一记人之文》。归来改作文三本。

5月21日　晨起即预备功课,改作文本。

5月24日　晨上癸组一课,归来改作文三本。

5月25日　晨上甲组二课,归来改作文三本。

5月27日　上午令癸组作文,题为《壁报》。

5月30日　孟实送来学生赵君一文,谓可交《中学生》,余即封寄至桂林。

5月31日　上癸组一课,归来改作文十本。

6月1日　上午上甲组两课,归来改作文本。

6月5日　晨上甲组一课,归来改癸组文十余本。

6月6日　午后预备功课,改作文四本。又作书复彬然、祖璋,附去武大学生投稿两篇。

6月7日　晨上癸组一课,归来改甲组文十本。此次叫他们试作五言诗,他们韵也不押,为之修改,乃殊非易。

6月10日　晨令癸组作文,题为《随笔》。归来后改二年级文二本。

6月14日　上午上癸组一课,回来改癸组之作文本。

6月16日　上午预备功课,改二年级文四本。精神不好,午后休卧一时许。

6月17日　晨到校上癸组两课,归来改癸组文本。午后三时到校上二年级一课,精神不好,少上一课。

6月22日　晨令甲组作文,题为《读诗随笔》,作了此篇,本学期不复作矣。归来改二年级文,亦为五古,一本而费二小时。

6月24日　上午令癸组作文,题仍为《随笔》。归来改各级作文共七本。

6月26日　晨上甲组一课,回来改各级文十本。

6月29日　上午上甲组二课,归来改二年级诗作七本。

7月3日　晨上甲组一课,回家改甲癸两组文,共得十本。

7月9日　晨方起,学生杨伦来,以余所批作文本自述其领会所得,兼及平日所诵文章,直至十时半始去。

7月12日　上午出国文试题,所拟较多,且须缮写清楚,费了半天工夫。饭后持题历访人瑞、晋生、雪林、东润四位,天气大热,坐定喝水扇风,间以闲谈,归来已四时矣。

7月17日　上午十时到校考试国文,十二时收卷而归。此次考试出三题,一以一诗演述之,一以古文一篇约缩为短章,一以作语体文一篇。各同事分题评阅,余与苏雪林阅语体文。饭后将甲组之卷看毕。

本学期,叶绍钧所出的《乐山闻警》《重庆惨劫》《作一记人之文》《壁报》《随笔》和《读诗随笔》等均为命题作文。在他看来,"定期命题作文是不得已的办法",但教师要理解透彻命题的含义,"命题的时候必须排除自己的成见与偏好;唯据平时对于学生的观察,测知他们胸中该当积蓄些什么,而就在这范围之内拟定题目。学生遇见这种题目,正触着他们胸中所积蓄,发表的欲望被引起了,对于表达的技术自当尽力用功夫;即使发表的欲望还没有到不吐不快的境界,只要按题作去,总之是把积蓄的拿出来,决不用将无作有,强不知以为知,勉强的成分既少,技术上的研摩也就绰有余裕。题目虽是教师临时出的,而积蓄却是学生原来有的……学生经过多年这样的训练,习惯养成了,有所积蓄的时候,虽没有教师命题，也必用文字发表；用文字发表的时候，虽没有教师指点，也能使技术完美。这便是写作教学的成功"[1]。他还认为，"有些国文教师喜欢出议论题教学生作"，学生遇到此类题目，只得"从报纸杂志上去摘取一点意见来"，或者把自己"听来的看来的话复述一遍"[2]。苏雪林常常取材于报章杂志并喜欢出议论题，而叶绍钧则不同，他的命题作文是以学生的生活经验为范围，比较贴近学生的见闻、理解、情感、思想等，多要求写抒情文和记叙文，如《乐山闻警》和《重庆惨劫》就是这样。1939年5月初，重庆遭遇空袭，"热闹市街毁十之六七，死伤殆至五六千人，电厂水厂俱被破坏"[3]，乐山也警报不断。5月11日，他在课堂上出这两个作文题，并限作抒情文。这两个题目都涉及学生身边发生的事情，容易触发他们心中的"积蓄"，写出他们的真情实感。

1939年9月23日，叶绍钧赴中国文学系参加系务会议，"所议为各人所担任之课程。余任一年级基本国文两班，及二年级各体文习作。并议定课文必须文言，作文亦必须作文言。在座诸君皆笃旧之辈，于教学无所见地，固应如此。余以一人不能违众意，亦即随和而已"[4]。10月26日，学校送来功课表，叶绍钧"本学期教基本国文两班，计六小时，二年级各体文习作一小时，比上学期少一小时；分排四日，星期一、五无课"[5]。虽"各体文习作"比以前少了一个小时，但每周所批阅作文量并未减少。此时，中国文学系新旧两派之间矛盾突出，叶绍钧乃生出走之意："余在武大本不见有兴

---

1 叶绍钧：《论写作教学》，桂林《国文月刊》1941年2月16日第1卷第6期。
2 叶圣陶：《国文随谈（续）》，桂林《中学生》1941年2月5日第39期。
3 叶圣陶：《叶圣陶集》第19卷，江苏教育出版社2004年第2版，第161页。
4 叶圣陶：《叶圣陶集》第19卷，江苏教育出版社2004年第2版，第203页。
5 叶圣陶：《叶圣陶集》第19卷，江苏教育出版社2004年第2版，第215页。

趣，每日改文，又嫌其苦，今得改途，为中学国文教学谋改进，又得从事著述，是不啻开一新天地也。余决去武大而就教厅之事矣。"[1]1940年8月，他辞去武汉大学教职，在四川教育厅厅长郭有守安排下，以语文考察员名义前往成都，继续从事中学国文教育教学工作。

在武汉大学任教期间，无论是备课、上课，还是批改作文，叶绍钧都极其认真负责。苏雪林曾在《叶绍钧的作品及其为人》一文中说："叶氏做事非常负责，也非常细心，到校后，果然不负陈院长的委托，把他多年国文教学经验一概贡献出来。特别在批改学生作文课方面所定条例最多，所定符号有正有负，竟有十几种花式。"苏雪林"那时在武大担任基本国文两班，因素来钦佩叶氏国文教学方法，颇能虚心听从他的领导"[2]。她还坦言，曾向叶绍钧学习过作文教法和批改方法。据李格非[3]回忆，"叶先生备课从来极为认真，常常通宵达旦，讲稿写得密密麻麻。上课时，更是一丝不苟，从范文的讲解到写作的评述，鞭辟入里，使人折服"，"叶先生对我的写作，批改得极为认真，常常稍易一字，意境就大不一样，真不愧为大手笔"[4]。

从1929年至1949年，武汉大学一直将"作文"教学纳入本科课程体系之中。除文学院之外，作文教学还覆盖到了法学院、理学院、工学院等其他院系。总体来看，当时的作文教学主要侧重于议论文、抒情文、记叙文和学术论文等应用文体写作训练，同时兼及

---

1 叶圣陶：《叶圣陶集》第19卷，江苏教育出版社2004年第2版，第250页。
2 苏雪林：《叶绍钧的作品及其为人》，《文坛话旧》，台北文星书店1967年版，第112—113页。
3 李格非于1939年秋考入武汉大学中国文学系，1942年毕业，旋入武汉大学文科研究所深造，1945年留校任教。
4 凯文：《叶圣陶在武汉大学》，《武汉大学校友通讯》1991年第2期。

诗歌、小说、戏剧等文学创作。在近二十年的时间里，先后有十几位教师讲授过"作文"课或与作文教学密切相关的课程，其中多是享誉文坛或学界的大家。这些前辈不仅兢兢业业于课堂教学，课外还精心指导学生习作并推荐发表。现今，武汉大学写作学科建设之所以能够走在全国高校前列，直可谓其来有自，与其历代累积而成的写作教学传统是分不开的。

代　跋

中国现代作家全集整理、编纂的术与道

——陈建军访谈

沈瑞欣

沈瑞欣：陈老师好！您曾主编《丰子恺全集》（文学卷，6卷），现在又编《废名全集》（10卷），依您的经验，在整理、编纂中国现代作家全集的过程中需要注意哪些问题？有没有可以遵循的统一规范？

陈建军：瑞欣好！整理、编纂现代作家全集，涉及很多问题，如体例问题，底本择定问题，文字识读、过录问题，繁简字体转换问题，异体字、习惯用字、标点符号处理问题，题注及其他注释问题，校勘及校勘符号使用问题等等。关于这一系列的问题，目前还没有形成共识，还没有一个统一的标准、通则和工作规范。这些问题不是三言两语就能够说得清楚的，我们可以集中围绕几个具体问题来谈一谈。

沈瑞欣：您刚才提到全集的整理、编纂尚未形成统一的工作规范，这是从具体的操作层面来谈的，从总体目标来看，您认为全集的编者应该朝着怎样的方向努力呢?我记得您在《〈徐志摩全集〉:值得信赖和珍藏的一部全集》中写道:"我始终认为,对全集编辑质量的鉴定,应该建立一套科学、规范且行之有效的评价体系。"在您看来,全集应该具备怎样的品质?全集的质量优劣又该如何判断?

陈建军:编纂全集,关键在于文本的整理。整理文本,应力求准确无误。否则,既不能将文本的真实面貌呈现出来,也会对学术研究造成一定的障碍。此外,收录要完备。既然是全集,就应当广泛搜集作家的作品,名副其实地做到一个"全"字。同时,编者应确保全集体例的合理性。体例是编纂理念、基本原则和工作规范的体现。体例一经制定,就必须严格遵守、贯彻始终。如有例外,应作出说明。王世家、止庵编的《鲁迅著译编年全集》,为读者和研究者提供了一部"纵向阅读"鲁迅的文本,在编辑体例上既有创新性又比较合理。采取什么样的体例,应视具体情况而定。再就是要方便阅读。有的全集分类琐碎、字号太小、印制欠佳,阅读起来很不方便。文本准确、收录完备、体例合理、方便阅读,我认为是全集应该具备的四大品质,也是评价全集编辑质量优劣的四个重要指标。

沈瑞欣:您把文本准确列为全集编纂的首要指标,那么要怎样保证文本准确呢?

陈建军:一个基本的原则就是尽量保留原貌。除非有可靠的依据,一般不应对文本做任何改动。从某种意义上讲,保留原貌即是对历史的尊重,对作者的尊重,也是对读者的尊重。特别应该注意的是,不能完全以现行的标准去衡量当时(主要是民国时期)的用字、标点符号、格式等是否合乎规范。

整理文本,应设法以第一手资料为底本。在这方面,我是有教训的。近二十年前，我在编《废名年谱》时，因受客观条件的限制，用了不少二手资料。年谱出版后，再对照陆续查找到的原始资料，才发现所引用的二手资料本身错误太多。我现在编的《废名年谱长编》，用的都是第一手资料，希望能够尽快出版。再如，我曾写过一篇《关于徐志摩的一则日记》，全文引用了《伍大姐按摩得腻友》，是从一部徐志摩传记里转录的。后来在上海《福尔摩斯》小报上找到这篇文章的初刊本，两相对比，发现那部徐志摩传记中的引文多有讹误。已版现代作家全集，如《徐志摩全集》，其中有大量作品直接采自他人的整理本。全集如以他人欠准确的整理本为排印依据，则会以讹传讹，不能呈现作品的真实面貌。

收入某部全集中的作品，有的之所以采用二手资料，是因为无法找到最初的本子，属于不得已而为之。徐志摩去世后，陆小曼发愿整理、出版《志摩全集》。编入全集中的书信，大多是她从收信人那里借来抄录的。陆小曼在抄录的时候，难免会出现错误。抄件提交商务印书馆之后，排印时，也难免会存在手民误植的问题。因时局不靖，《志摩全集》未能出版，但纸型和清样保留了下来。而所出清样是否经过了严格的校对，也是个问题。1983年，商务印书馆香港分馆出版的5卷本《徐志摩全集》即是以《志摩全集》的纸型和清样为依据的。后来出版的各种《徐志摩全集》，有不少作品完全采自香港商务版，如徐志摩写给刘海粟的书信。刘海粟曾长期保存着徐志摩写给他的大部分书信，这些书信后来被一个学生借去了，这个学生又借给了一个"青年人"，结果"青年人"一直未还。收入香港商务版中的徐志摩致刘海粟信，有大量的可疑之处，因无原始手迹可据，故无法一一勘正。不过，收入各种《徐志摩全集》中的徐志摩致刘海粟信，除数封外，其余的都在民国时期的报刊上发表过，都是根据刘海粟所提供的原件抄录的。我在《徐志摩书信尚需重新整理》中曾提到，有11封信刊登在上海《文友》半月刊1943年7月15日第1卷第5期。后来发现，上海《时事新报·青光》早在1936年12月28日至1937年1月25日就先后14次登载过徐志摩写给刘海粟的"手札"，约有20封。这两种刊本，可以作为校勘徐志摩致刘海粟信的重要参考依据。

整理文本，不要忽视报刊上的"更正"信息。1923年7月1日、8日，废名的短篇小说《柚子》连载于《努力周报》第59期、第60期，文字上有些错误。7月8日、15日，《努力周报》第60期、第61期分别刊登了《前期小说〈柚子〉的正误表》。10月7日，废名的短篇小说《浣衣母》发表在《努力周报》第73期。10月14日，《努力周报》第74期刊登了《前期小说〈浣衣母〉的正误表》。1943年10月22日，穆旦在重庆《联合画报》周刊第50期上发表了一篇译文《日本北部门户洞开》（署名穆旦），因排印有误，10月29日第51期特刊登了一则《重要更正》。诸如此类的"更正"信息，应纳入整理者的视野。

沈瑞欣：整理书信（手迹），好像难度更大一些。

陈建军：是的。相对于印刷本，对作家手稿（包括书信手迹）的整理，难度确实要大一些。不少研究者将鲁迅书信手稿与《鲁迅全集》中的书信进行对校，发现《鲁迅全集》中的书信在文字、标点、格式上有一些讹误。我曾花了一段时间，详细比较了国家图书馆出版社2010年版《闻一多书信手迹全编》与湖北人民出版社1993年版《闻一多全集》书信卷，发现后者在释文方面也存在不少问题。

沈瑞欣：如果所依据的底本品相太差、字迹模糊、无法辨识，应怎样处理？全集收不收？

陈建军：在整理时，无法辨识的文字可用□来替代。如数量不大,可以编入全集。如果数量太大,则可以不收录。

所依据的底本品相太差,可通过各种途径,找找有没有其他品相较好的本子。我在翻阅民国时期报刊的过程中,经常发现同一期杂志或同一天的报纸,有的印刷质量好一些,有的印刷质量差一些。同一期杂志或同一天的报纸,各家图书馆的藏本品相不一,有的很完整,有的残缺不全。记得2010年,我在一家图书馆发现赵家璧主编的《中国学生》月刊上有穆时英的一篇小说《弱者怎样变成强者的故事》,但这家图书馆的藏本品相不太好,穆时英的这篇小说中有一页破损比较严重。后来,我浏览孔夫子旧书网,发现有《中国学生》月刊出售,而且品相很好。经与卖家联系,卖家用相机把这篇小说完整地拍摄下来,无偿地提供给了我。

当然,各家藏书机构所收藏的同一期杂志或同一天的报纸,印刷质量或许都不太好。比如,1940年代,由于条件所限,众多报刊、书籍是用土纸印制的,文字漫漶不清的现象比较严重。《汪曾祺全集》(精装本)由人民文学出版社于2019年出版以后,我发现其中失收了一篇《人物素描——茱萸小集之五》。这篇作品,我是从"中国近代报纸全文数据库"中检索出来的,但数据库所用的底本模糊不清。原以为其他藏书机构会有"善本",结果动用各种关系所获得的复制件均难以辨认,无法整理。

沈瑞欣:陈子善先生在为您的《掸尘录:现代文坛史料考释》所作的序文中说,您在关于作家演讲记录稿可否收入全集的问题上,与他的看法是一致的。作家的演讲记录稿为什么不能轻易编入全集呢?

陈建军:已经出版的作家全集,如《鲁迅全集》《胡适全集》《闻一多全集》《朱自清全集》《汪曾祺全集》等,大都收录了演讲稿。作家在演讲之前,如果准备了演讲稿,那么将其演讲稿编入全集,是毫无疑问的。但演讲的记录稿,是否可编入全集,则有争议。

演讲的记录稿是现场演讲的记录,除演讲词之外,演讲者的情态和现场气氛、听众反应、演讲效果等等,也可以如实地记录下来。如闻一多的《最后一次的讲演》就是这样。在这篇记录稿中,多处记录了闻一多演讲时的状态(如"厉声"等)和听众反应(如"鼓掌""热烈的鼓掌""长时间热烈的鼓掌"等),使人读了以后,能够强烈地感受到闻一多的愤激之情和当时的现场气氛以及演讲效果。这篇演讲记录稿还没有来得及请闻一多审定,闻一多就被国民党特务暗杀了。严格来讲,未经演讲者本人审定的记录稿,如收入全集,可置于"附录"部分,不宜列入"正编"。

沈瑞欣:有没有演讲记录稿,演讲者仅审阅、修改了一部分?如果有的话,收入全集时,又该怎样处理?

陈建军:这种情况的确存在。1926年1月,徐志摩受邀至清华大学,发表了题为《文学与美术》的演讲。演讲后的第三天,罗皑岚将记录稿交给徐志摩校正。两个多月后,徐志摩把记录稿寄回给罗皑岚,并在信中说他的演讲"全是敷衍性质","勉强看了几页,实在看不下去",希望"替我掩羞,别给披露了"。但罗皑岚还是把徐志摩校正了一半的记录稿交给朱君毅,发表在《清华周刊》1926年6月11日第25卷第16期。公开发表演讲记录稿,本来就违背了徐志摩的意愿,徐志摩虽然修改了一部分,但仍不满意。类似这样的演讲记录稿,作为"附录"编入全集,恐怕是最为妥当的。

沈瑞欣:一篇演讲或许有多种记录稿,应以哪一种为排印底本呢?

陈建军:老师讲课,一般来说,学生都会做笔记,但所做的笔记肯定不尽相同。演讲也是这样。有的演讲,记录者可能不止一人，因此会存在多种记录稿，有的较完整，有的较简略，有的近乎实录，有的记述大意。闻一多的最后一次演讲，就有好几种记录稿，分别发表在1946年的昆明《学生报》、重庆《新华日报》和昆明《民主周刊》等报刊上。1948年上海开明书店出版的《闻一多全集》以重庆《新华日报》上的记录稿《闻一多先生最后的一次讲演》为排印底本，而湖北人民出版社1993年版《闻一多全集》则是以昆明《民主周刊》上的记录稿《闻一多同志不朽的遗言》为排印依据的。相对而言，昆明《民主周刊》本较为详细，以其为排印底本似更好一些。

1936年10月19日，鲁迅病逝。10月24日下午，清华大学文学研究会在同方部召开追悼鲁迅大会。闻一多到会并发表演讲。演讲中，闻一多把鲁迅比作唐代的韩愈，还说当年到财政部索薪的时候，见过鲁迅一面。湖北人民出版社出版的《闻一多全集》收录了闻一多此次演讲的部分内容，题为《在鲁迅追悼会上的讲话》，文本来源是俪（赵俪生）发表在《清华副刊》1936年11月2日第45卷第1期上的《鲁迅追悼会记》。早些时候，即10月31日，林青在北平《世界日报》上发表《清华文学研究会追悼鲁迅记》，也记录了闻一多演讲的大意。其中，闻一多说："鲁迅因为个性的关系，仇人很多。和他认识的人，除了那些喜爱他那种性情的人以外，十有八九都是他的仇人。"这是赵俪生的记录中所没有的。两篇追悼会记，所记录的大概都不是闻一多的原话，而且文字上相差较大。全集收录时，可以其中一种记录稿为底本，参校另一种记录稿并加注说明。我认为，不宜把这种录自某篇文章的演讲记录片段列入全集的"正编"。

沈瑞欣：一部全集出版以后，总会有一些佚文、佚简被相继披露出来，正如您多次所说的，"'不全''难全'似乎是所有已版中国现代作家全集的宿命"。

陈建军：因为"难全"，所以"不全"。全集"难全""不全"，是一种非常普遍的现象，就连动用了巨大人力、物力、财力编纂的《鲁迅全集》也不例外。有的全集，如《胡适全集》《郭沫若全集》《田汉全集》《艾芜全集》等，所失收的作品不是一篇两篇，而是一大批。皇皇50卷的《丰子恺全集》，内中失收的作品，也不在少数。未收入《穆时英全集》中的文字，至少可以编成一卷。2002年，北岳文艺出版社出版32卷本《沈从文全集》，2020年又出版了100多万字的补遗卷（全4卷），但仍漏收了一些作品，我手头上就有《并非杂感·读百喻经》等数篇。人民文学出版社出版《汪曾祺全集》精装本后，接着于2021年推出平装本，增补了"新发现的散文4篇、谈艺文章3篇、诗歌9首、书信10封及题词、书画题跋若干条"。你看，短短的时间内就冒出了这么多佚作。平装本出版后，研究者又发现了好几篇汪曾祺的作品。我也发现了几篇，已经撰文披露了两篇，另有《读〈小孩〉》《从〈陈八十〉谈起》等尚未全文披露。从某种程度上讲，"辑佚"永远在路上。

沈瑞欣：发掘佚文、佚简等，对于作家全集可以起到补遗的作用，同时可以丰富作家的研究史料。

陈建军：除你说的两条之外，还可以改写作家的个人创作史，修正对某一作家的既有认识。比如，以前我们讨论徐志摩早期思想时，以为他所阅读的社会主义著作都是空想社会主义的，没有阅读马克思的著作。《社会主义之沿革及其影响》这篇长文的"出土"，无疑改变了我们的看法，徐志摩不仅阅读了科学社会主义的著作，而且还做了系统的研究。他计划写成一个小册子，《社会主义之沿革及其影响》仅为其中的第1章。另外4章，如被发掘出来了，将是徐志摩研究的重大收获。

"辑佚"并非一种简单的技术或体力活儿,其本身也是一门学问。在某部全集已经相对比较"全"的情况下,发现一篇佚作是很不容易的。因此,我向来对那些锲而不舍、锐意穷搜作家佚作者满怀敬意。

沈瑞欣:您刚才主要谈的是"失收"现象,对于作家全集的"误收"现象您是怎么看的呢?

陈建军:"失收"情有可原、在所难免,"误收"则会给学术研究带来不利的影响。1935年,凌叔华曾应邀主编《武汉日报》副刊《现代文艺》。第1期上的《发刊词》未署名,有研究者"理所当然"地以为是凌叔华写的,并将其收入《凌叔华文存》。事实上,这篇发刊词是苏雪林的"代庖之作",她在1938年由商务印书馆出版的《青鸟集》中就收录了《现代文艺发刊词》。看过一些研究凌叔华的论文,在涉及《现代文艺》副刊时,几乎都认为《发刊词》是凌叔华所作。

"误收",大都因署名相同所致。有论者指出1999年由湖北人民出版社出版的《胡风全集》第5卷误收了8篇作品,其中2篇是郑振铎的(署名"谷"),5篇是茅盾的(署名"风")。之所以有此误会,大概因为胡风也曾用过笔名"谷风"或"风"。人民文学出版社出版的平装本《汪曾祺全集》第9卷(谈艺卷)有一篇《如此〈老牌天河配〉!》,原载1951年9月8日上海《大公报》,署名"曾祺"。这位"曾祺",应该不是汪曾祺,而是另一位戏曲研究家、曾供职于上海剧协的邵曾祺。因此,根据署名判断作品的归属,要相当谨慎。不妨多举几个例子来看。袁昌英,字兰子,有人把上海《文友》月刊创刊号上一篇署名"兰子"的《杨先生》归在袁昌英名下,似欠说服力。再如,十几年前,我有个朋友发现周作人的《苍蝇》重刊于1936年6月4日、5日的北平《世界日报·明珠》,署名"牧童"。他据此认定"牧童"是周作人的又一笔名,并进而推断《明珠》副刊上的另两篇署名"牧童"的文章,即《抽烟与思想》(刊于1936年6月10日)和《都市的热》(刊于1936年6月26日),也是周作人的作品。其实,《抽烟与思想》曾载上海《中国学生》1929年5月第1卷第5期,作者是"煌",即陈炳煌。《明珠》上的《苍蝇》与周作人的原作略有不同,周作人原作中"三年前卧病在医院时曾作有一首诗,后半云",《明珠》上的《苍蝇》改为"周作人先生的诗里说"。显然,这个"牧童"系一"文抄公",不是陈炳煌,更不是周作人。现在,我的这位朋友也认为"牧童"不是周作人的笔名,《抽烟与思想》和《都市的热》不是出自周作人之手。

根据手迹判断作品归属,弄不好,也容易导致误判、误收。一般来说,作家的手稿就是他的手迹,作家的手迹就是他的手稿。但事实上,作家的手稿并非全是他的手迹,作家的手迹也并非就是他的手稿。例如,废名的佛学著作《阿赖耶识论》保留下来的有两种稿本,一种藏在废名后人处,是废名和他的侄儿冯健男抄写的;一种藏在北京大学图书馆,是废名和他的一位学生合抄的。再如,凌叔华曾在一幅刚刚画好的墨梅图上亲笔题写了一首小诗:"粲粲梅花树,盈盈似玉人。甘心对冰雪,不爱艳阳春。"在武汉大学余炽昌教授的儿子余祯的纪念册上也题过一首小诗:"稻穗黄,充饥肠。菜叶绿,做羹汤。万人性命,二物担当。几点满漓墨水,一幅大大文章。"前一首是元代一个叫孙淑的女子所作,后一首是郑板桥写的,但有的研究者将这两首诗都归在凌叔华的名下。陆小曼曾为《上海画报》记者黄梅生制作了一张贺年卡,并且题了宋代朱敦儒的一首词《减字木兰花·无人请我》:"无人请我,我自铺毡松下坐。酌酒裁诗,调弄梅花作侍儿。心欢易醉,明月飞来花下睡。醉舞谁知?花满纱巾月满杯。"有的研究者把这首词当成了陆小曼自己写的。《鲁迅研究月刊》2018年第7期刊发了一篇《周作人的六首未曾发表过的白话小诗》。我看了以后，发现这6首白话小诗其实都是沈启无写的。后来，我让我的一位博士生刘晓宁写了一篇"献疑"文章。沈启无在未被"破门"之前，曾一直学习、摹仿周作人的字体，几乎达到乱真的程度。有一则材料，刘晓宁没有用。沈启无自己在《且将就斋藏煆药庐尺牍》附记中就说过，"我尝学老人写字，竟得其似，友朋见之往往称奇，即老人家中有时亦难辨认其实"。由此可见，根据手迹判定作品的归属，不能不花考证的工夫。

前面我说到，整理文本，不能忽视报刊上的"更正"信息。没有注意"更正"信息，也许会造成误收。光明日报出版社2010年版《朱自清年谱》（姜建、吴为公著）在1921年11月18日条目中称，朱自清"于沪杭车中作新诗《沪杭道上的暮》。载次年1月5日《时事新报》副刊《学灯》，1月8日续完，署名清。收入《踪迹》"。《沪杭道上的暮》是一首四行短诗，与朱自清的另一首三行诗《依恋》同载1922年1月5日《时事新报》附刊《学灯》"诗歌"栏。本期"诗歌"栏，还有徐玉诺的《杂诗》之"三"。1月8日，《学灯》"诗歌"栏续载徐玉诺的《杂诗》之"四"，但题目误作《沪杭道上的暮》，作者也误为"清"。1月9日，《学灯》为此登载一则《勘误》："昨日所刊诗，系徐玉诺君之《杂诗》，误为《沪杭道上的暮》。特此更正。"假如仅凭《朱自清年谱》的记载而没有注意《学灯》上的"更正"信息，有可能把徐玉诺的诗歌真的误为朱自清的作品。顺便一提的是，《依恋》末尾署："二一，二，十八，沪杭车中。"也就是说，《依恋》与《沪杭道上的暮》均作于1921年2月18日。《依恋》第二行为"模糊念着上海的一月"，似可证这两首诗确系作于"二"月。《沪杭道上的暮》初收入上海亚东图书馆出版的《踪迹》时，末尾署"一一 一八 沪杭车中"，"一一"（竖排，上下两横一样长）疑为"二"之误。

沈瑞欣：人民文学出版社出版的《鲁迅全集》作了大量的注，北京大学出版社出版的《废名集》将废名的作品进行汇校并随文出注。现代作家全集都可以采取这样的做法吗？

陈建军：《鲁迅全集》对鲁迅作品中所涉及的人物、事件、报刊、书籍、外文、典故等加注，为读者、研究者了解写作背景、理解文本的思想内容提供了极大便利。其注释的工作量之大，可想而知。其他作家的全集，不是不可以仿效《鲁迅全集》的做法，但我的意见是，不必一律像《鲁迅全集》那样，仅为一些重要的或生僻的内容加注即可；也可以只作题注，保留作家的原注，其他的内容不用作注。

在全集中，汇校所有的版本，并将异文一一出校，可以把各种版本的原貌和变迁情况完整而清晰地呈现出来。这是全集的一种编法。异文汇校工作是相当繁琐的，《废名集》这么做，诚如编者所言，是因为废名的作品结集较少，而且版次不多。作家全集是否汇校不同版本，也应当视具体情况而定。

翻检民国时期报刊，常见某位作家的某篇作品一刊再刊。废名有一篇散文《小时读书》，初载南昌《中国新报·新文艺》1947年5月5日第29期，又载南京《生活杂志》1947年6月25日第2卷第2期。他在长篇小说《莫须有先生坐飞机以后》第6章《旧时代的教育》中借莫须有先生之口说："莫须有先生最近有一篇，写他小时读四书的情形，是为江西一家报纸写的（不知为什么后来又在南京的一个杂志上转载起来了）……"可见，被南京《生活杂志》转载，废名事先并不知情。1947年7月2日，重庆《新蜀夜报·夜潮》也转载了《小时读书》，恐怕废名更"不知为什么"了。某篇作品一再刊发，未必是作家"一稿多投"，有的纯属于转载。被转载的作品与初刊本在文字(包括标点符号、分段、分行等)上有出入,有的实非作家本人所为,或出自编者之手,或拜手民所"赐"。例如,1936年废名在北平《世界日报·明珠》上发表了21篇短文,其中《三竿两竿》和《金圣叹的恋爱观》被新乡《豫北日报·苦茶》转载;《中国文章》被1948年2月4日的北平《明报》转载,除正文有大量删改外,题目也被改为《论文小记》。编纂作家全集,似不必在题注中一一著录诸如此类的再刊信息。若编汇校本,似不用将此类再刊本纳入汇校范围。退一步讲,这类再刊如也用作汇校的依据,那为何不把选入作品集(包括教科书)中的版(文)本一并拿来汇校呢?从地位或性质来看,这类再刊本与选集中的版(文)本并没有什么区别。

沈瑞欣:题注主要包括哪些内容呢?

陈建军:题注一般著录写作时间、发表(包括初刊、再刊)、署名、收集、题名更易、排印依据等信息。对这些居于文本周边信息的著录,也要做到准确无误。在一部全集中,题注最富学术含量,最见考证的功夫。

我曾在一篇文章中谈过人民文学出版社2019年版《汪曾祺全集》的题注问题。我所提到的那些问题,或许也是众多现代作家全集的一个通病。2019年,10卷本《徐志摩全集》由商务印书馆出版以后,我仔细地校过每一条题注,给出版社提供了几万字的补正材料。

在题注中,交代作品的发表情况,慎言"原载""初刊""未载""未刊"。人民文学出版社2014年版《林徽因集》诗歌、散文卷,编者为《我们的雄鸡》所作题注:"初刊于人民文学出版社与香港生活·读书·新知三联书店一九九二年五月分别出版的《中国现代作家选集·林徽因》,作者生前未曾发表。"其实,作者生前,这首诗曾发表在上海《大公报·文艺》1948年3月26日沪新第195期,署名林徽因,诗末署"卅七年二月十八日清华"。不清楚刊载情况,如实说明"不详"即可。

沈瑞欣:看来,整理、编纂一部品质优良的现代作家全集并不是一件轻而易举的事情。

陈建军:现代作家全集的整理与编纂是一项系统工程,需要各方面的人员(包括整理者、主编、责编、校对等)通力合作。只有各方面的人员尽职尽责,方能保证质量,出版一部值得信赖、令人满意的现代作家全集。

图书在版编目(CIP)数据

故纸新知:现代文坛史料考释/陈建军著. —武汉:华中科技大学出版社,2022.10
ISBN 978-7-5680-8662-2

Ⅰ.①故… Ⅱ.①陈… Ⅲ.①中国文学－现代文学史－文学史研究 Ⅳ.①I209.6

中国版本图书馆CIP数据核字(2022)第140937号

故纸新知:现代文坛史料考释 陈建军 著
Guzhi Xinzhi：Xiandai Wentan Shiliao Kaoshi

策划编辑：陈心玉	
责任编辑：孙　念	
封面设计：三形三色	
责任校对：刘　竣	
责任监印：朱　玢	
出版发行：华中科技大学出版社(中国·武汉)	电话:(027)81321913
武汉市东湖新技术开发区华工科技园	邮编:430223
录　　排：孙雅丽	
印　　刷：湖北新华印务有限公司	
开　　本：880mm×1230mm　1/32	
印　　张：11	
字　　数：265千字	
版　　次：2022年10月第1版第1次印刷	
定　　价：69.90元	

本书若有印装质量问题，请向出版社营销中心调换
全国免费服务热线:400-6679-118　竭诚为您服务
版权所有　侵权必究